「水浒全传」人物传〔上〕

李延祜 —— 编著

山西出版传媒集团　北岳文艺出版社

·太原·

图书在版编目(CIP)数据

《水浒全传》人物传：上、下 / 李延祜编著. —太原：北岳文艺出版社，2024.6

ISBN 978-7-5378-6820-4

Ⅰ.①水… Ⅱ.①李… Ⅲ.①《水浒》研究 Ⅳ.①I207.412

中国国家版本馆CIP数据核字(2024)第005711号

《水浒全传》人物传(上、下)
李延祜　编著

//

出品人 郭文礼	出版发行：山西出版传媒集团·北岳文艺出版社 地址：山西省太原市并州南路57号
选题策划 韩玉峰	邮编：030012 电话：0351-5628696(发行部)　0351-5628688(总编室)
责任编辑 韩玉峰	传真：0351-5628680 印刷装订：山西人民印刷有限责任公司
内文插图 [清]张琳	开本：787mm×1092mm　1/16 字数：520千字　印张：37.75 版次：2024年6月第1版
书籍设计 张永文	印次：2024年6月山西第1次印刷 插页：108幅
印装监制 郭勇	书号：ISBN 978-7-5378-6820-4 定价：128.00元(上、下)

本书版权为本社独家所有，未经本社同意不得转载、摘编或复制

险些胎死腹中的《〈水浒全传〉人物传》

1994年我作为硕士生和博士生导师由高教部二次派往埃及开罗爱因圣姆斯大学中文系任教，除指导硕士、博士研究生论文外，每天还给本科生上课。

在国内我担任着北京语言大学文学系主任的工作，又是北京市人大代表，整日开会、学习、讨论、发言、视察、座谈，"会虫"不由己，冗务紧缠身；家庭生活琐事，吃喝拉撒，人情往来，穷于应酬，不得一时清闲。在国外除感到孤独思家外，这些繁杂事务却远离了我，精神上享受到了在国内从未有过的轻松解脱，时间好像也更充裕了。这才是一个教师的正常生活。继第一次出国任教之后，再一次体会到前半辈子政治活动空耗了太多的大好光阴！

这里教学任务虽然较重，但仍然觉得时有闲暇，年近退休，不能让光阴从指缝间悄悄流走。该校文献资料极度匮乏，写论著搞科研是无源之水，于是就琢磨能不能搞点资料性索引性的东西。

爱因圣姆斯大学中文系资料室有一部一百二十回《水浒全传》，闲置多年无人借阅。于是把书借来，考虑再三，决定给梁山泊人物立个"传"，搞个索引。从人物第一次出现，到最后消失，按回目前后把人物的事迹编撰起来，标上回目，这就是他的一篇"传记"，同时又是这个人物的索引。当然为行文的通顺，事件的贯通，也需要稍做勾连。

除一百零八位梁山人物之外，其他人物也一并取录。上至宋徽宗、蔡京，下至贩夫走卒、丫鬟、店小二，把每一章回中出现的人物有名姓、无名姓者都筛查出来，一并建档。

梁山泊一百零八人每人一份档案，于是一百零八张稿纸布满了我的书桌、床铺。其他人物则不专门建档，生平事迹录于回目中。夙兴夜寐，一年时间基本杀青。因出国前携带稿纸有限，稿纸写得密密麻麻，字迹潦草，回国后又重新校订、抄写、打印，颇费了些精力和时日。

我参考的《水浒全传》是上海古籍出版社一九八四年的版本。该书"再版说明"中提到七十一回后"情节时有矛盾"。我在梳理钩沉过程中，发现不止七十一回后，全书都有不合情理和情节矛盾之处。于是就有了我的副产品《一百二〇回〈水浒全传〉细节的矛盾》一文（刊于《中国文化研究》1993年"冬之卷"）。

然时下出版自负盈亏，以市场为导向。拙作自知非时尚流行，经济效益不佳，难于销售，无法脱手。其间，也曾有某出版社同意付梓，甚至已刊广告。但时事难料，出版社关门大吉，拙作出版无望。本人心灰意冷，敝帚自珍，遂束之高阁，尘封书橱。

说来话长，我曾在北大同学张仁健兄主办的山西《名作欣赏》上发表过几篇文章，在他的推荐下又在北岳文艺出版社出版了拙著《中华诗词雅句鉴赏》，于是有幸结识了韩玉峰先生。

一次和韩君闲话中，谈及这本书稿，不胜感慨，是夜白熬，汗空流，白费力气做了无用功，只能眼见它日久化为尘了。韩君听后大为诧异：李老师，您这种方法梳理《水浒全传》，据我所知恐怕还是第一人。有价值，有价值。

不久他就告诉我，出版社已经同意把该书列入出版计划。对我来说真可谓大喜过望,柳暗花明。

在拙著面世之时,我要衷心感谢仁健兄,韩玉峰先生,北岳文艺出版社社长、总编辑郭文礼先生,不弃废稿,使之重生。不然,书稿将掩埋尘世,自消自灭,世人谁知曾有笨人做此笨事也。

因人物太过芜杂,于是那些与故事推演关系不大且昙花一现的小人物,还有王庆、田虎、方腊手下那些缺乏个性的众多头领,最后决定割爱。

拙著错误、疏漏处敬请方家指教。

李延祜

2021年8月于北京荆庐

目录

凡例 ………… ００１

梁山泊一百零八将

史进 ………… ００３
朱武 ………… ００８
陈达 ………… ０１２
杨春 ………… ０１５
鲁达 ………… ０１９
李忠 ………… ０２６
周通 ………… ０２９
林冲 ………… ０３２
柴进 ………… ０３９
杜迁 ………… ０４４
宋万 ………… ０４８
朱贵 ………… ０５１
杨志 ………… ０５４
索超 ………… ０５９
朱仝 ………… ０６３
雷横 ………… ０６８
刘唐 ………… ０７２
吴用 ………… ０７７
阮小二 ………… ０８８
阮小五 ………… ０９３
阮小七 ………… ０９８
公孙胜 ………… １０３
白胜 ………… １０８
曹正 ………… １１２
宋江 ………… １１５
宋清 ………… １３３
武松 ………… １３６
孙二娘 ………… １４３
张青 ………… １４７
施恩 ………… １５１
孔亮 ………… １５４

孔明……一五七	穆春……二三二
燕顺……一六〇	穆弘……二三六
王英……一六四	张横……二四〇
郑天寿……一六九	张顺……二四四
花荣……一七三	李逵……二四九
黄信……一八〇	萧让……二五九
秦明……一八五	金大坚……二六三
吕方……一九一	侯健……二六六
郭盛……一九六	欧鹏……二六九
石勇……二〇〇	蒋敬……二七三
戴宗……二〇四	马麟……二七六
李立……二一一	陶宗旺……二八〇
李俊……二一四	朱富……二八三
童威……二二〇	李云……二八六
童猛……二二四	杨林……二八九
薛永……二二八	邓飞……二九三

凡　例

一、本书根据上海古籍出版社一九八四年版《水浒全传》一百二十回本整理。梁山泊一百零八人排列以在书中出场前后为序。在其人其事之后，注明回目。

二、重在记事，言有重要者（建议、计谋），收入该人条目中。

三、为行文方便，人物事迹大多概括叙述，偶尔引用书中原文。

四、凡在书中集体出场，而未详列每人名字者，只列出为首一人名字。

五、一个事件，一场战争，参加者甚众，其因果、过程列入主要人物生平中，其他参加者只录与之有关的情节。

六、凡和人物成长发展、生活道路关系密切的情节叙说较详，其他则只录其事，一语带过。

七、梁山泊一百零八人外，还收录了其他重要的或对情节发展有重大影响的部分人物。

八、梁山泊一百零八人配清代张琳绘制的人物像。

梁山泊一百零八将

史 进

史进,又名史大郎,人称"九纹龙",华阴县史家村人。父史太公。自幼不务农业,只爱刺枪使棒,母亲因之气死。肩臂胸背刺了九条龙,因得此绰号。王进投宿史太公家,史进拜王进为师,时年十八九岁,随师学十八般武艺半年。又不到半载,其父染病去世。史家村不远处有少华山,朱武、陈达、杨春据山打家劫舍。为防袭击,史进组织村民联防。后和少华山发生冲突,陈达来袭史家庄,被史进捉住。因与朱、陈、杨三人义气相投而结为朋友,互有礼物赠送。中秋将至,史进约三人同来庄上饮酒。投信人王四,酒醉后,三人的回信为猎户李吉所得,遂到华阴县告发史进。中秋之夜,四人正在对饮时,庄院被县里两个都头率兵包围(第2回)。后史进和朱、陈、杨三人杀退官兵,上了少华山。

史进不愿落草,拜别朱等三人去投师父王进。路过渭州,在一茶坊结拜了鲁提辖鲁达,二人在街上又巧遇史进的开手师父李忠(第3回)。三人饮酒间遇卖唱的金翠莲父女诉说郑屠实钱虚契霸占翠莲为妾事。史进和鲁达解囊相助,金氏父女逃走。鲁达打死了郑屠后,官府缉拿凶手,史进也逃离了渭州,到延州寻师父不着,又到了北京。住了几时,盘缠用尽,到赤松林剪径,正遇鲁达。鲁达刚被霸占瓦罐寺的强人崔道成、丘小乙战败,于是二人又回到瓦罐寺寻崔、丘厮

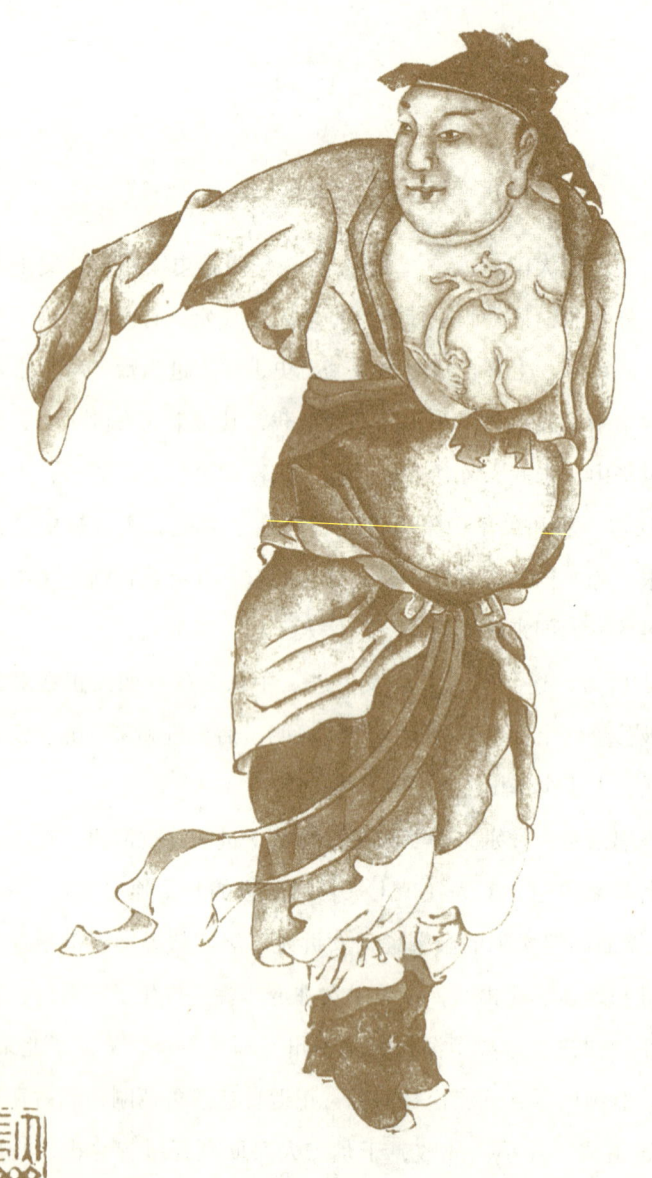

天微星九纹龙史进

杀，史进结果了丘小乙，鲁达结果了崔道成，二人火烧了寺院。史进又回少华山落草（第6回）。一日史进下山遇到画匠王义，王有一女玉娇枝被华州贺太守撞见，被强夺为妾，并把王义刺配远恶军州。王向史进诉说了个人遭遇，他救王上山，杀了两个防送公人，又去刺贺太守，史进被人发现，拿在监里（第58回）。梁山军马打破华州，史进被救出。

徐州沛县芒砀山樊瑞等扬言要并吞梁山，史进请缨与朱武、陈达、杨春前往征讨，战而不胜（第59回）。后公孙胜破敌，史进被派作守阵的八猛将之一。宋江为山寨之主后，任史进为左军寨内第三位首领（第60回）。三打大名府，利用元宵灯节，里应外合，史进和李应扮作客商东门外安歇，城中号火起时，夺下东门，备作出路，梁中书逃到东门，史进和李应拦住，官军吓退，又和杜迁、宋万把住东门（第66回）。

二打曾头市，史进和杨志是攻打正北大寨的首领。吴用利用郁保四诱使曾头市史文恭偷袭梁山军马营寨，命史进和杨志乘虚进攻北寨。史文恭中计后，史进和杨志乱箭射死曾头市苏定（第68回）。梁山分兵攻打东昌府、东平府，史进随宋江攻东平。史进原与东平城里一妓女李瑞兰为故交，宋江同意后，史进进城到李瑞兰家，待梁山军马攻城时做回应，不料李家虔婆却怂恿丈夫报官，史进被捉入狱。后顾大嫂潜入城中，与史进联络，约定月尽夜攻城，让他自己脱身。二十九日史进问小节级是什么日子，小节级将日子记错了，顺口答是月尽夜。史进便在牢内反起来，但外边无人接应，又捉入牢内。东平府攻破后，从牢内将史进救出。史进率人到李瑞兰家把虔婆一门老小全部杀死（第69回）。

石碣天文载，史进是三十六员天罡星中的天微星。排座次时，史进是马军八虎骑兼先锋使八员之一。史进和刘唐把守梁山泊东山一关

（第71回）。宋江分拨头领去东京观灯，史进和穆弘扮作客商，在东京樊楼上饮酒，口出狂言，被宋江撞见受到批评，让史进二人出城。上元节晚，李逵在妓女李师师家门前放火，杀将起来，史进和穆弘也动了手。后被鲁智深、武松、朱仝、刘唐在城外接应救出（第72回）。燕青由李逵陪同去泰安州与任原相扑，结果与官军打起来，史进和卢俊义等八人前去接应（第74回）。陈太尉奉命来梁山泊招安，所带御酒被阮小七等喝光，换了村醪淡酒，众人不知，认为是受了愚弄，史进发作起来，要动手（第75回）。童贯领大军攻打梁山泊，梁山以九宫八卦阵对敌，史进是八阵中东北方主将（第76回）。童贯二次攻打梁山，吴用设下十面埋伏，史进和杨志一起埋伏，史进杀死了官军将领吴秉彝（第77回）。

梁山招安后奉命征辽，攻打玉田县时，张清中箭，史进与董平率解珍、解宝死命将其救出。攻打荆州，史进是卢俊义右军三十七员战将之一。史进杀死了辽战将楚明玉、曹明济（第84回）。辽国兀颜统军率大军攻宋江军，史进与辽军先锋琼妖纳延交锋，刀砍落空，拨马回阵。花荣一箭正中琼妖纳延面门，琼妖纳延翻身落马，史进回身一刀将琼妖纳延杀死（第87回）。在昌平宋江军与辽国会战失利，宋江得九天玄女之法，与辽再战。史进是战辽国水星阵主将董平辖下七个副将之一（第89回）。

征田虎兵分三队，史进是前部八骠骑之一。打陵川，史进又是马军头领之一，和杨志在城西五里外埋伏，后见南门竖立认军旗号，遂出击。攻高平时，田虎降将耿恭率领扮作敌人的李逵等去高平城下赚开城门，史进与杨志率军马紧随，佯作追赶，趁机杀进城去。后令史进和穆弘守高平，次日去打盖州，与董平等七人任为左翼头领（第91回）。围攻盖州，史进和朱仝等人领兵埋伏于城东北高冈下，后果截击了敌人援兵（第92回）。打下盖州后，和穆弘又去守高平（第93

回），新官接任后，史进与穆弘到昭德宋江处。田虎率大军救援襄垣，张清让解珍、解宝告知宋江，宋江派史进和花荣等中途截击，同敌将卞祥战三十余合不分胜负（第99回）。

宋江军奉旨征王庆，攻下山南城后，史进和穆弘等人镇守（第106回）。新官接任，史进等四人又回到宋江处（第108回）。攻南丰，在城外十里布下九宫八卦阵，史进是其中一阵主将（第109回）。

征方腊，兵至扬州，有定浦村陈将士与江南润州方腊的吕枢密联络，图谋扬州，燕青扮作吕枢密帐前叶虞候带阮氏兄弟杀了陈氏父子，史进和鲁达等十人配合协助，从前面杀进庄去。宋江军扮作敌兵渡江取润州，史进是第三拨船只十员正将之一。阵中杀了敌将沈刚（第111回）。攻下丹徒后，兵分两路征方腊。史进是宋江率领的攻打常、苏二州的十三员正将之一（第112回）。攻打苏州，史进生擒了敌将甄城（第113回）。攻打杭州，宋江所部兵分三路，史进和朱仝等六将佐攻打东门（第114回）。后调走了王英夫妇，又有孙新、顾大嫂等人支援（第115回）。破杭州后，兵分两路，史进和其他二十七员将佐随卢俊义攻歙州和昱岭关。攻打昱岭关（第116回），史进和石秀等六人前去出哨，直至关下，不见敌人军马，正疑惑间，关上竖起彩绣白旗，旗下立着敌将神箭手小养由基，大骂史进等人，并放出一箭，将史进射下马来。众人救出史进后急急退走。这时伏兵四起，六人全被射死（第118回），后史进被封忠武郎（第119回）。

朱 武

朱武，人称"神机军师"，定远人，擅使两口双刀，精通阵法，广有谋略，被官司逼迫与杨春、陈达落草华阴县少华山。因劫掳史家村，陈达被史进捉去，朱武出苦肉计，带领杨春面见史进，愿与陈达同死。史进感于朱武三人义气，与三人结为朋友（第2回）。中秋节四人在史家饮酒，官兵围捕，四人杀出（第2回，第3回）。鲁智深、武松从梁山来探望史进，朱武和杨春、陈达在少华山迎接，并备述史进谋刺贺太守不成投入牢狱一事。鲁智深只身去华州救史进，朱武放心不下，派小喽啰打探（第58回）。鲁智深被执后，梁山人马前来营救，朱武和杨春、陈达迎接款待，建议要取华州必须里应外合。后梁山人马假冒将领御赐金铃吊挂来西岳降香的宿太尉及其随从智取华山时，朱武和杨春、陈达负责款待宿太尉及其随从，置酒相待。徐州沛县芒砀山樊瑞等强人扬言要吞并梁山，朱武和史进、杨春、陈达前去征讨，战而不胜（第59回）。公孙胜布阵法战樊瑞，令他指引五个军士，在山坡上看对阵报事，对方向何处走，我方旗向何处指。宋江为山寨之主后，令朱武和杨春、陈达在山后右一个旱寨内把守（第60回）。卢俊义被捉上梁山后，梁山头领故意拖延不放卢回北京，每天轮流摆宴，朱武也带一班头领邀请卢俊义（第62回）。

石碣天文载，朱武是七十二员地煞星中的地魁星。排座次时，朱

地魁星神机军师朱武

武是同参赞军务，与其他四人住在梁山第二坡左一代房内（第71回）。高俅攻打梁山被俘，释放后，萧让、乐和随高俅去东京面见天子，去后久无音讯。宋江、吴用又派燕青、戴宗打探消息。朱武建议利用宿太尉打通天子关节（第81回）。宿太尉奉旨招安，宋江让朱武和吴用、萧让、乐和先去济州接信。朱武又和乐和一起负责款待宿太尉亲随人等（第82回）。

梁山招安后奉命征辽，攻打玉田时，朱武是卢俊义军师，并布阵与辽兵对垒。攻下玉田后被围，朱武预料宋江必来救援，里应外合。后果大败辽军。攻蓟州时朱武仍是卢俊义右军军师三十七员将领之一（第84回）。计取霸州之前，宋江邀朱武和吴用、卢俊义到蓟州，共同商议（第85回）。攻下霸州后，又议取幽州事，这时辽兵却分两路来攻霸州、蓟州。朱武和吴用认为这是敌人诱引之计，不可去攻幽州。宋江、卢俊义不听，结果中计（第86回）。辽统军兀颜延寿带兵马要夺回幽州，与宋江斗阵法，是朱武一次次识破了对方阵势布局（第87回）。昌平与辽国会战，宋江让朱武观阵，他告诉宋江是太乙混天象阵，不可轻易攻打（第88回）。

征田虎打下盖州后，兵分两路合击，朱武是卢俊义一路军师（第93回）。在汾阳大败敌军，捉得敌将马灵后，卢俊义和朱武共议征进之事（第99回）。攻下沁源城后由朱武据守（第100回）。征田虎全胜后，皇帝降诏赏赐，朱武以下七十二人为第三等（第101回）。

宋江军奉旨征王庆，初攻山南城不利，朱武和吴用登云梯察城池形势，建议缓攻，以待时机。攻西京，朱武是卢俊义统领的二十四员战将之一，是副军师（第106回）。兵至西京伊阙山驻扎，朱武知敌西京守将奚胜通晓兵法。让卢俊义在山下布循环八卦阵，与敌斗阵法。敌摆下六花阵法，被朱武识破。朱武改自己军队为八阵图，让卢俊义传令，使杨志等三将打头阵，荡开敌营西方门旗，大败敌人（第107

回)。与卢俊义计议攻打西京城池时,王庆派兵救援。卢俊义让朱武和杨志等人率军列阵大寨前,防备城内敌军突围(第108回)。胜王庆后,班师回京,朝见皇帝,朱武等七十二人加封为偏将军(第110回)。

征方腊,攻下丹徒后,兵分两路。朱武是卢俊义率领下攻打宣、湖二州的军师,偏将之首(第112回)。攻打湖州,卢俊义又将兵分为两拨,朱武和卢俊义等二十三将佐攻打独松关(第114回)。围攻杭州,朱武和花荣等十四人攻艮山门(第115回)。破杭州后,兵分两路,朱武和其他二十七员将佐随卢俊义攻歙州和昱岭关,为该部军师(第116回)。攻昱岭关初战不利,折损史进等六将,朱武献计让时迁探明路经潜至岭后,放火放炮,惊扰敌人;又令军士放火烧山,使敌伏兵进攻无法施展,然后攻关,果然胜利。初攻歙州,折了欧鹏、张青。朱武料到敌军会乘夜劫寨,他预先做了准备,让众将佐分头埋伏,敌人果然劫寨,损兵折将而大败(第118回)。

征方腊后,班师回京,官授武奕郎、都统领(第119回),后随樊瑞去学道法,两人做了全真先生,云游江湖,又去投公孙胜出家,以终天年(第120回)。

陈 达

陈达，人称"跳涧虎"，邺城人，使一条出白点钢枪。陈达与朱武、杨春因官司所逼在华阴县少华山落草，后单人劫掠史家村，被史进捉去。朱武用苦肉计救出，并结识史进（第2回）。中秋节在史家庄与朱武、杨春、史进饮酒，官兵围捕，四人杀退官兵（第2回，第3回）。鲁智深、武松来探望史进，陈达和朱武、杨春下山迎接（第58回）。鲁智深在华州被执，梁山人马来救，陈达与众头领款待。梁山军马假冒将领御赐金铃吊挂来西岳降香的宿太尉的扈从智取华州时，陈达和朱武、杨春负责招待监视宿太尉及其随从。

芒砀山樊瑞等强人扬言要吞并梁山，陈达和史进、朱武、杨春等请缨出征，战而不胜（第59回）。公孙胜布阵破樊瑞，陈达在宋江等人带领下负责掌旗指挥，阵势随旗变换。宋江为山寨之主后，让陈达和朱武、杨春把守山后右一个旱寨（第60回）。攻打大名府救卢俊义、石秀，陈达是右军二副将之一（第68回）。

石碣天文载，陈达是七十二员地煞星中的地周星。排座次时，他是十六员马军小彪将兼远探出哨头领之一（第71回）。童贯率大军攻打梁山泊，梁山以九宫八卦阵对敌，陈达是八阵中东北方副将之一（第76回）。

梁山招安后奉旨征辽，攻蓟州，陈达是卢俊义右军三十七战将之

地周星跳澗虎陳達

地周星跳涧虎陈达

一(第84回)。攻打幽州,途中中计,陈达和其他十一位首领在卢俊义率领下陷于青石峪,后为宋江人马救出,回蓟州暂歇(第86回)。宋江在昌平与辽国大战失利,得九天玄女之法,后与辽再战,陈达是林冲辖下攻辽国木星阵左右撞破青旗军七门的七副将之一,与杨林生擒了辽将心月狐裴直(第89回)。

征田虎兵分三队,陈达是后队头领之一。打盖州,陈达和徐宁等八人为后队(第91回)。到盖州后,吴用料敌人夜间会来劫寨,令陈达与王英等人于寨右埋伏,果然大败敌人(第92回)。攻下盖州后,兵分两路合击,陈达分拨到卢俊义一路(第93回)。攻克汾阳后,会法术的敌将马灵又包围了汾阳。公孙胜、乔道清来破马灵法术,卢俊义按公孙胜意见让陈达和杨春等四人帮助乔道清由两门出击(第99回)。攻打敌都威胜,陈达和黄信等四人夺了北门。索超、汤隆在榆社被围,陈达又和关胜等七人奉命解围(第100回)。

宋江军奉旨征王庆攻宛州,陈达与关胜等十人领兵驻扎城东,以拒敌人南来援兵(第105回)。攻山南城时,兵分三队,陈达和黄信等十四人是后队。攻西京,陈达是卢俊义统领下的二十四员战将之一(第106回)。攻南丰,在城外十里布下九宫八卦阵,其中一阵史进为主将,陈达和杨春列于左右(第109回)。

战方腊,攻下丹徒后,兵分两路,陈达是卢俊义率领下攻宣、湖二州的三十二偏将之一(第112回)。攻下湖州,陈达和呼延灼等十九将佐守卫,又约定攻下德清后与卢俊义所部到杭州会合(第114回)。围杭州,陈达与卢俊义等十三员正偏将攻打候潮门(第115回)。破杭州后,兵分两路,陈达和其他二十七员将佐随卢俊义攻歙州和昱岭关(第116回)。攻昱岭关时,陈达和史进等六将佐去出哨,结果中伏,史进被射下马来,他们五人急急救史进上马退走。此时伏兵四起,弩箭如雨,六人全部被射死(第118回),后封义节郎(第118回)。

杨 春

杨春，人称"白花蛇"，蒲州解良人，使一把大杆刀。被官司逼迫与朱武、陈达在华阴县少华山落草。劫掠史家村时，陈达被史进捉去。杨春曾与朱武去史家村，以愿与陈达同死感动了史进，得以成朋友。中秋节四人在史进家饮酒，官兵围捕，四人杀出（第2回，第3回）。鲁智深、武松来探望史进，杨春和朱武下山迎接（第58回）。智深在华州被执，梁山人马来救，杨春和众头领款待。梁山人马假冒将领御酒金铃吊挂到西岳降香的宿太尉的扈从智取华州时，杨春带领李俊、张顺驾船在渭河上拦截宿太尉船只。后杨春又和朱武、陈达款待宿太尉及其扈从，置酒相待。

芒砀山樊瑞等强人扬言要吞并梁山，杨春和朱武、史进、陈达出征，战而不胜（第53回）。宋江为山寨之主后，让杨春与朱武、陈达把守山后右一个旱寨（第60回）。攻打大名府救卢俊义、石秀，杨春是右军二副将之一，曾与众将围攻大名府兵马都监闻达（第63回）。二打曾头市，杨春是攻打正北大寨马军副将之一（第68回）。

石碣天文载，杨春是七十二员地煞星中的地隐星。排座次时，他是十六员马军小彪将兼远探出哨头领之一（第71回）。童贯率大军来攻梁山，梁山以九宫八卦阵对敌，杨春是八阵中东北方副将之一（第76回）。

地隐星白花蛇杨春

梁山招安后奉旨征辽，攻蓟州时，杨春是卢俊义右军三十七头目之一（第84回）。攻打幽州，杨春和其他十一位首领跟随卢俊义前行，途中中计，陷于青石峪，中了埋伏，与宋江失去联系。后宋江率人马将他们救出，回蓟州暂歇（第86回）。宋江在昌平与辽国会战失利，得九天玄女之法，与辽再战。杨春是林冲辖下攻辽木星阵左右撞破青旗军七门的七副将之一（第89回）。

征田虎兵分三路，杨春是后队头领之一。攻打盖州，杨春与徐宁等八人为后队（第91回），到盖州城外驻扎。吴用料夜间敌人会来劫寨，遂令杨春和王英等人埋伏于寨右，后果大败敌军（第92回）。攻下盖州后，兵分两路合击，杨春分拨到卢俊义一路（第93回）。攻下汾阳后，敌将善用魔法的马灵又包围了汾阳。公孙胜、乔道清来破马灵术法。卢俊义按公孙胜意见，让杨春和陈达等帮助乔道清由西门出击，杀死了敌将武能（第99回）。攻打敌都威胜，杨春与黄信等四人夺了北门。索超、汤隆在榆社被围，杨春又和关胜等七人奉命解围（第100回）。

宋江军奉旨征王庆攻打宛州，杨春与关胜等十人领兵驻扎宛州城东，以拒敌人南来援兵（第105回）。攻打山南城，兵分三队，杨春和黄信等十四人是后队。征王庆，攻西京，杨春是卢俊义统领下二十四员战将之一（第106回）。攻南丰时，在城外十里布下九宫八卦阵，其中一阵史进为主将，陈达和杨春分列左右（第109回）。

征方腊，攻下丹徒后，兵分两路，杨春是卢俊义率领的攻打宣、湖二州的三十二偏将之一（第112回）。攻下湖州，杨春和呼延灼等十九员将佐守卫，又约定攻下德清后与卢俊义所部到杭州会合（第114回）。围攻杭州，杨春与卢俊义等十三员正偏将攻打候潮门（第115回）。破杭州后，兵分两路，杨春和其他二十七员将佐随卢俊义攻歙州和昱岭关（第116回）。攻昱岭关，杨春和史进等六将佐前去出哨，直抵关前,结果中伏,史进被射下马来,他们五人急急救上马来退走,此时伏兵四起,弩箭如雨,六人全部被射死(第118回),后杨春被封义节郎(第119回)。

鲁 达

鲁达，渭州小种经略手下提辖，原在老种经略处，后到小种经略处帮忙，做了提辖。在渭州茶坊结识了史进，在街上又结识了李忠。三人到一酒楼饮酒，这时金老儿和女儿金翠莲在楼上卖唱，金氏父女向鲁达控诉了外号镇关西郑屠迫害他们的罪恶。鲁达义愤填膺，前去挑衅镇关西，三拳将他打死后出逃（第3回）。鲁达走了四五十天，来到代州雁门县，看到了通缉他的文告，这时恰遇金老。此时金翠莲已做了当地赵员外的外室。由金老引见了赵员外，赵员外介绍鲁达到五台山文殊院削发为僧，取名智深，后在半山亭强夺酒吃，醉后大闹文殊院，还在山下村镇上打造了一条六十二斤重的禅杖和一口戒尺。后鲁达醉中打毁了半山亭，又醉打山门，毁了泥塑金刚，再次大闹文殊院（第4回）。智真长老把鲁达介绍到东京大相国寺智清禅师处，行前赠他四句偈言：遇林而起，遇山而富，遇水而兴，遇江而止。

去东京途中，投宿青州桃花村刘太公家。附近桃花山山大王之一的周通要强娶刘太公女儿，当晚成亲。鲁达就假冒太公女儿藏于帐内，周通来后，被他痛打一顿。另一山大王李忠下山报复，再与鲁达见面，遂邀他上山，和周通和好，互相结识。后来鲁达看周、李二人不是慷慨之士，趁二人下山劫掠之机，携山寨金银酒器滚下山去逃走（第5回）。来到瓦罐寺，遇到了霸占寺庙的强贼恶僧生铁佛崔道成和

天孤星花和尚魯智深

道人飞天夜叉丘小乙，与之厮杀，因腹饥力乏而不敌，逃出寺院来到赤松林，巧遇剪径的史进，二人相认停止厮杀，再回到瓦罐寺。鲁达打死了崔道成，史进杀死了丘小乙，一把火烧了寺院。

与史进告别后，去东京，相国寺长老智清无奈收留了鲁达，派他去酸枣门外退居廨宇后大菜园住持管领。菜园左近有二三十泼皮以偷菜养身，想要戏鲁达，让他服伏，假装参贺，要把他扔进粪窖（第6回）。结果反被鲁达踢下粪坑，泼皮拜服，次日因乌鸦聒噪，他倒拔了垂杨柳。第三日鲁达正在练武，林冲看见，大声喝彩，二人结识，结拜为兄弟。饮酒间鲁达得知林冲妻子遭人调戏，林匆匆而去，鲁达赶来岳庙助战，要打调戏林冲妻子的高衙内，为林劝阻（第7回）。

林冲刺配沧州，鲁达暗中保护，行至野猪林，公人董超、薛霸要害林冲，被他解救（第8回）。高俅不许相国寺再和鲁达挂搭，并派人缉拿，鲁达火烧了菜园子廨宇，浪迹江湖。在孟州十字坡酒店被母夜叉孙二娘用蒙汗药麻翻，险些丢了性命。因之结识孙二娘丈夫张青，并结拜为兄弟。后鲁达去投二龙山宝珠寺强人邓龙入伙，邓闭关不纳。鲁达正在林中愁闷，杨志也要去投二龙山。二人相遇交手，互通姓名时，鲁达自我介绍：因背上刺有花绣，人称花和尚。二人结识后，杨志邀鲁达到了曹正酒店。曹正献计：假作将鲁智深拿获，送山寨请功。结果赚开了城门，三人动手，鲁达杀死了邓龙，夺了二龙山宝珠寺，和杨志落草（第17回），后又多次邀请张青夫妇上山（第27回，第31回）。

呼延灼带青州兵马攻桃花山，李忠、周通请二龙山支援。鲁达和杨志、武松驰援，与呼延灼交手，不分胜负。后呼延灼退去，鲁达和杨、武回山。途中武松遇故人孔亮，备说哥哥孔明及叔叔孔宾被呼延灼、慕容知府押于牢内事。鲁达遂和杨、武共商联合桃花山、白虎山三山打青州事（第57回）。杨志建议联络梁山共同举事。鲁达久闻宋江大名，宋江在花荣清风寨时即欲投奔，后闻宋江已去，遂罢。鲁达和杨、武又唤来了施恩、曹正带领人马到青州城下聚齐，结识了宋江、林冲等人。

攻下青州后，鲁达弃二龙山上了梁山。一日要去探望在少华山落草的史进，准备拉朱武、陈达、杨春入伙。宋江让武松与鲁达同行，又让戴宗跟踪打探消息，到少华山后，才知道史进因救画匠王义谋刺贺太守被执，关在华州牢内。鲁达不听武松劝告，一人去救史进。正值贺太守坐轿在街上走过，鲁达谋刺不得其便，反被贺太守察觉，佯说请他赴斋而被诱捕下狱（第58回），自己承认是梁山鲁智深。梁山人马攻下华州后鲁被救出（第59回）。宋江为梁山首领后，鲁达被任前军寨第三位首领（第60回）。吴用计赚卢俊义上山，鲁达依计和众头领分别诱卢步步深入，进入罗网（第61回）。

二次攻打曾头市，鲁达和武松是攻正东大寨首领，吴用利用郁保四诱劝曾头市史文恭劫寨。吴用令鲁达和武松乘虚攻东寨。史文恭中计后，梁山军马攻入曾头市。鲁达和武松追赶苏定。卢俊义生擒史文恭，依晁盖遗言：谁捉住史文恭，谁做山寨之主。宋江执意让卢坐第一把交椅，鲁达在吴用眼色暗示下出面反对（第68回）。打东昌府，鲁达依吴用之计，押解粮米赶路，诱东昌府没羽箭张清来劫。鲁达未防张清石子，头上被打中，被武松救出。张清被俘后，鲁达要打死张清，为宋江喝止（第70回）。

石碣天文载，鲁达是三十六员天罡星中的天孤星。梁山排座次时，鲁达是十员步军头领之一，和武松把守梁山山前南路第二关。菊花会上宋江作《满江红》词，有要招安的意思，鲁达出面反对（第71回）。宋江等去东京观灯，鲁达和武松扮作行脚僧同去。上元节晚上，李逵大闹东京，与燕青、穆弘、史进在城内杀将起来。鲁达和武松、朱仝、刘唐杀进城去，将四人救出（第72回）。燕青由李逵陪同去泰安州和任原相扑，与官兵打了起来。鲁达和卢俊义等八人去接应（第74回）。陈太尉来梁山招安，所携御酒被阮小七等喝光，换作村醪淡酒，众人不知，认为受了愚弄。鲁达提着禅杖高声叫骂（第75回）。童贯二次攻梁山，鲁达依吴用之计和武松埋伏一起把官军杀得七零八落（第77回）。

梁山招安后奉旨征辽，攻蓟州时鲁达是宋江左军四十八头目之一（第84回）。以诈降取霸州。鲁达扮作行脚僧随吴用撞入辽国要塞益津关，和众人杀入文安县（第85回）。辽军统军兀颜光率大军攻幽州，宋江在昌平摆九宫八卦阵对敌。鲁达和卢俊义、武松在后，另作一阵。宋江率军撞进了辽国混天阵，鲁达也杀入敌阵，大败而走（第88回）。昌平失利，宋江得九天玄女之法，再与辽战，鲁达是攻辽国太阳左旗军的七大将的第一位。辽降，班师前鲁达要请假去五台山参拜师父，宋江等人马同去（第89回）。在五台山智真长老送鲁达四句偈语，预言他一生结果。下山后随军马回东京受赏赐。

征田虎，打陵川，鲁达和李逵等是步军头领，与众人率先抢入城里（第91回）。打盖州时，吴用料敌人夜间会来劫寨，令鲁达和武松等人伏于寨内，果大败敌人。盖州城破，敌守将枢密使钮文忠弃城而逃，鲁达和李逵拦住去路（第92回），钮文忠被他一杖打死。李逵说梦，梦中打死了歹徒，鲁达拍手叫好。后分兵进击田虎，鲁达分到宋江一路（第93回）。攻昭德，李逵被俘，宋江率鲁达和林冲等十人去解救，被乔道清用妖法打败，鲁达被捉，大骂敌人，临危不惧（第95回）。昭德城降后，鲁达被放出（第97回）。宋江率军攻襄垣，鲁达是三十一将佐之一。解珍被敌女将琼英用石子击伤，鲁达和武松、解宝将解珍救出，又杀入敌阵而失踪（第98回）。原来鲁达陷入一穴内，在穴内看到另一世界，在庵内遇一和尚，打了很多禅语，最后送他出庵。回头不见了和尚，却遇上了被公孙胜破了法术的敌将马灵，鲁达一禅杖将对方打倒。又遇到了戴宗，二人将马灵押到卢俊义处（第99回）。田虎驰援襄垣失利，中途折回。宋江、吴用让鲁达和刘唐五人截击。他们追杀到襄垣，了解到田虎已被张清捉住，遂向西杀到铜鞮山侧（第100回）。

宋江军奉旨征王庆。攻山南城，依吴用之计，水军赚开城西水门。鲁达和鲍旭等二十个头领藏于粮船内，进城后，杀上岸去，与李逵等夺了北门，放下吊桥，放城外兵马进城（第106回）。攻荆南纪山，初战失利，吴用拟用智取。鲁达和武松等十四人同凌振抄小路去纪山山后，乘敌出击营内空虚之机，夺了营寨，鲁达打死了敌将李懹（第107回）。在南丰城外大战时，鲁达和李逵等八人与敌交锋，诈败诱敌深入。后王庆突围时，鲁达又和众人截击（第109回），胜王庆后，班师回京，朝见天子，鲁达着本身服色（第110回）。

征方腊。兵击扬州，有定浦村陈将士者与江南润州方腊部将吕枢密联络图谋扬州。燕青扮作吕枢密帐前叶虞候带领解氏兄弟杀了陈氏父子。鲁达和史进等人在外配合，从前面杀进庄去（第111回）。攻下丹徒后，兵分两路，鲁达是宋江率领下攻打常、苏二州的十三员正将之一。攻常州时，敌西门守将金节射下一书，约定里应外合。鲁达和武松见书信后，让杜兴报与宋江。次日，金节出城搦战诈败，鲁达和孙立等九人冲杀进城，占了西门。常州破后，敌兵又来进攻，鲁达和关胜等十人领兵迎敌（第112回）。攻进苏州时鲁达与敌将三大王方貌相遇，方败走（第113回）。攻杭州，宋江分兵三路，鲁达和朱仝等六将佐攻打东门（第114回），鲁达率先搦战，与方腊猛将人称国师的宝光和尚大战，两禅杖战五十余合不分胜负，武松助战，宝光败走，武松杀死一敌将，鲁达随后接应。

第二次部署攻杭州，鲁达仍攻东门（第115回），破杭州后，兵分两路，他和三十五员将佐随宋江攻睦州和乌龙岭（第116回）。宋江在乌龙岭下中了埋伏，鲁达奉吴用之命去救援。后访得一老人指引乌龙岭小道，鲁达随宋江等十二将佐由此进兵。攻打睦州，鲁达和武松与敌将郑彪厮杀，会法术的包道乙的混天剑从空飞来砍去武松一臂。鲁达救了武松，又杀入敌阵，与敌将夏侯成交锋。夏侯成败走，鲁达紧追不舍，赶入深山（第117回），迷踪失径，遇一老僧，留住庵内，嘱他有一长大汉子自松林深处来，可捉获。此时方腊从帮源洞逃出，到庵中讨饭，被鲁达一禅杖打翻，捆绑了押出山来。

宋江让鲁达回东京，还俗做官，被他拒绝。之后鲁达和武松一起住在六和寺。一夜听得战鼓响，僧人告诉鲁达是钱塘江潮信，他忽然大悟，想起智真长老"听潮而圆，见信而寂"的偈语，遂沐浴坐化，留下一篇偈语：平生不修善果，只爱杀人放火。忽地顿开金绳，这里扯断玉锁。咦！钱塘江上潮信来，今日方知我是我。宋江让众僧做三昼夜功果，火化后葬于六和塔塔院。封忠武郎，加赠义烈照暨禅师（第119回）。

李　忠

　　李忠，人称"打虎将"，在渭州街上使棒卖药时遇到史进，是史进习武的开手师父，同时结识鲁达（第3回）。鲁达打死镇关西郑屠后，李忠听到差人要缉拿鲁达，也慌忙逃走，路过青州桃花山，与山大王小霸王周通厮杀，获胜后，周通让他坐了山寨第一把交椅。周通强娶桃花村刘太公女儿，遭智深痛打，李忠去报仇，再遇鲁智深，遂与鲁上山欢饮（第5回）。呼延灼败于梁山军马，去投青州慕容知府，途经一酒店住宿。李忠和周通的喽啰盗走了呼延灼的御赐良马，呼延灼到青州后，率军攻打桃花山。周通对阵不敌，二人商议去二龙山求援。鲁智深、杨志、武松三人救应。李忠出山策应与呼延灼交手，不敌，退回山寨。呼延灼撤兵后，李忠和周通在山寨宴请鲁等三人。李忠原籍濠州定远，家中世传靠枪棒为生，因身材健壮，故人称他打虎将（第57回）。桃花山、二龙山、白虎山和梁山军马合力攻打青州。李忠和周通带本山人马，到青州城下聚齐，见了宋江等人，攻下青州后，弃桃花山上了梁山（第58回）。宋江为山寨之主后，令李忠和其他二守将把鸭嘴滩小寨（第60回）。

　　石碣天文载，李忠是七十二员地煞星中的地僻星。排座次时，他是梁山十七员步军将校之一（第71回）。高俅第三次攻打梁山，李忠是梁山水军头领之一，曾追杀官军将领梅展（第80回）。

地僻星打虎将李忠

梁山招安后奉旨征辽，攻蓟州时，李忠是卢俊义的右军三十七头目之一（第84回）。攻打幽州途中中计，李忠和其他十一位首领在卢俊义率领下陷于青石峪。后被宋江带兵救出，回蓟州暂歇（第86回）。

征田虎打盖州，李忠和徐宁等八人为后队（第91回）。到盖州后，吴用料到敌人夜间会来劫寨，命李忠和王英等埋伏于寨右，果然大败敌人（第92回）。攻下盖州后，兵分两路进击，李忠分到卢俊义一路（第93回）。攻下汾阳，会法术的敌将马灵又围困汾阳。公孙胜、乔道清赶来破马灵法术。卢俊义按公孙胜意见让李忠和陈达等帮助乔道清由西门出击（第99回）。攻破威胜城，他和众将分头去杀田虎臣属将佐（第100回）。

宋江军马奉旨征王庆攻西京，李忠是卢俊义统领下的二十四员战将之一（第106回）。攻打南丰，李忠与单廷珪等六人在李应、柴进统领下护送粮草、火炮、缎匹车辆，入夜中途遇敌，柴进用计，火烧、炮击敌人，他和穆春奉命把住路口（第108回）。

征方腊，兵至扬州，有定浦村陈将士和江南润州方腊的吕枢密联络，图谋扬州，燕青遂扮作吕枢密帐前叶虞候带领着解氏兄弟杀了陈将士父子。李忠与朱仝等六人配合，包围了陈家庄院（第111回）。攻下丹徒后，兵分两路，李忠是卢俊义率领下攻打宣、湖二州的三十二偏将之一。攻宣州，张清用石子打了敌将潘濬，李忠赶上去将潘杀死（第112回）。攻下湖州，卢俊义所部分兵两股，李忠在卢带领下和其他将佐攻打独松关（第114回）。围杭州，李忠和花荣等十四员正偏将攻打艮山门（第115回）。破杭州后，兵分两路，李忠和二十七员将佐随卢俊义攻歙州和昱岭关（第116回）。攻昱岭关时，李忠和史进等六将佐前去出哨，中了埋伏，史进被射下马来，李忠等五人去救，此时伏兵四起，弩箭如雨，李忠和其他五人全部被射死（第118回），后李忠被封节义郎（第119回）。

周　通

周通，人称"小霸王"，在青州桃花山落草。李忠路过山下，二人厮杀，周通败于李忠，遂让李坐了山寨第一把交椅。周通与李忠二人情同手足，后周通要强娶桃花村刘太公女儿为妻，新婚夜鲁智深假扮新娘藏于帐内，他遭到鲁智深的痛打后逃回山寨。李忠下山报复，遇到旧相识鲁智深，遂请鲁上山。周通得与鲁智深结识（第5回）。呼延灼被梁山人马打败后去投青州慕容知府，途中在一酒店住宿，周通和李忠的喽啰夜里盗了呼延灼的御赐良马。呼延灼到青州后率军马攻打桃花山，周通出阵迎敌，败归山寨，与李忠商议求二龙山支援。二龙山鲁智深、杨志、武松来救。呼延灼人马撤走后，周通和李忠邀鲁等三人上山欢饮（第57回）。后桃花山、二龙山、白虎山联络梁山人马共攻青州。周通和李忠带本山人马到青州城下聚齐，见了宋江等人。

青州破后，周通和李忠弃桃花山而上了梁山（第58回）。宋江为山寨之主后，周通和其他三将把守鸭嘴滩小寨（第60回）。

石碣天文载，周通是七十二员地煞星中的地空星。梁山排座次时，周通是十六员马军小彪将兼远探出哨头领之一（第71回）。童贯率大军攻打梁山，梁山以九宫八卦阵对敌，周通是八阵中西北方的副将之一（第76回）。

地空星小霸王周通

梁山招安后，奉旨征辽，攻打蓟州，周通是卢俊义右军三十七头目之一（第84回）。攻打幽州，周通和十一位首领在卢俊义率领下陷于青石峪。后宋江率人马将他们救出，回蓟州暂歇（第86回）。昌平大战失利，宋江得九天玄女之法，再与辽战，周通是秦明辖下攻打金星阵左右撞破白旗军七门的七副将之一（第89回）。

征田虎分兵三队，周通是后队头领之一。打盖州，周通和徐宁等八人为后队（第91回）。攻下盖州后，兵分两路合击，周通分拨到卢俊义一路（第93回）。到汾阳后，反被会法术的敌将马灵包围于城中。公孙胜、乔道清赶来破马灵的法术。卢俊义按公孙胜的意见，让周通和陈达等帮助乔道清由西门出击（第99回）。攻打敌都威胜，周通和黄信等四人夺了北门。索超、汤隆在榆社被围，周通又与关胜等七人奉命去解围（第100回）。

宋江军奉旨征王庆攻宛州，周通与关胜等十人领兵驻扎城东，以拒敌人南来援兵（第105回）。攻山南城，兵分三队，周通和黄信等十四人是后队（第106回）。攻南丰，在城外布下九宫八卦阵，其中一阵杨志为主将，杨林和周通分列左右（第109回）。

征方腊，兵到扬州，有定浦村陈将士者与江南润州方腊部将吕枢密联络图谋扬州。燕青遂扮作吕枢密帐前叶虞候带领解氏兄弟杀了陈将士父子。周通和朱仝等六人配合，包围了庄院（第111回）。攻下丹徒后，兵分两路，周通是卢俊义率领的攻打宣、湖二州的三十二偏将之一（第112回）。攻下湖州，卢俊义所部兵分两路，周通和卢俊义二十三将佐攻独松关（第114回）。周通和欧鹏等四人下山探路，不提防敌人冲下关来，敌将厉天闰一刀将周通杀死（第115回），后周通被封为节义郎（第119回）。

林　冲

　　林冲，人称"豹子头"，八十万禁军教头。因看鲁智深在菜园子练武而互相结识，结拜为兄弟。当日林冲携妻子在开封岳庙还香愿，妻子遭高衙内调戏，闻讯后与鲁智深别去。摄于高衙内权势，林冲忍下了这口气。友人陆谦骗林冲到家吃酒，又派人谎说他在陆家生病，将他妻子骗到一楼上，林妻遂遭高衙内调戏。女使锦儿找到林冲，林冲将妻子救出。林冲去杀陆谦，陆已逃避。一日和鲁智深遇一卖宝刀的汉子，林冲买下宝刀，次日，高太尉命他带刀去比量，中计误入白虎节堂。高俅以图谋行刺的罪名将林冲捆缚（第7回），送开封府推问下狱。判脊杖二十，断配沧州牢城。临行立下休书，任凭妻子改嫁。公人董超、薛霸受了贿赂，途中要害死林冲。行三四日后，在一店内先用热水烫坏了林冲的脚，又让他穿上草鞋，行至野猪林将他捆在树上要行凶，被鲁智深解救。途经柴进庄院，林冲拜谒了柴进，并与柴家枪棒教师洪教头比武，获胜。柴进赠银并修书两封给沧州府尹等人，让他们照顾林冲。到沧州发在牢城营内单身房里，后去看守天王堂（第9回）。

　　在这里遇上了开茶酒店的李小二夫妇。李小二在东京时因罪吃官司，林冲曾为之开脱并周济过钱财。在沧州得到了李小二夫妇的照顾。陆谦、富安在酒店与差拨、管营密谋暗害林冲，也是李小二告诉

天雄星豹子头林冲

了林冲。陆、富买通了差拨、管营，遂把林冲派到沧州城东大军草场看守。当晚大雪压倒了草料场草厅，林冲去一所大庙安歇，忽见草料场火起。听到庙门外有人声，原来陆谦、富安、差拨正在为谋害林冲得手而庆功祝贺。林冲将他们全部杀死，逃离草料场。途中进一草屋，打走庄客独饮而醉，林冲被捆缚起来（第10回），送到一庄院，原来是柴进东庄。

林冲怕连累柴进，持柴进手书到梁山王伦处落草。林冲扮作柴进随从模样闯过了张挂通缉令的关口。十数日后雪天近晚到了一酒店，题诗于壁。与酒店主人朱贵结识，由他送林冲上山。王伦看了柴进的信，让林冲坐了第四把交椅。王伦见林冲武艺高强，心生嫉妒，因之赠白银五十两，让林冲别处安身。后由朱贵、杜迁、宋万劝阻，王伦才同意将林冲留下，但必须三日内杀死一人作为"投名状"，才能入伙。林冲下山两天无所获，第三天恰遇一大汉（第11回），两人斗三十余合，胜负不分，原来大汉是青面兽杨志。自此，王伦同意他落草，坐第四把交椅，在朱贵之上（第12回）。

晁盖等七人因智取生辰纲事发，来投梁山，王伦心胸狭隘而不容。林冲在吴用启发下火并了王伦（第19回），尊晁盖坐了第一把交椅，自己仍居第四位。林冲派人回东京接妻子，回报说妻子被高太尉威逼自缢，林冲自此绝望。济州府派团练使黄安攻打梁山，林冲按吴用计谋夺得六百余匹好马（第20回）。花荣、秦明、黄信、燕顺、王英、郑天寿、吕方、郭盛、石勇等上梁山入伙，重新焚香设誓结拜，林冲仍坐第四位（第35回）。去江州劫法场救宋江、戴宗，林冲留守山寨（第41回）。一打祝家庄，林冲是第二拨人马（第47回）。二打祝家庄，林冲生擒一丈青扈三娘（第48回）。三打祝家庄，林冲攻东门（第50回）。攻下祝家庄后，林冲与戴宗居于梁山山寨右寨（第51回）。攻打高唐州解救柴进，林冲是前队先锋之一，被知府高廉妖法打败（第52回）。公孙胜来破高廉妖术，双方对阵，林冲是十员战将之一（第54回）。呼延灼攻打梁山，宋江布兵迎敌，林冲打第二阵，与呼延灼大战，不分胜负。呼延灼连环马大胜梁山军马，林冲中箭受伤（第55回）。为破连环马，汤隆将其表兄金枪手徐宁诱骗上山。因林冲在东京时与徐宁相识，较量过武艺，相敬相爱，于是林冲出面劝徐宁落草（第56回）。攻下青州后，林冲又和鲁智深相见（第58回）。攻打华州，林冲是五员先锋将之一。劫持了奉旨来西安降香的宿太尉，智取华州时，林冲和杨志引一队人马与另外一队人马负责两路取城（第59回）。攻打曾头市，林冲是晁盖点的二十名头领的第一名。曾与曾魁交手，阵中护卫晁盖。曾头市一人扮作和尚，声言了解市内情况，愿引路劫寨。林冲怀疑有诈，劝晁盖勿去，晁盖不听，结果中箭身亡，大败而回。

　　林冲和公孙胜、吴用等众首领商议，共推宋江为首领。林冲任左军寨第一位首领（第60回）。吴用设计赚卢俊义上山，林冲是在山下包围卢俊义的头领之一（第61回）。攻打大名府救卢俊义和石秀，林冲是后军头领，与众头领围攻大名府兵马都监闻达（第63回）。关胜打梁山，宋江率部从大名撤退，按吴用之计，设伏兵拦击大名追赶的官军。林冲埋伏于飞虎峪右边，与花荣、呼延灼大败闻达和李成。回师梁山，秦明大战关胜，林冲怕秦明抢了头功，也出马攻关胜。眼见要取胜，宋江怕伤了关胜，立即鸣金收兵，林冲和秦明不悦，后又和花荣合攻关胜先锋郝思文，一丈青扈三娘趁机用锦套索把郝拖下马来生擒（第64回）。元宵节第三次里应外合攻大名府，林冲是八路军马中第二队前部人马头领，和马麟、邓飞在北门拦住了李成、梁中书去路（第66回）。凌州单廷珪、魏定国攻打梁山，关胜请缨去打凌州，吴用对关有戒心，让林冲和杨志监督接应。关胜副将被捉，大败奔逃，林冲和杨志从两边杀出，打退对方军马。关胜要说降魏定国，林冲让关三思而行（第67回）。梁山分兵攻东昌、东平二府，林冲随宋江攻东平，和花荣合攻东平兵马都监董平，佯作战败，董平追赶，结果被绊马索绊倒，董平被捉（第69回）。东平破后，林冲又随宋江支援卢俊义打东昌。索超、董平大战东昌府的张清、龚旺、丁得孙，林冲和花荣、吕方、郭盛助战，并和花荣一起捉了龚旺。吴用要用水军捉张清，林冲引铁骑将张清连人带马逼下水去，被水军头领捉住（第70回）。

石碣天文载，林冲是三十六员天罡星中的天雄星。排座次时，林冲是梁山马军五虎将之一。林冲和其他四人把守梁山正西旱寨（第71回）。宋江等上元节去东京观灯，吴用派林冲和其他头领去城外接应。宋江等由城内逃出，他们五人陈兵城下，使高廉不敢出城追赶（第72回）。王江、董海假冒宋江名字抢了刘太公女儿，李逵以为宋江做了歹事，提斧要杀宋江，被宋江等五虎将拦阻（第73回）。朝廷要来招安，林冲心有疑虑，与宋江意见相左（第75回）。童贯率大军攻梁山，梁山以九宫八卦阵对敌，林冲是八阵西方主将（第76回）。童贯二打梁山，吴用设下十面埋伏，林冲和呼延灼为一部，杀死了官军将领马万里（第77回）。高俅攻打梁山，林冲与河南、河北节度使王焕大战，不分胜负。后又与呼延灼救了中箭伤的董平（第78回）。高俅二打梁山，官兵水军覆灭，后又依吴用追杀之计，林冲和其他将领分别追杀高俅（第79回）。高俅第三次打梁山，林冲在陆地埋伏，与另外三人合力攻官军项元镇、张开、周昂、王焕。高俅被捉，宋江等施礼敬酒，林冲和杨志对高俅怒目而视（第80回）。

梁山招安后，林冲随宋江等回梁山安排善后，之后回东京。征辽时，张清用石子打伤了辽将阿里奇，林冲和花荣、秦明、索超一起生擒了阿里奇。接着去打檀州，张清打伤了辽将耶律国宝，林冲与关胜拥兵掩杀，并奉命从西北进兵，攻檀州（第83回）。攻蓟州，林冲是宋江左军的十八头目之一。阵中杀死了辽将宝密圣，夺了攻打蓟州头功（第84回）。林冲随宋江共十五人诈降辽国。到了霸州，卢俊义佯作追杀叛徒宋江，林冲和花荣、朱仝、穆弘与卢交手，佯败入城，引卢俊义率军杀入，夺了霸州（第85回）。攻幽州中计，卢俊义等兵陷青石峪，宋江派林冲和花荣、秦明、关胜打探卢俊义等人下落。青石峪解救卢俊义等人时，林冲杀死了辽将贺拆。攻幽州城，林冲首先与辽上将贺统军交锋（第86回）。辽国统军兀颜光率大军反攻幽州，宋江在昌平摆下九宫八卦阵对敌，林冲居于右方。后与花荣等八人从左右两面撞开敌军混天阵的皂旗阵势，结果大败（第88回）。昌平失利后，宋江得九天玄女所授阵法，再与辽战。林冲是攻击辽国木星阵的首领，下辖七员大将。辽国投降，林冲是护送宿太尉去辽国颁诏的十员上将之一（第89回）。

征田虎分兵三队，林冲是前部头领之一（第91回）。围攻盖州，林冲和索超等攻东门，徐宁等攻进城后，放他的军马入城（第92回），后兵分两路追击田虎，林冲分拨到宋江一路（第93回），从东路进军。林冲和索超等四人是前队将领。攻打壶关，林冲与敌将山士奇、伍肃交锋，并将伍肃杀死，阵中中箭，由安道全医治。敌将唐斌要献壶关，约定宋江里应外合。林冲和张清率军潜伏营寨西面，后听寨内号炮响起，遂出兵攻关（第94回）。攻昭德，李逵被俘，宋江率林冲和徐宁十人领兵解救，结果被乔道清妖法打败，林冲和徐宁等七人紧紧护卫宋江（第95回）。公孙胜初破乔道清术法后，林冲和张清等七人在公孙胜、宋江率领下带兵进击。公孙胜大胜乔道清，追杀中林冲把敌将倪麟刺死，后公孙胜将乔道清围困在百谷岭，林冲与张清奉命前去支援（第96回）。乔道清投降后，林冲和张清、樊瑞等回昭德城驻扎（第97回）。宋江率大军北攻襄垣，林冲是三十一将佐之一，阵前被敌女将琼英用石子击中面门，由孙安、张清保护回寨，由安道全医治（第98回）。田虎率大军救援襄垣，宋江命林冲和花荣等六人中途截击，大败敌军（第99回）。

征王庆，攻宛州，林冲和呼延灼等十人驻兵宛州之西，防备敌人北来援军，后果然打败了从临汝来的援兵，杀其主将张寿。宋江标写林冲的功劳。下宛州后，林冲和花荣等六人辅助陈安抚驻守（第105回）。敌兵三路来犯，林冲和花荣北路迎敌，杀敌将阙翥、翁飞，又去南路给吕方、郭盛助战，大胜收兵（第106回）；又和花荣攻占了宛州、山南两处下属州县（第108回）。攻打南丰，城外十里摆下九宫八卦阵，林冲是其中一阵主将，并率先与敌交锋，力战柳元、潘忠，杀死了柳元（第109回）。

征方腊，攻下丹徒后兵分两路。林冲是卢俊义率领的攻宣、湖二州的十五员正将之一。攻打宣州，阵中刺死敌将木土敬臣（第112回）。攻占湖州后，卢俊义所部兵分两股，林冲引领人马将佐攻独松关，后卢俊义、朱武又来支援（第114回），阵前林冲杀死敌将蒋印。围杭州，林冲和卢俊义等十三员正偏将攻候潮门（第115回），他将敌将冷恭杀死。攻下杭州后，兵分两路，林冲和二十七员将佐随卢俊义攻歙州和昱岭关（第116回）。攻打昱岭关时，用朱武之计，火烧山林破敌伏兵，让时迁潜到岭后放火放炮，惊扰敌人，林冲和呼延灼立马关下骂阵。攻关时二人捷足先登。随后去攻歙州，初战不利，朱武料到敌人夜间劫寨而事先设伏。林冲引领军马埋伏寨右，敌兵果然遭到伏击。歙州城破，敌王尚书弃城而走，孙立等四将追赶，林冲又赶到，五人围攻，杀了王尚书，割下首级向卢俊义献捷（第118回）。

征方腊后，班师回东京，启程时林冲忽患风瘫，留居六和寺，由武松照顾，半年后身亡（第119回）。

柴 进

柴进，人称"小旋风"，沧州横海郡人，当地人称柴大官人。大周柴世宗子孙，赵匡胤发动陈桥兵变后，敕赐"誓书铁券"，无人敢欺。柴进专一招接天下好汉，家养食客三五十人。林冲刺配沧州，途经柴进庄上二人结识。林与柴进家洪教头比武获胜，柴进更加敬重林冲。林冲上路，柴进赠银送别，并给沧州府尹修书一封，让他照顾，后又给林送去银钱冬衣（第9回）。林冲火烧草料场后，逃走，途中抢人酒吃醉倒，被柴进庄客捆缚送到庄上（第10回），他再次和林冲相见。柴进又写信介绍林冲投奔梁山泊王伦等人落草，原来王伦、杜迁、宋万等三人与柴进交厚，常有书札往还。他们也曾投奔过柴进，并赠过银两盘缠。柴进让林冲扮作猎手，随柴进闯过了挂榜通缉林冲的关口（第11回）。武松因酒后打昏了清河县机密，以为机密已死，遂逃来柴进庄上避祸；宋江杀阎婆惜后和弟弟宋清也逃到柴进这里躲避，宋江、武松结识，后来武松回乡探亲（第23回）。半年后宋江去了孔太公庄上（第32回）。石勇因赌博伤了人命，来投奔柴进，后来去追寻宋江（第35回）。

宋江写信介绍吴用、雷横、李逵住在柴进家，见机行事劝朱仝入伙。李逵杀死了朱仝看带的沧州知府的小衙内，逼朱上山。朱仝追李逵到柴进庄上，柴进出面说明原委，也劝朱仝落草（第51回）。柴进

天贵星小旋风柴进

接到叔叔柴皇城的信，说高唐州知府高廉妻弟殷天锡要霸占他叔叔花园，皇城气病卧床。柴进去探视，李逵跟随。后来叔叔死去，殷天锡又来催逼搬迁，柴进与之评理遭打，李逵一气之下打死殷天锡后逃归梁山，柴进被投入监狱（第52回）。梁山军马破高唐之后，寻柴进不着，原来狱卒蔺仁把柴进放在一枯井内保护起来。李逵下井将柴进救出，上了梁山，和宋江一处安歇（第54回）。

徐宁要破呼延灼连环马，宋江布兵，柴进是六个马军头领之一，引兵搦战（第57回）。攻青州，柴进是第四队四头领之一（第58回）。史进请缨攻打芒砀山强人樊瑞等，柴进随宋江前去支援（第59回）。公孙胜布阵攻樊瑞，柴进与吕方、郭盛暂掌中军。宋江为山寨之主后，任柴进为后军寨内第一位首领（第60回）。卢俊义下狱，柴进奉命去北京找两院押牢节级兼刽子手蔡福，贿以重金，利威并施，让蔡保卫卢俊义（第62回）。利用元宵节里应外合攻打大名府时，柴进和乐和扮作军官，去蔡福家中保护卢俊义、石秀。城里号火起后，柴进和乐和、孔明、孔亮将卢俊义、石秀救出。又带领蔡福、蔡庆到他们兄弟二人家中保护老小，收拾家私，同上山寨。天色大明时，柴进和吴用鸣金收兵（第66回）。

石碣天文载，柴进是三十六天罡星中的天贵星。柴进和李应是掌管钱粮头领，住忠义堂左侧（第71回）。宋江点拨头领去东京观灯，柴进扮作闲凉官，在京城万寿门外住下，先和燕青进城打探。在一酒楼上，让燕青请来一位班直官，柴进伪作认识，请人饮酒，麻翻后，着班直官衣冠进了皇宫内庭的睿思殿。殿上见一屏风，上有御书"四大寇"姓名，为首者即为宋江。柴进用暗器将"山东宋江"刻下携出。到酒店找到燕青，一起出城。正月十四日晚与宋江等进城，随宋江到名妓李师师家，诡称是叶巡检。后来天子到来，他们匆匆离去。上元节晚上又去李师师家，再遇天子。柴进和宋江回避，宋江要乘机讨份诏书，被他劝止。李逵在李家门前放火，杀将起来。柴进和宋江、戴宗急急出城，让五虎将接回梁山（第72回）。李逵自东京回山寨途中，遇一刘太公，刘的女儿被二强盗夺去，其中一人冒充宋江。李逵以为宋江做了歹事，回山要杀宋江，并认为另一人是柴进。柴进只好和宋江陪同李逵去对质（第73回）。陈太尉来梁山招安，宋江命他提调一切，迎接诏书（第75回）。

梁山招安后奉旨征辽，攻下檀州后，柴进和二十二位将佐随赵安抚留守城地（第84回）。辽国归降，柴进和萧让伴辽丞相褚坚去东京商议奉表投降事，二人又陪宿太尉奉诏同去辽邦。到宋江军后，柴进又被派作护送宿太尉进辽国颁诏的十上将之一（第89回）。

征田虎，攻下凌州后，柴进和李应驻守（第91回）。新官接任后，柴进和李应回到昭德宋江处（第99回）。征王庆，攻宛州以前，大军驻扎在阳翟城外方城山密林中。料到敌人会用火攻，故意将粮草堆积于山南平麓，引诱敌人，让柴进和李应看守，敌人果然中计（第105回）。攻荆南纪山，初战不利，吴用拟智取，柴进和李应等四将领兵留寨内听调。前军号炮响后，他们从西路抄到军前，大败敌人（第107回）。攻打南丰，宋江命柴进和李应统领单廷珪六头领护送粮草缎匹火炮车辆，途中敌猛将縻貹乘夜劫烧粮草，柴进设计火烧炮击敌人，縻貹被打死，敌军大败，他们押送粮草到山寨（第108回）。

征方腊，兵到淮安，宋江、吴用令柴进和张顺去江中金山寺打探。张顺前去，柴进在瓜州等候，了解军情后，回报给宋江。攻润州，宋江军马扮作敌军渡江，柴进是第三拨船上十员正将之一（第111回）。攻下丹徒后，兵分两路。柴进是卢俊义率领下的攻打宣、湖二州的十五员正将之一。攻下宣州后，柴进去宋江处报捷（第112回）。宋江把柴进留下做伴（第113回），商议攻打杭州之策，他愿深入虎穴，去方腊营寨做细作，并要燕青陪同，宋江允准。柴进扮作白衣秀士，燕青扮作仆人（第114回）。二人辗转到了睦州，柴进自称山东柯引，甚得方腊左丞相欢心，又去清溪会见方腊右丞相，由之引荐得见方腊。柴进受到方腊信任，和金芝公主结婚，招为驸马（第116回）。宋江军马围了帮源洞方腊宫苑，柴进出洞搦战，与花荣、关胜、朱仝交锋，三人佯败，方腊更加信任。次日再战，方腊之侄方杰出阵，受到关胜、花荣、朱仝、李应四人围攻。方杰退回本阵，柴进在门旗截住，把手一招引关胜等四人赶来。柴进挺枪直取方杰而刺中，燕青赶上一刀杀了方杰，大军入宫。征方腊后班师回东京，授武节将军、横海郡沧州都统制（第119回）。柴进见戴宗纳还官诰，求闲而去，又见阮小七因穿戴方腊天子衣冠戏要而剥夺官职，罚为庶民。想到自己曾为方腊驸马，难免见责，遂诈称有风疾，不能任事，愿纳还官诰，求闲为农，后回沧州横海郡为民，无疾而终（第120回）。

杜 迁

杜迁，人称"摸着天"，与王伦、宋万在梁山泊落草。不得意时，曾随王伦投奔柴进。林冲来梁山入伙，王伦担心林冲压过他们，借故拒绝收留，杜迁曾劝阻王伦（第11回）。晁盖等七人智取生辰纲事发，投奔梁山，杜迁去迎接。林冲火并王伦时，杜迁被阮小二看住，无法向前劝解。王伦被杀（第19回），杜迁坐了第九位，重新聚义。济州团练使攻打梁山，杜迁和宋万在东港建功。朱贵探听到有一批客商要从山下经过，晁盖决定劫取。行动中杜迁和宋万接应"三阮"（第20回）。

花荣、秦明等人上梁山后，重排座次，杜迁坐第十八位（第35回）。按照吴用之计，杜迁和其他人一起劫持萧让、金大坚上梁山（第39回）。宋江、戴宗在江州被判问斩，梁山好汉劫法场，杜迁扮作使枪棒的杂于百姓中间，救出宋江、戴宗。到了白龙庙，杜迁参加了二十九人白龙庙聚义（第40回）。江州官军追来，杜迁和众人一直杀到江州城下，后来又到了穆太公庄上。在偷袭陷害宋江的主谋无为军黄文炳家时，杜迁扮作乞丐潜入城门左近埋伏。偷袭成功后，杜迁杀死把门军士，放众好汉出城。返回梁山途中，在欧鹏的山寨黄门山住了一夜（第41回）。

杜迁曾去宋家庄接宋太公和宋清上梁山（第42回）。吴用令杜迁

地妖星摸着天杜迁

总行把守梁山前设置的三座大关,一应委差,不许调遣,早晚不得擅离(第44回)。攻下祝家庄后,杜迁和宋万把守宛子城第二关(第51回)。徐宁要用钩镰枪破呼延灼的连环马,宋江布置十队步军,杜迁和刘唐带领一队,交锋中二人拿了呼延灼的先锋韩滔(第57回)。攻打曾头市,杜迁是晁盖点将的二十头领之一,也是去劫寨的十头领之一,结果中计,他从水里逃出。晁盖中箭后,杜迁和"三阮"、宋万送晁盖回山寨。宋江为山寨之主,任杜迁为左军寨第六位首领(第60回)。元宵节里应外合攻打大名府,杜迁和宋万扮作粜米客人混进城去,待号火起时,先夺东门。攻城开始,杜迁和宋万、李应、史进守住东门,后又和宋万去杀梁中书一家(第65回)。

石碣天文载,杜迁是七十二员地煞星中的地妖星。排座次时,杜迁是梁山十七员步军将校之一(第71回)。

梁山招安后,杜迁随宋江由东京回梁山安排善后事,后来又回东京(第83回)。征辽攻蓟州,杜迁是宋江左军四十八头目之一(第84回)。辽国统军兀颜光来攻幽州,宋江率领众将闯入敌军混天阵,大败,杜迁负重伤,由安道全调治(第88回)。

征田虎,打下了盖州后,兵分两路进击,杜迁分到卢俊义一路(第93回)。攻打敌都威胜,杜迁和秦明四人夺了东门(第100回)。

宋江军奉旨征王庆,攻荆南纪山时,初战不利。吴用拟智取,杜迁和鲁智深等十四人同凌振领兵抄小道到纪山山后,乘敌出击营内空虚之机,夺了山寨(第107回)。

征方腊,宋江军扮作敌兵渡江取润州,杜迁在第一拨船上,他是穆弘手下十偏将之一(第111回)。攻下丹徒后,兵分两路,杜迁是卢俊义率领下攻宣、湖二州的三十二偏将之一(第112回)。攻下湖州后,杜迁和呼延灼等十九位将佐驻守,并约定攻下德清后,去杭州与卢俊义所部会合(第114回)。围杭州,杜迁和卢俊义等十三员正偏将攻打候潮门。解氏兄弟劫取了敌人运粮船只，杜迁和解氏兄弟等十八人杂于船舱众人之中混进城去，里应外合攻城（第115回）。破杭州后，兵分两路，杜迁和其他二十七员将佐随卢俊义攻歙州和昱岭关（第116回）。攻方腊都城清溪一战中，杜迁被马军踏死（第118回），后封义节郎（第119回）。

宋 万

宋万，人称"云里金刚"，与王伦、杜迁在梁山泊落草。林冲由柴进介绍到梁山入伙。王伦嫉妒林冲武艺，怕将来压过他们，借故拒绝收留，宋万曾劝阻王伦（第11回）。晁盖等七人智取生辰纲事发，投奔梁山。宋万前去迎接，林冲火并王伦，宋万被阮小五看住，无法劝解，结果王伦被杀（第19回）。重新聚义，宋万坐了第十位。济州团练使黄安攻打梁山，宋万和杜迁在东港立功。朱贵通知晁盖有一批客商要从山下通过，晁盖决定劫取，行动中宋万和杜迁曾接应"三阮"（第20回）。

花荣、秦明等九人上山后，重排座次，宋万排在十九位（第35回）。宋万参加了由吴用策划的劫持萧让、金大坚上梁山的行动（第39回）。宋江、戴宗在江州被判死刑，宋万扮作会枪棒的杂于众人之中，和众好汉劫了法场，把宋、戴救到白龙庙后，宋万参加了二十九人的白龙庙聚义（第40回）。官军来追，宋万和众人杀到江州城下，又来到揭阳岭穆太山庄上。偷袭陷害宋江的主谋无为军黄文炳家时，宋万留守镇上。在回梁山途中和众人在欧鹏占据的黄门山留宿一夜（第41回）。宋万曾去宋家庄接宋太公和宋清上山（第42回）。攻下祝家庄，宋万和杜迁把守宛子城第二关（第51回）。

攻打曾头市，宋万是晁盖点将的二十名首领之一，宋万和其他九

地魔星云里金刚宋万

位首领去劫寨，结果中计，他从水里逃出。晁盖中箭后，宋万和"三阮"、杜迁送晁盖回山。宋江为山寨之主后，任宋万为左军寨第七位首领（第60回）。元宵节里应外合攻打大名府，宋万和杜迁扮作粜米客人，宿于城内。待号火起时，去夺东门，攻城开始，宋万和杜迁、李应、史进守住东门，后又和杜迁去杀梁中书一家（第66回）。

石碣天文载，宋万是七十二员地煞星中的地魔星。排座次时，宋万是梁山十七员步军将校之一（第71回）。童贯率官军攻梁山，梁山以九宫八卦阵对敌，宋万是八阵中央四门中的南门将领（第76回）。

梁山招安后，宋万和诸人随宋江回梁山安排善后事，后又回东京（第83回）。征辽攻蓟州，宋万是宋江左军四十八头目之一（第84回）。打幽州，辽将贺统军被杨雄、石秀压在身下，宋万也赶来，大家怕争功而坏了义气，于是将贺统军乱枪刺死（第86回）。辽国统军兀颜光攻幽州，宋万随宋江攻入敌兵混天阵，结果大败，他负重伤，由安道全医治（第88回）。

征田虎，打下盖州后，兵分两路合击，宋万分到卢俊义一路（第93回）。攻敌都城威胜，宋万和秦明等四人夺了东门（第100回）。

征王庆，攻荆南纪山，初战失利。宋万和鲁智深等十四人同凌振领兵去纪山山后，乘敌出击营内空虚之机，夺了山寨（第107回）。攻南丰，在城外布下九宫八卦阵，宋万是中央阵南门守将（第109回）。

征方腊，宋江军扮作敌兵渡江攻润州，宋万在第一拨船上，穆弘手下十偏将之一。宋万在阵中被箭射死，马踏身亡，宋江亲自祭奠（第111回），后封义节郎（第119回）。

朱 贵

朱贵，人称"旱地忽律"，沂州沂水县人。在梁山泊水边开酒店，专一探听往来客商，是梁山耳目，通风报信，杀人劫财。一日林冲来到酒店，互相结识，送林冲上了梁山。王伦担心林冲将来压过他们，遂借故让林去朱贵处安身，朱贵反对，出面劝阻王伦（第11回）。晁盖等七人劫取生辰纲事发，投奔梁山，先由朱贵联系，并带新人上山。林冲火并王伦时，朱贵被阮小七看住，无法劝阻，王伦被杀（第19回）。重新聚义，朱贵排在第十一位。朱贵探听到有一批客商从梁山下经过，报告了晁盖，劫取了一批钱财（第20回）。花荣、秦明等九人上山后，重新排座次，朱贵排在第二十位（第35回）。

宋江在江州因题反诗进狱，戴宗携江州蔡九知府报信去东京，途经朱贵酒店，朱贵用蒙汗药将戴宗麻翻，发现了蔡九知府书信和宣牌上戴宗的名字，遂把戴救醒。戴宗备述宋江案发本末，朱贵便带引戴宗上山去见晁盖等人（第39回）。宋江、戴宗在江州被判死刑，朱贵和众好汉去劫法场，他扮作挑担的杂于众人之中。救出宋、戴到了白龙庙，朱贵参加了白龙庙二十九人聚义（第40回）。

官军来追，朱贵等护送宋江、戴宗上船，杀退官军后，到了揭阳岭穆太山庄。在偷袭陷害宋江主谋黄文炳时，朱贵留守镇上。回梁山酒店途中和众人在欧鹏占据的黄门山留宿一晚（第41回）。李逵回沂

地囚星旱地忽律朱贵

水县接母亲，宋江不放心，让朱贵回乡探听消息。朱贵有一个弟弟朱富，在沂水县西门外开酒店。朱贵在西门外遇到李逵，二人到朱富酒店饮酒。朱贵告诉李逵，他是当地人，因在江湖上做客商，消折了本钱，到梁山落草。次日，李逵回乡被捉，朱贵和朱富用麻药麻翻了押送李逵的沂水都头李云，救了李逵（第43回）。雷横从朱贵酒店经过，雷横被留下款待，并送至梁山金沙滩，由宋江接去小叙（第51回）。芒砀山强人樊瑞、项充、李衮等扬言要吞并梁山，朱贵做了汇报（第59回）。宋江立为山寨之主后，朱贵的职务未变（第60回）。

石碣天文载，朱贵是七十二员地煞中的地囚星。排座次时，朱贵和杜兴开南山酒店（第71回）。

梁山招安后，朱贵随宋江与众人回梁山安排善后事宜，后又回东京（第83回）。征辽攻蓟州，朱贵是宋江左军四十八头目之一（第84回）。

征田虎打下盖州后，分两路合击，朱贵分到宋江一路（第93回）。宋江北攻襄垣城，朱贵是三十一将佐之一，阵前鲁智深失踪，宋江命他和乐和四人寻找（第98回）。

征方腊，攻下丹徒后，兵分两路，朱贵是卢俊义率领攻打宣、湖二州的三十二偏将之一（第112回）。攻下湖州，卢俊义所部兵分两股。朱贵和卢俊义等二十三将佐攻打独松关（第114回）。围杭州，朱贵和花荣等十四员正偏将攻打艮山门（第115回）。破杭州后，朱贵身染瘟疫，寄留杭州养疴（第116回），后病死，封义节郎（第119回）。

杨 志

杨志，人称"青面兽"。三代将门之后，五侯杨令公之孙，流落关西。应过武举，自幼学了十八般武艺，做到殿司制使官。道君皇帝要修万岁山，杨志奉命去太湖押送花石纲，在黄河里翻了船，无法交差，逃亡避险，后赦罪，打点了一担财物去东京枢密院活动谋差。途经梁山遇林冲下山杀人作"投名状"，两人厮杀。王伦赶到，请杨志上山，劝他入伙，不从。到了东京，使尽银钱，买上告下，才见了高俅。高俅不用，被赶出殿帅府，博取封妻荫子的幻想破灭。盘缠用尽，长街出卖祖传宝刀，遇泼皮牛二，强夺宝刀，忍无可忍将牛二杀死，去开封自首，下到死囚牢里。牛二无苦主，杀牛二又深得人心，罪状改轻，以误伤人命论，杨志被判二十脊杖刺金印，发配北京大名府留守司充军，宝刀没收入库。北京大名府留守梁中书在东京时认识杨志，了解原委后，当厅开枷，留厅前使用，要他做军中副牌，恐众人不服，便举行演武试艺。首先让副牌军周谨与杨志比试（第12回），比枪比箭，杨志全胜，遂接替周谨做了副牌手。正牌军索超不服，与之比武，不分胜负，二人都提为管军提辖使（第13回）。

梁中书要给岳丈蔡京过生日，送十万贯金珠宝贝生辰纲去，派杨志押送。途经黄泥冈，天气酷热，众人吃了白胜的酒，中了蒙汗药，生辰纲被晁盖等七人劫去。杨志无法交代，曾想跳崖自杀（第16回）。

天暗星青面兽杨志

离了黄泥冈，到了一酒店，吃饭饮酒无钱付账，与店主人动手。双方报了姓名，店主原是林冲徒弟曹正，二人结识。曹正要杨志到青州二龙山宝珠寺邓龙那里落草。去二龙山途中遇到鲁智深，二人对打，通报姓名后，双方都久闻大名。原来鲁智深也要投奔二龙山，被邓龙拒之门外。杨志和鲁智深又回到曹正酒店，按曹正计谋，让杨志扮作庄家模样，将鲁智深捆缚了送上山去请功，邓龙中计。三人一齐发作，鲁智深杀了邓龙，杨志和鲁智深在二龙山落草（第17回）。

呼延灼率青州军打桃花山，周通、李忠求援。杨志和鲁智深、武松救援，与呼延灼大战，不分胜负，后呼延灼退去，杨志和诸人回山。途中武松遇到烛火星孔亮，备述哥哥孔明、叔父孔宾被呼延灼、慕京知府抓去押于牢内事，于是杨志和鲁智深、武松商议桃花山、二龙山、白虎山联合攻打青州（第57回）。杨志还建议去和梁山联系，共同举事。到了青州城下，见了宋江等人。打下青州后，他们弃二龙山而上了梁山（第58回）。

攻打华州，杨志是五员先锋将之一，劫持宿太尉后，梁山人马冒充宿太尉将领御赐金铃吊挂来西岳降香的扈从，要智取华州。杨志和林冲引领一队人马和另外一队人马负责两路取城（第59回）。宋江任山寨之主后，任杨志为前军寨内第五位首领（第60回）。索超被梁山捉获，杨志曾劝索超入伙（第65回）。元宵节打大名府救卢俊义、石秀，杨志是八路军马中第四队在后策应的头领。李成、梁中书逃出城后，杨志和秦明等拦击（第66回）。凌州单廷珪、魏定国来打梁山，关胜请缨进攻凌州。吴用对关胜有戒心，派杨志和林冲监督接应。关胜的二副将宣赞、郝思文被捉去，大败。杨志和林冲从两边杀出，才打退了敌人兵马（第67回）。二次攻打曾头市，杨志是攻正北大寨的马军首领。吴用利用郁保四诱劝曾头市史文恭劫寨。杨志和史进奉命待史文恭中计之后，进攻北寨，阵中他和史进将曾头市苏定乱箭射孔

（第68回）。梁山分兵攻打东昌府、东平府，杨志随卢俊义攻东昌府（第69回），刘唐被东昌府张清捉去，他出战张清，被张清用石子打在盔上，胆丧心寒，只好伏鞍归阵（第70回）。

　　石碣天文载，杨志是三十六员天罡星中的天暗星。排座次时，他是梁山八员马军八虎骑兼先锋使之一，和其他三人把守梁山正北旱寨（第71回）。童贯率官军犯梁山，梁山摆下九宫八卦阵，杨志是八阵中西北方的主将（第76回）。童贯二次进攻梁山，吴用设下十面埋伏。杨志和史进为一部，杨志杀死了官军将领李明（第77回）。高俅二打梁山，官兵水军覆灭后，杨志依吴用追赶之计，和其他将领分别追击高俅（第79回）。高俅被捉，宋江等人敬酒施礼，杨志和林冲对高俅怒目而视（第80回）。

　　梁山招安后奉旨征辽，攻蓟州时杨志是宋江左军四十八头目之一（第84回）。辽国统军兀颜光率大军攻幽州，宋江在昌平布下九宫八卦阵，杨志居西北方，临战又为左军，攻击辽国混天阵，杨志和林冲等八人由左右两面撞开了辽国混天阵的皂旗阵势，结果遭到惨败（第88回）。昌平失利后，宋江得到九天玄女之法，再与辽战。杨志是呼延灼辖下攻辽火星阵左右撞破红旗军七门的七副将之一（第89回）。

　　征田虎，兵分三队，杨志是前部头领之一；攻凌州，杨志又是马军头领之一，埋伏于城西五里外，见南门竖起认军旗号后杀出；打高平，田虎降将耿恭率扮作敌兵的李逵等人赚开城门，杨志和史进佯作追赶杀进城去；攻盖州，杨志和董平等七人为左翼（第91回），围攻盖州城池，杨志和董平等攻西门。秦明进城后打开西门，放杨志和董平等进城（第92回）。兵分两路进击田虎，杨志分到卢俊义一路（第93回）。攻下晋宁后，敌殿帅孙安救援，杨志和秦明等四人奉命迎敌，杨志刺死了敌将秦英（第97回）。卢俊义攻下汾阳后，反被会法术的敌将马灵包围。公孙胜、乔道清来破马灵妖法。杨志和黄信等四人帮助公孙胜由东门出击（第99回）。攻打敌都城威胜，杨志和秦明等四人夺了东门（第100回）。宋江军奉旨征王庆，攻打宛州，杨志和关胜等十人率军驻扎宛州之东，防备南来敌人援兵（第105回）。攻西京，杨志是卢俊义统领下的二十四员战将之一（第106回）。在西京与敌人大战，互斗阵法。朱武让杨志和孙安等三人荡开敌将西方门旗，杀将进去。杨志追赶敌将奚胜，不觉深入重地，山坡后杀出敌人一路人马，杨志急退不迭，陷于鏖鏊谷中；后由解珍、解宝、邹润、邹渊合兵一处，杀进深谷救出（第108回）。攻南丰，在城外布下九宫八卦阵，杨志是其中一阵主将（第109回）。

征方腊，攻丹徒，杨志是十员正将之一（第111回）。攻下丹徒后患病，留住丹徒（第112回）。后病死，封忠武郎（第119回）。

索　超

　　索超，人称"急先锋"，身长七尺，面圆耳大，唇润口方，络腮胡须。大名府留守司正牌军。索超性急，为国家面上，只要争气，当前厮杀，因得绰号，使一柄金蘸斧。杨志发配到大名府留在梁中书手下，梁为提拔杨志，令杨和副牌军周谨比武，杨胜，索超不服，主动要和杨志比武，结果不分胜负，梁中书提升他和杨志为管军提辖使（第13回）。梁山人马攻北京救卢俊义、石秀，索超在城外飞虎峪下寨迎击，索超和兵马都监李成中了埋伏，大败，后索超又和秦明大战，不分胜负，被韩滔射中左臂（第63回）。吴用令军士下雪前挖了陷马坑，雪后尽被覆盖。大名府官兵见雪后梁山人马有惧色。索超即带兵追杀出城，又听李俊大喊："宋公明哥哥快走。"索超追之愈急，结果掉入陷马坑被捉（第64回）。宋江亲解其缚并和杨志劝索超入了伙（第65回）。梁山分兵攻打东昌和东平，索超随卢俊义攻东昌府（第69回），阵中被东昌府张清用石子打在脸上，提斧回阵（第70回）。

　　石碣天文载，索超是三十六员天罡星中的天空星。排座次时，索超是马军八虎骑兼先锋使八员之一，是把守梁山正南旱寨的四头领之一（第71回）。

　　童贯率官军攻梁山，梁山以九宫八卦阵迎敌，索超是八阵中西南方主将，和秦明、董平一起大败官军（第76回）。童贯二打梁山，吴

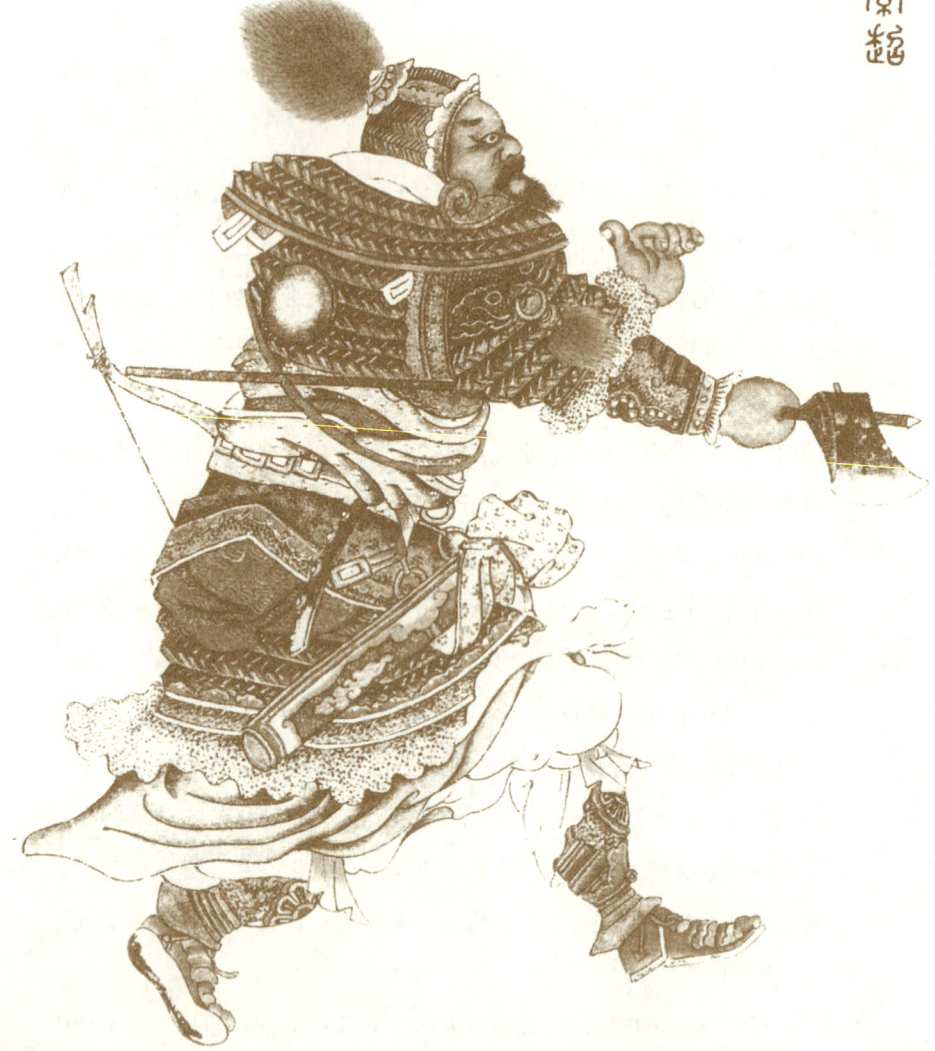

天空星急先锋索超

用布下十面埋伏，索超和董平为一部，二人飞马直取童贯。索超杀了官军将领王义（第77回）。高俅二次攻梁山，水军全部覆灭。索超依吴用之计，与众将分别追杀高俅（第79回）。

梁山招安后征辽。张清用石子击伤了辽将阿里奇，索超和林冲、花荣、秦明生擒了阿里奇（第83回）。攻蓟州时，索超是卢俊义右军三十七头目之一，用斧劈死了辽将咬儿唯康（第84回）。攻打幽州中计，途中索超和卢俊义等十三位首领兵陷青石峪，后由宋江派人马救出，回蓟州暂歇（第86回）。辽国统军兀颜光率大军攻幽州，宋江布下九宫八卦阵，索超居东南方；后索超又与林冲、花荣等八人从左右两面撞开了辽国混天阵的皂旗阵势，结果大败（第88回）。昌平失利后，宋江得九天玄女之法，与辽再战。索超是呼延灼辖下攻辽火星阵左右撞破红旗军七门的七副将之一（第89回）。

征田虎，索超是前部将领之一。攻凌州，索超是马军头领之一。后又去打盖州，索超和花荣等四人为先锋（第91回），在盖州城外，四将与北兵大战，大败敌将杨端等三人。后来又险些为北兵包围，由董平、黄信等两翼军马解围。围攻盖州，索超和林冲等打东门（第92回）。宋江所部兵分两路，索超和宋江是一路（第93回），从东路进攻，索超和林冲等四人为前队。攻壶关，力战二敌将吴成、史定，并将吴杀死。敌将暗约宋江里应外合取壶关，索超和徐宁奉命伏兵寨东。围攻昭德，索超和张清攻打南门（第94回）。敌将乔道清来援，捉了李逵，宋江率索超和林冲等十将领与乔交锋，乔用妖术大败宋兵，他和林冲等七人护卫着宋江脱险（第95回）。公孙胜初破乔道清妖法后，他建议宋江派索超、徐宁领兵从东路抄到南门，不让乔进城，绝其去路，后果然截住了乔道清。昭德城内敌人由南门出城接应，索超挥斧杀死敌将戴美。后又和宋江从两路解了徐宁之围（第96回）。昭德城降后，索超和徐宁等七人攻取了潞城县，向宋江报捷，宋江标录了索超和众人功劳（第98回）。接着攻取了榆社、大谷等县，抄了田虎后路。宋江命关胜等四人及李俊等水军头领协同作战。攻下榆社后，索超和汤隆镇守（第99回）。敌将房学度包围了榆社，关胜、秦明等七人来援，内外夹攻，杀了房学度，大败敌人（第100回）。

征王庆，攻宛州，索超和林冲等十人驻扎宛州之西，以防北来救援敌兵（第105回）。攻山南城，兵分三队，索超和董平等十二人为前队，首先与敌将縻貹大战五十余合，不分胜负。攻西京，索超是卢俊义统领的二十四员战将之一（第106回）。攻南丰，在城外十里布下九宫八卦阵，索超是其中一阵主将（第109回）。

征方腊，宋江军抵扬州，有定浦村陈将士联络润州方腊手下吕枢密共谋扬州。燕青和解氏兄弟用计杀了陈氏父子，索超和朱仝等六将领配合，包围了村庄（第111回）。攻下丹徒后，兵分两路，索超是卢俊义率领下攻打宣、湖二州的十五员正将之一。攻宣州时，索超劈死了敌将鲁安（第112回）。攻下湖州，索超和呼延灼等十九将佐驻守，并约定夺取德清后与卢俊义所部到杭州会合（第114回）。围杭州，索超是攻打北关门大路的二十一正偏将之一。在北关与敌元帅石宝交锋中，索超中了石宝诈败之计，脸上挨一锤，被打下马来，身亡（第115回），后封忠武郎（第119回）

朱仝

朱仝，人称"美髯公"，须长一尺五，面如重枣，似关云长，身长八尺。济州郓城县巡捕都头，原为本地富户，仗义疏财，爱结识江湖好汉，学得一身武艺（第13回）。晁盖等七人劫取生辰纲事发，朱仝和另一都头雷横奉命捉拿，朱仝伪作追赶，故意放走了晁盖，并要他们去梁山泊安身（第18回）。朱仝探听到一起富商路过梁山，通知了晁盖，使梁山得到一批财物（第20回）。宋江杀了阎婆惜，朱仝和雷横到宋家庄捉拿宋江，朱仝在宋江家地窖里找到了宋江，他却将宋放走（第22回）。宋江的官司由朱仝和雷横从中斡旋，渐渐冷了下来（第32回）。朱仝曾到东京出差（第35回）。雷横打死了粉头白秀英被判罪，由朱仝押往济州，朱仝宁愿承担过失，途中私自放了朋友，结果被背杖二十刺配沧州，深得沧州知府赏识，留在府下听用。

一日盂兰盆节，晚间带知府小衙内上街观灯，遇到了专程来访的雷横、吴用，二人劝朱仝上梁山入伙，被他拒绝。这时朱仝却丢失了小衙内，原来小衙内被李逵劈死在树林里，他要和李逵拼命，追到一座庄院内，原来是柴进家，柴进、吴用、雷横又劝他上山（第51回），他无奈上了梁山，晁盖、宋江热情欢迎。朱仝担心家属受牵连，原来宋江已派人将他妻子、儿子骗来梁山。攻高唐州救柴进，朱仝是作为策应的十头领之一（第52回）。

天満星美髯公朱仝

高唐知府高廉用妖法大败梁山军马，后请来公孙胜破高廉妖术，朱仝是阵前十将之一（第54回）。呼延灼来打梁山，宋江布兵迎战，朱仝是左军五将之一（第55回）。徐宁用钩镰枪破呼延灼的连环马，宋江布兵点将，朱仝和邓飞引领十队步军中的一队（第57回）。攻青州，朱仝是第四队四头目之一（第58回）。攻华州，朱仝是中军六头领之一。劫持宿太尉时，朱仝与宋江等人在渭河渡口"迎接"，持长枪立于宋江、吴用背后，枪上有小号旗，负责指挥岸上伏兵行动。梁山人马冒充宿太尉将领御赐金铃吊挂来西岳降香的扈从智取华州，朱仝扮作四个衙兵之一。史进请缨去打芒砀山强人樊瑞等，朱仝随宋江等前去支援（第59回）。公孙胜布阵战樊瑞，朱仝是阵前八将之一。

　　宋江立为山寨之主后，任朱仝为右军第二位首领（第60回）。吴用设计赚卢俊义落草，朱仝依计和众头领诱卢进入包围圈（第61回）。攻打大名府，救卢俊义、石秀。朱仝和其他三首统领马步军兵留守山寨（第63回）。二次打攻曾头市，朱仝和雷横是攻打正西大寨的首领。吴用利用郁保四诱劝史文恭劫梁山军马营寨，让朱仝和雷横乘虚攻入西寨。史文恭中计后，梁山军马攻破曾头市，朱仝将曾密杀死（第68回）。梁山分兵攻东昌府、东平府，朱仝随卢俊义攻打东昌府（第69回），朱仝和雷横合攻东昌府张清，张清用石子打伤了雷横，他去救助，脖颈又被石子击中，二人被关胜救回（第70回）。

　　石碣天文载，朱仝是三十六员天罡星中的天满星。排座次时，朱仝是梁山马军八虎骑兼先锋使之一。朱仝和雷横把守梁山山前南路第三关（第71回）。宋江分派头领去东京观灯，朱仝和刘唐扮作客商同往。上元节晚上，李逵在名妓李师师家放火，杀将起来，朱仝和刘唐、鲁智深、武松杀进城去，救出了李逵、燕青、史进、穆弘（第72回）。童贯率官军攻打梁山，梁山以九宫八卦阵对敌，朱仝和雷横是八阵中央南门马军头领（第76回）。童贯二打梁山，吴用设下十面埋伏，朱仝和雷横为一部，首先与官军接触。曾与敌将酆美交锋，后来故意卖个破绽，向本阵退去，引诱敌人（第77回）。高俅第二次打梁山，官军水军覆灭，朱仝依吴用追赶之计，和其他将领分别追杀高俅（第79回）。

梁山招安后，奉旨征辽攻蓟州。朱仝是宋江左军四十八头目之一（第84回）。朱仝随宋江共十五人诈降敌人到了霸州，卢俊义佯作追杀宋江也到了城下，朱仝和花荣、林冲、穆弘出战，佯作兵败，引卢俊义杀入城中，夺了霸州（第85回）。攻幽州，辽将贺统军战败，欲转回城内，到了南门，朱仝迎住厮杀（第86回）。昌平大战失利，后来宋江得九天玄女之法，和辽再战，朱仝是董平辖下攻辽水星阵左右撞破皂旗军七门的七副将之一，并生擒辽水星阵大将曲利出清（第89回）。

征田虎，分兵三队，朱仝是前部头领之一。攻凌州，朱仝又是马军头领之一，曾与敌将董澄厮杀。攻打盖州，朱仝和董平等七人为左翼（第91回）。围攻盖州开始，朱仝和史进等埋伏于城东北高冈下，截击了敌人援兵（第92回）。后兵分两路合击，朱仝分到宋江一路（第93回），从东路进军。朱仝和孙立等八人是后队将领。攻打壶关，敌守将唐斌准备献关，宋江、吴用担心有诈，令朱仝和孙立等五人领兵潜往营寨之后，有备无患。攻下壶关，朱仝和孙立等五人镇守（第94回）。陈安抚领旨劳军监督军马，宋江申报让降将金鼎、黄钺守壶关、抱犊，换回了朱仝和孙立（第98回），二人到了昭德宋江处（第99回）。田虎驰援襄垣，宋江率朱仝和吴用等八人与田虎对阵（第100回）。

宋江军奉旨征王庆、攻荆南纪山，初战不利，吴用拟智取，依计朱仝和关胜等七人率军屯于寨后，防备敌人援兵（第107回）。攻南丰，在城外布下九宫八卦阵，朱仝和雷横在八阵中央（第109回）。

征方腊，有定浦村的陈将士和江南润州方腊的部将吕枢密联络图谋扬州。燕青扮作吕枢密帐前叶虞候，带解珍、解宝杀了陈将士父子。朱仝和索超等六人包围了庄院，配合燕青行动。打丹徒，朱仝是十员飞将之一（第111回），攻下丹徒后，兵分两路，朱仝是宋江率领的攻打常、苏二州的十三员正将之一。破常州后，敌人反扑，朱仝和关胜等十人率兵迎敌（第112回）。攻下无锡，方腊等苏州三大王方貌率部反攻，战于苏州，无锡之间，朱仝和关胜等八人出阵，朱仝杀死了敌将苟正，受到升赏。攻打苏州，朱仝又生擒了敌将徐方（第113回）。进军杭州，兵至临平山，宋江了解了初战情况后，率朱仝和徐宁等四人直至阵前。攻杭州，兵分三路，朱仝和史进等六人为一路，攻东门（第114回），攻城开始，鲁智深、武松初战告捷，敌人收兵，朱仝也引军退十里下寨。破杭州后，兵分两路，朱仝和三十五员将佐随宋江攻睦州和乌龙岭。攻打高阳，朱仝配合吕方、郭盛夹攻敌将石宝，石宝败走（第116回）。

宋江在乌江岭下中伏，危急时，吴用派朱仝和秦明、李逵等十三员马步军头救援。二次攻睦州，朱仝和关胜等四将，当先进兵，阵上朱仝杀死敌元帅谭高，攻下睦州，他和关胜等四人又迎击从乌龙岭杀来的敌将石宝、白钦（第117回）。攻方腊都城清溪，朱仝和关胜等四正将为前队，引军直进清溪县界（第118回）。围攻方腊宫苑帮源洞，打进敌人内部的柴进出战，花荣、关胜和朱仝先后与柴进交锋，三人佯败，次日再战，朱仝和花荣等四人围攻方腊侄方杰。方杰退走，柴进拦住退路，他们四人冲杀上来。

胜方腊后，班师回京，授武节将军保定府都统制（第119回）。后因在保定府管军有功，随刘光世破了大金，官至太平军节度使（第120回）。

雷 横

　　雷横，人称"插翅虎"，身长七尺五寸，紫棠色面皮，扇圈胡须，膂力过人，能跳二三丈阔涧。原是铁匠，后开碓房，杀牛放赌，虽然仗义，但心地偏窄。学得一身武艺，在济州郓城县任巡捕都头。雷横和朱仝去乡间捕盗，来东溪村灵官庙拿到一条汉子（第13回），此人是刘唐。雷横到当地保正晁盖家休息，晁盖谎称刘唐是自己外甥，于是把刘唐释放。雷横离开东溪村，半路上刘唐追来要索回晁盖给他的谢银，二人交手，吴用、晁盖劝开（第14回）。晁盖等七人劫取生辰纲事发，雷横和朱仝来拿晁盖，他二人心照不宣，将晁盖放走（第18回）。宋江对雷横评价："这人贪赌。"（第20回）

　　宋江杀阎婆惜后逃走，雷横和朱仝去宋家庄抓宋江，朱仝有意放走宋江，雷横心里清楚。当朱仝故意要将宋太公和宋清带走时，雷横卖个人情，出面反对（第22回）。雷横因公路过梁山，住了五日。回郓城后听粉头白秀英演唱，一时忘带赏钱，雷横被白秀英父女奚落。雷横打了白父白玉乔，白秀英与知县有勾搭，告了雷横，定要在行院门首缚了雷横当众出丑。雷横母亲送饭，亲解其缚，又遭白秀英打骂，雷横是大孝之人，一时怒起用枷打死了白秀英。在牢内押了六十日，限满断结，解往济州。押解雷横的朱仝途中把他放走，遂携母上了梁山。后来雷横和吴用、李逵到了柴进庄上，正值沧州盂兰盆大

天退星插翅虎雷橫

斋，见了朱仝，雷横和吴用劝朱仝上梁山被拒绝。当李逵杀死了朱仝携来看灯的沧州知府小衙内之后，朱仝追赶李逵到柴进家，雷横和柴进、吴用又劝朱仝入伙（第51回）。

攻打高唐州救柴进，雷横是作为策应的十头领之一（第52回）。高唐知府高廉用妖术打败了梁山军马，公孙胜要破高的妖法，双方对阵，雷横是十员战将之一。破高唐后，高廉腾空而去，公孙胜用法术让雷横倒栽下来，高廉被雷横一刀挥作两段（第54回）。呼延灼打梁山，宋江布兵迎敌，雷横是左军五将之一。呼延灼连环马大败梁山军，雷横中箭受伤（第55回）。要破连环马，汤隆打了一个钩镰枪做样，雷横负责监造（第56回）。宋江立为山寨之后，让雷横和樊瑞把守山前第一关（第60回）。吴用设计赚卢俊义上梁山，雷横依计和众头领诱使卢进入包围圈（第61回）。元宵节里应外合攻大名府救卢俊义、石秀，雷横是八路军中第七队步军首领。李成、梁中书、闻达从城南逃走时，雷横带领施恩、穆春截住了他们的退路（第66回）。二次攻打曾头市，雷横和朱仝是攻打正西大寨的前军首领。吴用利用郁保四诱劝曾头市史文恭劫寨，让雷横和朱仝乘虚攻敌西寨。史文恭中计后，梁山军兵攻入曾头市（第68回）。梁山分兵攻打东昌府、东平府，雷横随卢俊义攻打东昌府（第69回），他和朱仝攻东昌府张清，结果被张清石子击中额头，后为关胜救出（第70回）。

石碣天文载，雷横是三十六员天罡中的天退星。排座次时，雷横是步军十头领之一，和朱仝把守梁山山前南路第三关（第71回）。童贯率官军攻梁山，梁山以九宫八卦阵对敌，雷横和朱仝是八阵中央南门马军首领（第76回）。童贯二打梁山，吴用设下十面埋伏，雷横和朱仝为一部，首先和官军接触，与毕胜大战，故意卖破绽回阵，引诱官军追赶（第77回）。

梁山招安后奉旨征辽，雷横是宋江左军四十八头目之一（第84

回）。昌平大战失利，宋江得九天玄女之法，与辽再战。雷横是秦明辖下攻辽国金星阵左右撞破白旗军七门的七副将之一（第89回）。征田虎攻盖州，雷横和李逵等领兵与负责四门探听联络的游骑花荣等人互相策应（第92回）。打下盖州，兵分两路合击，雷横分拨到卢俊义一路（第93回）。汾阳大战中，雷横被会法术的敌将马灵打伤（第99回）。攻打敌都威胜，雷横和欧鹏等四人夺了西门。索超、汤隆在榆社被围，雷横又和关胜等七人奉命去解围（第100回）。

宋江军奉旨征王庆，攻荆南纪山，初战不利，吴用设计智取。雷横和关胜等七人屯兵寨后，防备敌人援兵（第107回）。攻南丰，在城外十里布下九宫八卦阵，雷横和朱仝在八阵中央（第109回）。征方腊，宋江等扮作敌兵渡江取润州，雷横是第三拨船只十员正将之一（第111回）。攻下丹徒后，兵分两路，雷横是卢俊义率领下的攻打宣、湖二州的十五员正将之一（第112回）。攻下湖州，雷横和呼延灼等十九位将佐守卫，并约定夺取德清后与卢俊义所部到杭州会合（第114回）。在德清县南门外雷横与敌将司行方交锋，斗到三十合，被司行方砍下马来，身亡（第115回），后封忠武郎（第119回）。

刘 唐

刘唐，人称"赤发鬼"，祖籍东潞州，紫黑阔脸，鬓边一块朱砂记，上面生一片黄黑毛，自幼飘荡江湖，专好结交好汉，也学些本事，一二千军马中，使一条枪也毫无畏惧。听说北京大名府梁中书为岳父蔡京庆祝六月十五日生辰，要送十万贯金银珠宝生辰纲去，刘唐报知晁盖共谋途中劫取，不料在去晁盖的东溪村途中，在灵官殿上刘唐熟睡时被雷横当作贼人捉去，押到晁盖家。晁盖暗自问明情况，以外甥王小三相认，得以释放。晁盖赠雷横银子十两。刘唐向晁盖说明劫取生辰纲事，晁同意，刘唐又去追赶雷横要讨回晁盖赠的银子，遂与雷横交手，不分胜负。这时遇到吴用，吴用劝解不下，晁盖赶来，二人停止对打（第14回）。后来吴用又邀来阮小二、阮小五、阮小七。刘唐和吴用、晁盖、"三阮"设誓共同劫取生辰纲。公孙胜也来通报生辰纲事，七人聚义，刘唐坐第四位。吴用设计了智取生辰纲方案，刘唐就住在了东溪村，约期举事。六月四日，他们七人扮作贩枣子的客人，到了黄泥冈，配合白胜药酒麻翻了杨志等人，劫取了生辰纲（第16回）。

一日，宋江飞马到了东溪村，报生辰纲事发，白胜被捕，供出了七人，济州府观察要来捕人。晁盖遂让刘唐和吴用带几个庄客挑金银财宝去"三阮"家（第18回）。后来和众人先到朱贵酒店，而后上了

天异星赤发鬼刘唐

梁山。林冲在梁山火并王伦时,刘唐和晁盖假意阻拦王伦,不让王伦逃走(第19回)。梁山重排座次,刘唐坐第五把交椅。济州团练使来攻梁山,刘唐依吴用之计活捉了黄安。朱贵报告有一批客商从山下经过,刘唐奉命劫取了这批财物。刘唐奉晁盖之命去郓城见宋江,带去黄金一百两、信一封酬答宋江、朱仝、雷横。宋江写了回书,刘唐连夜赶回梁山(第20回)。花荣、秦明等九人上山后,重新结拜,刘唐排在第七位(第35回)。

宋江被捕,刺配江州,途经梁山,刘唐奉命将宋江接上山来。宋江不肯入伙,刘唐和众人送别宋江(第35回)。宋江、戴宗在江州被判死罪,刘唐和众人去劫法场,刘唐扮作使枪棒的杂于百姓之中,救出宋、戴二人,到了白龙庙,他参加了二十九人的白龙庙聚义(第40回)。官军来追,刘唐护送宋、戴上船,杀退官军后,到了揭阳岭穆太公庄上。刘唐参加了对陷害宋江的主谋黄文炳家的偷袭。事后回梁山,途中在欧鹏等人占据的黄门山住一宿(第41回)。

宋江回家接父亲和弟弟上山,被官军追赶,刘唐去接应,和官军交手,与众人一起救出了宋江(第42回)。一打祝家庄,刘唐留守山寨(第47回)。攻下祝家庄后,刘唐和穆弘把守大寨第三关(第51回)。徐宁要用钩镰枪破呼延灼的连环马,宋江布置迎敌,刘唐和杜迁是十队步军之一,后来二人捉了呼延灼先锋韩滔(第57回)。攻打曾头市,刘唐是晁盖点的二十位头领之一。晁盖中箭落马,刘唐和白胜救了晁盖,杀出村来。

宋江立为山寨之主后,任刘唐为左军寨内第二位首领(第60回)。吴用设计让卢俊义上山,刘唐和众头领依计诱使卢俊义步步进入包围圈(第61回)。攻打北京大名府,刘唐和另外三头领留守山寨(第63回)。这时关胜乘虚来攻,捉了张横、阮小七。水军报上山寨,刘唐让张顺从水路去大名宋江处报信(第64回)。元宵节里应外合攻大名府，刘唐和杨雄扮作公人，去北京衙前宿歇，待火起时，便截击官兵一应报事人员，使官府军马首尾不能相应，刘唐和杨雄打死了王太守（第65回）。攻打曾头市，卢俊义捉了史文恭，按晁盖遗言：捉得史文恭者坐梁山第一把交椅，宋江让卢俊义做山寨之主，刘唐在吴用暗示下，出面反对（第68回）。分兵攻打东昌府和东平府，刘唐随宋江攻东平府（第69回）。马军头领被东昌府张清用石子击中多人，宋江率兵到达，让步军出战。刘唐用朴刀砍了张清战马，但马尾扫花了刘唐的眼，又被张清石子击子中捉去，攻破东昌后被救出（第70回）。

石碣天文载，刘唐是三十六员天罡星中的天异星。排座次时，刘唐是梁山十员步军头领之一，和史进把守东山一关（第71回）。宋江分拨头领去东京观灯，刘唐和朱仝扮作客商前往。上元节晚上李逵在名妓李师师家放火，和燕青、穆弘、史进在城内杀将起来。刘唐和朱仝、鲁智深、武松杀进城去，将四人救出（第72回）。陈太尉来梁山招安，所携御酒让张顺等喝光换了村醪白酒，众人不知，认为受了愚弄，一齐发作起来。刘唐挺着朴刀杀上忠义堂来（第75回）。童贯率军攻梁山，梁山布九宫八卦阵迎战，刘唐是守护中军的右翼主将（第76回），两败童贯之后，吴用派戴宗去东京打探消息，由刘唐陪同。回来报告了高俅要亲率大军攻打梁山的情报（第78回）。高俅二打梁山，刘唐依吴用之计，火烧高俅战船（第79回）。

梁山招安后，刘唐随宋江由东京回梁山安排善后，之后又回东京（第83回）。攻蓟州，刘唐是宋江左军四十八头目之一（第84回）。刘唐随宋江和其他十几人诈降辽国，取了霸州（第85回）。昌平大战失利，宋江得九天玄女之法，再与辽战。刘唐是秦明辖下攻辽国金星阵左右撞破白旗军七门的七副将之一（第89回）。

征田虎，攻陵川，刘唐是步军头领之一，和众头领率先抢入城去，后又和众人穿换敌人衣甲，随田虎降将耿恭打开高平城门，杀了进去（第91回）。围盖州，刘唐和李逵等人与花荣等游骑互相策应。吴用又令刘唐和杨雄等每人带二万军士，多备火把，在四面和其他首领依计鼓噪喧闹，使敌人疲于奔命（第92回）。攻下盖州，宋江所部分两路合击敌人，刘唐分到宋江一路（第93回），从东侧进军。攻昭德时，李逵被俘，宋江要救，率刘唐和林冲等十将与敌将乔道清交锋，结果被乔道清妖术打败，刘唐也被俘，他临危不惧，大骂敌人（第95回）。昭德城降后，刘唐被放出（第97回）。宋江率刘唐和三十位将佐北征，襄垣迎敌（第98回）。田虎率军驰援襄垣被阻，中途折回威胜。宋江、吴用等筹划安排，让刘唐和鲁智深等五人率军截击（第100回）。

征王庆，在南丰郊外大败敌军，刘唐和鲁智深等八人中途截击王庆残败军马（第109回）。

征方腊，宋江等扮作敌人渡江取润州，刘唐是第三拨船上十员正将之一（第112回）。攻下湖州，刘唐和呼延灼等十九将佐守卫，并约定夺取德清后与卢俊义所部到杭州会合（第114回）。围攻杭州，刘唐和卢俊义等十三员正偏将攻打候潮门。初战不利，吴用安排智取：诱敌远离城郭，燃放炮为号，一齐攻城，先进城者举火为号。敌人多不相顾，自可获胜。刘唐在卢俊义、林冲率领下到了候潮门，见门不闭，下着吊桥。刘唐要夺头功，抢入城去，城上却砍断绳索，坠下闸板，刘唐连人带马死于门下（第115回），后封忠武郎（第119回）。

吴 用

吴用，人称"智多星"，表字学究，道号加亮先生。生得眉清目秀，面白须长，郓城县人，教书先生。因见郓城都头（雷横）与一人（刘唐）争斗，吴用出面劝阻，这时晁盖赶来，二人住手。晁盖邀吴用去东溪村议事，向他说明刘唐建议劫取大名府梁中书给岳父蔡太师送的生辰纲事，又说梦中见北斗七星坠入屋脊，是否是应七人之数，征求他的意见。吴用认为七八人正合适（第14回），又推荐了他三个朋友阮小二、阮小五、阮小七。次日，到石碣村找了阮家三兄弟，并一起来找晁盖、刘唐，设誓共取生辰纲。公孙胜也来报告生辰纲的事（第15回），七人遂在晁盖家聚义，吴用坐了第二位，并安排了劫取生辰纲的计谋。六月初四日，七人扮作贩枣客人在黄泥冈歇凉，配合白胜用药酒麻翻了押解生辰纲的杨志和众军汉，劫取了生辰纲（第16回）。

一日，郓城县押司宋江飞马报知晁盖生辰纲事发，白胜被捕，供出七人。济州何观察来郓城捉人，就到东溪村。吴用建议走为上计，先去"三阮"处，见机上梁山。于是吴用和刘唐带数庄客挑了金珠宝贝先去"三阮"家（第18回）。在石碣村打败官兵后，再到朱贵酒店，后上了梁山。吴用发现梁山头领王伦气量狭小，便激林冲火并了他（第19回）。吴用坐了第二把交椅，做了山寨军师。济州团练使来打梁

天机星智多星吴用

山，吴用设计将黄安活捉（第20回）。花荣、秦明等九人上山入伙后，重排座次，吴用仍在第二位（第35回）。

宋江刺配江州途经梁山，被迎上山，苦劝入伙，宋江拒绝。吴用介绍了他的朋友江州两院押牢节级戴宗，并写了一信让宋江带去。吴用和花荣送宋江二十里外告别（第36回）。宋江题反诗被投入死囚牢。戴宗携江州蔡知府密信去东京报告蔡京，在朱贵酒店被麻翻救醒后，到了梁山备述宋江事。吴用设计要救宋江，先用计骗来济州书法家萧让和善篆刻的金大坚，模仿蔡京书法刻了蔡京图章假写了回信，要蔡知府将宋江押来东京论罪，以便途中解救。戴宗刚刚带走信，吴用发现了问题（第39回），原来假信是蔡京写给儿子的，不应用讳字图章，但事情已不可挽回，吴用和晁盖商定，由晁盖带十七头领去江州劫法场救被判斩刑的宋江、戴宗，他留守山寨（第41回）。

晁盖、宋江等率大队人马从江州回来，又有李云、李富入伙，山寨兴旺。吴用令一些头领各司专职，各有分工，建立山寨制度（第44回）。一打祝家庄时，吴用留守山寨（第47回）。二打祝家庄，吴用带兵接应宋江。宋江一筹莫展之际，吴用断言祝家庄旦夕可破（第48回），原来是孙立、解珍、解宝等来投梁山。孙立和祝家庄教师爷栾廷玉是师兄弟，他愿进庄做内应。孙立告诉了石勇，石勇转告吴用，吴用设计而行（第49回）。这时吴用又让金大监、萧让、侯健、裴宣等扮作官员，骗李家庄李应家属上山，逼李应落草（第50回）。攻下祝家庄，吴用和宋江重新安排各头领职事，他和雷横到了柴进家。孟兰盆节时，吴用劝朱仝上山未成，遂让李逵杀死朱仝带管的沧州知府小衙内，以绝其退路。事后又向朱仝赔话（第51回）。

攻打高唐州，救柴进，吴用点将布兵。与宋江二人做主帅，初战被知府高廉妖术打败，吴用预料高廉要来劫寨，让大批人马撤出。又献破高廉之计（第52回），建议只有请公孙胜来才能破高廉妖法（第

53回)。公孙胜大败高廉后,高廉闭门不出,派人去东昌、寇州求援。吴用又将计就计,以两支人马冒充援兵,杀进城去(第54回)。呼延灼攻梁山,吴用让人马撤出鸭嘴滩,使官军凌振的火炮无法施展,又让水上头领引诱凌振上船,水中捉了凌振(第55回)。

呼延灼连环马大破梁山人马,汤隆建议请徐宁上山破连环马,但要诱使徐宁上山,必须将他的传家宝盔甲盗来。吴用即派时迁去盗甲,和汤隆、乐和、戴宗四人去完成任务。徐宁上山后,吴用和晁盖共同赔话宴请(第56回)。破呼延灼连环马时,吴用和宋江总制兵马,指挥号令(第57回)。与呼延灼在青州大战,由吴用谋划,他和宋江、花荣三人立于城外土坡上佯作观察城内形势,诱使呼延灼出城而被捉。攻青州,吴用是中军的主将之一,他献计让呼延灼赚开城门,攻进青州(第58回)。攻打华州,吴用定计劫持宿太尉,并让梁山人马扮作宿太尉将领御赐金铃吊挂来西岳降香的队伍,他和宋江扮成客帐司,骗来华州贺太守拜谒假宿太尉,将贺等一网打尽,取了华州,救出了史进、鲁智深,与宿太尉的交往由吴用和宋江负责。吴用是打华州的中军六将之一和军师。史进去打芒砀山樊瑞等人,吴用随宋江去支援(第59回)。公孙胜布阵破樊瑞,吴用和宋江、公孙胜领陈达磨旗指挥,变换阵势。

宋江立为山寨之主后,吴用排在第二位(第60回)。为了诱骗卢俊义上山,吴用扮作算命先生带李逵到了北京,给卢俊义占卜,说他百日内有血火之灾,需到一千里外东南方巽地避祸,并让卢俊义在壁上写下他口述的四句卦歌,以备将来证明所言不虚。卢中计去泰山烧香,途经梁山被围,吴用给卢说明了真相(第61回)。卢俊义被捉上山,吴用和众人劝卢落草,他先让卢管家李固回家,并告诉李固卢早有反意,家中壁上四句诗是藏头诗,每句头一字连起来就是"卢俊义反",然后放走了李固(第62回)。卢俊义、石秀身监北京监牢,吴用写告示，警告大名府不得加害二人。梁中书、王太守不放卢、石。攻打大名府，吴用是军师（第63回）。关胜攻打梁山，宋江闻讯急从大名府撤军，吴用建议可急退，又需设下伏兵，防备大名府官军追赶。果不出所料，结果伏兵将官军杀退，梁山人马安全撤离。关胜被俘后，又回师打大名府，吴用让军士挖陷马坑，大雪正好覆盖。大名府索超利用雪天追击梁山人马，结果掉入陷马坑被俘（第64回）。

一日，宋江生病，吴用传令诸将暂回梁山（第65回）。宋江生病期间，吴用累累派人去大名府打探消息，并遍贴无头告示，晓谕居民，不须疑虑，冤各有头，债各有主，警告官府。宋江身体渐愈，吴用又建议利用元宵节混入城去，里应外合取大名府救卢俊义、石秀，宋江同意，由他部署，出马调度指挥一切。攻下大名，吴用和柴进在城内鸣金收兵（第66回）。魏定国、单廷珪来攻梁山，关胜请战迎敌，吴用对关存有戒心，派林冲、杨志、黄信、孙立随后监督策应（第67回）。二次攻打曾头市，吴用亲自部署。让时迁先去探路，后点拨五路军马。宋江让卢俊义当先锋，吴用担心卢立了头功，宋江会恪守晁盖的遗言：谁拿得史文恭谁做山寨之主，让卢坐第一把交椅，因之不让卢做先锋。临阵又让时迁两次探明曾头市布防及陷坑情况。用火攻打败了史文恭。史文恭夜里劫寨，吴用早有准备，打败了曾头市人马。曾头市议和，宋江不许，吴用却将计就计，同意交换人质，并嘱咐时迁（人质之一）见机行事，撞击法华寺钟为号，里应外合。后吴用说动了曾头市人质郁保四，让他劝诱史文恭劫寨。结果史文恭中计，曾头市被攻取，卢俊义捉了史文恭。

宋江按晁盖遗嘱要让卢为山寨之主，吴用不同意，使眼色给众头领，于是李逵、鲁智深、武松、刘唐等出面反对（第68回）。梁山分兵打东昌、东平府，吴用随卢俊义攻东昌府。宋江写信告诉吴用史进到东平城内旧相识妓女李瑞兰做细作一事，他大惊，连夜到宋江处，预料宋江必然吃亏，于是派顾大嫂进城打探消息，并让她和入狱的史进联络，里应外合，共同举事。一切安排好后，吴用又回东昌府（第69回），东昌府张清用石子连伤梁山数将，宋江赶来，又伤多人，他设计用水军计取张清。陆上用车，水上用船运载粮草，张清劫取车辆，果是粮草，再去劫船只，中计被捉（第70回）。

石碣天文载，吴用是三十六员天罡星中的天机星。排座次时，吴用是掌管机密的两员军师之一，和宋江等四人住正厅东边房内。宋江要去看京城元宵灯会，吴用劝阻（第71回）。宋江等去东京观灯，行前吴用再三嘱咐李逵莫要惹是非。宋江等走后，吴用又派五虎将去接应，正好遇上宋江等由城里逃出，被他们接回梁山（第72回）。陈太尉来招安，吴用和宋江意见不合，吴用认为要杀得官军梦里也怕，那时招安才有气度，宋江不听。吴用私下安排，要给陈太尉一点颜色看看，遂发生了阮小七倒换御酒的事。招安未成，吴用料到官军定来征讨，让宋江传令，早做准备（第75回）。童贯攻打梁山，吴用和宋江布下九宫八卦阵，吴用坐镇中军（第76回）。童贯三日后又来进犯，吴用布下十面埋伏，并和宋江、公孙胜立于山头引逗敌人，又一次大败童贯。在忠义堂吴用和宋江对诸将论功行赏。

吴用预言东京还会发大兵来攻，让人去东京探听消息（第77回）。后派戴宗、刘唐去了东京，吴用又和宋江一起谋划对付高俅人马（第78回）。高俅二次打梁山，吴用用计火攻敌水军，大胜。朝廷降旨招安，吴用担心有诈，在济州城外布置了两路伏兵（第79回）。吴用和宋江到济州城外接旨，旨中暗示，不赦宋江。吴用目示花荣，花荣一箭射伤天使。高俅大造战船，准备第三次攻梁山，吴用命时迁等六人去济州造船厂内放火。高俅被俘后，吴用和宋江一起接待高俅，并派萧让、乐和随高俅去东京面见朝廷，直陈衷曲（第80回）。去后久无消息，吴用又和宋江商议，让戴宗、燕青去打探（第81回）。宿太尉奉旨招安，宋江让吴用和朱武、萧让、乐和陪济州太守张叔夜去济州面见宿太尉。决定招安后，宋江要遣返山上各家老小，吴用制止，提出待事成后再办不迟。吴用和宋江、卢俊义率众头领去东京面见皇帝（第82回）。

招安后，吴用和宋江带部分将领由东京回梁山安排善后。后又回到东京。征辽，吴用和宋江商定分兵启程。梁山一军校在东京杀了一名厢官。吴用建议将军校斩首，以免给省院官员以口实。另外再申复省院，勒兵听罪。同时又派戴宗、燕青进城，告知宿太尉真实情况，宋江依计而行。攻打檀州，又是吴用和宋江共同谋划（第83回）。攻打蓟州，宋江和吴用一起商议，他是宋江左军军师，四十八头目之一。蓟州辽兵固守，宋江问计，吴用建议，因石秀、时迁在城内做内应，攻城不宜持久，应竖起云梯炮架攻城，再令凌振四下施放火炮。宋江即下令连夜攻城（第84回），吴用又和宋江定了诈降计。宋江带十五头领（书误，实为十四人）奔辽国霸州，并告诉辽军，后面还有吴用随行，辽军不疑，放吴用进关来。吴用带领的十二个头领占领了关隘，接着卢俊义人马假作追杀吴用，又一起夺了文安县。吴用又诈称卢俊义追杀而进了霸州城，后来里应外合取了霸州（第85回）。

共议攻幽州时，辽兵分头佯攻霸州、蓟州。吴用和朱武认为这是敌人诱引之计，不可去攻幽州。宋江、卢俊义不听，果然中计，卢俊义兵陷青石峪。卢等被解救出来后，吴用建议乘胜攻幽州，又提出兵分三路，以防敌人伏兵，果不出所料。大败辽兵，取了幽州（第86回）。辽统军兀颜光之子兀颜延寿来攻幽州，吴用让宋江调兵出城布阵，又和宋江、公孙胜登云梯观看敌人阵法（第87回）。兀颜光亲率大军夺幽州，吴用让宋江摆下九宫八卦阵。敌人摆下太乙混天阵，吴用同意朱武意见，不可轻易攻击。李逵被俘后，吴用让宋江以兀颜光换回李逵。两次攻混天阵失败，吴用主张坚守待敌（第88回）。昌平会战失利，宋江得九天玄女之法，和吴用计议，布下阵势。辽国降后，邀吴用和宋江陪宿太尉去燕京赴宴，二人计议后未去，后吴用和宋江商议去五台山参禅（第89回），吴用和众人去五台山参拜（第90回）。

吴用和宋江共同商议征田虎方略。出师时吴用居中军。依吴用围魏救赵之计，先攻陵川解辉县与武涉之围，后又建议去攻盖州（第91回）。在盖州城外忽起一阵怪风，吴用料到敌人夜间定来劫寨。让宋江早做准备，因而大败敌兵。围困盖州，吴用和宋江绕城观察形势，让石秀、时迁潜入城里放火，里应外合。让众将领在城外日夜鼓噪，使敌疲于奔命。吴用发现城南城垣稍低，遂让秦明等在高处把飞楼逼近城垣，令解珍、解宝率先登城（第92回）。攻下盖州后，与宋江、卢俊义计议，分两路合击。吴用分到宋江一路，任军师（第93回）。由东路进军，攻壶关，敌守将唐斌暗约宋江愿做内应，吴用担心有诈，预先做了准备，见机行事（第94回）。攻昭德，敌将乔道清用妖法捉了李逵。宋江要救李逵而贸然进兵。吴用提出调樊瑞来迎敌，且苦谏不可出兵，宋江不听，让他守寨，自己出战，大败而归，军心惶恐。吴用建议撤出营寨，退十里另立营寨固守。

樊瑞到后，吴用又提议去卫州请公孙胜（第95回），宋江、公孙胜率军进攻，大胜。吴用料到鏖战一日，兵疲马乏，遂令樊瑞、单廷珪、魏定国前去接应。后吴用得知公孙胜将乔道清围于百谷岭，于是又和宋江商议破昭德之策，他说只需几张纸即可取城（第96回）。吴用看到自敌将乔道清败后，城内敌军皆有惧色，他建议宋江将数十道晓谕的兵檄射入城里，城内敌偏将果然杀了三员副将而纳降（第97回）。宋江统领吴用和三十位将佐在襄垣迎敌。敌将叶清来见宋江，愿做内应。吴用遂定计，让安道全、张清化名后随叶清去敌营给邬梨国舅治病，后又让萧让潜入襄垣，会见了敌女将琼英、叶清，搜寻到邬梨国舅笔迹，模仿其字体写成书札，由叶清携去面见田虎，申明金羽（张清化名）和琼英婚配事，就中相机行事（第98回）。田虎率大军驰援襄垣，吴用和孙新八人由宋江统领人马，途中拒敌。田虎打算返回威胜，吴用和宋江谋划分三路截击，大败田虎（第100回）。胜田虎后，朝廷颁赏，吴用和三十六员将领赏白金二百两、彩缎四表里，御酒一瓶。

数日后，又与宋江计议，去征王庆（第101回）。攻宛州前，大军驻屯林中，吴用担心敌人火攻，宋江遂将计就计。攻宛州时机已到，但吴用认为需屯兵城东城西，防备敌人援兵，宋做了部署。攻取宛州后，吴用又提出攻山南军，因为这是楚蜀咽喉，攻下此城，可分贼势，与宋江意见相合（第105回）。攻打山南城，初战不利。吴用和朱武登云梯观察城池形势，建议暂缓攻城，等待时机。李俊率水军到达，吴用让李俊等备下粮船在襄水内行驶，引诱敌人打开城西水门用战船追赶，又让鲍旭等二十个头领藏于船内，由李俊等水军头领在水下推船入城，杀上岸去，里外配合，攻下山南城。接着又和宋江计议兵分两路，攻荆南、西京（第106回）。攻荆南纪山，初战不利。吴用定计让鲁智深等十五人率军乘夜抄小路伏于纪山敌营之后，乘敌出击营内空虚之际，夺了山寨（第107回）。

萧让、金大坚、裴宣被敌人掳进荆南城，此时宋江正在生病，吴用下令急速攻城，解救三人，后城中豪绅萧嘉穗率领百姓打开城门，吴用率军进城（第108回）。攻南丰，在城外十里布下九宫八卦阵，吴用和宋江、公孙胜坐镇中军（第109回）。征王庆后，班师回京，途中宋江作诗词，有悲凉忧戚之思，吴用设酒备肴，尽醉方休。朝见皇帝，吴用身着本身服色，加封他们二十四人为正将军。蔡京等人只准宋江、卢俊义等新岁朝贺，不许他人进城。众将不满，水军头领请他商议，要揭竿再起，吴用表示同情，并试探宋江。

元宵节燕青、李逵听到方腊在江南造反,告诉了吴用,他又报告给宋江。征方腊,军到淮安,须先取江南润州,吴用让宋江传令派人先去江中金、焦二山探路(第110回)。张顺、石秀从金山打探回来汇报。有扬州定浦村陈将士父子与润州方腊的吕枢密联络,图谋扬州。吴用将计就计,让燕青扮作吕枢密帐前叶虞候带领解珍、解宝去见陈将士,杀了陈氏父子。吴用又和宋江令穆弘、李俊分别扮作陈将士二子陈益、陈泰,军士扮作敌兵,船上插方腊旗号,渡江去见吕枢密,结果里应外合夺了润州。阵中宋万等战死,宋江怏怏不乐,吴用劝解安慰,又和宋江议取丹徒事(第111回)。攻下丹徒,兵分两路,吴用是宋江率领下攻打常、苏二州的军师、十三员正将之一。攻下常州,吴用和宋江驱大军入城(第112回)。吴用提出打无锡,下无锡后,又攻苏州。

　　李俊等在太湖和费保等四人结拜为兄弟,并劫持了方腊军由杭州往苏州运送铁甲的船只。吴用献计,可仿冒方腊船只,船内潜藏李逵等四人并冲牌手二百名,进城后,里应外合,攻取苏州(第113回)。攻杭州,吴用让宋江派几人驾小船从海边进赭山门到南外江边放号炮,竖号旗,这样城中自乱,便于攻取。宋江做梦见张顺一身血污,吴用料想可能张顺遇难(第114回)。卢俊义攻独松关大捷,吴用建议宋江派兵去夹击残敌。攻杭州初战不利,吴用要智取,令军马佯攻北关门,诈败,诱敌追赶远离城郭,然后放炮为号,各门一齐攻城。若有一路进城,即放起大火,敌军必然各不相顾,可获全胜。结果折了刘唐一员正将,智取失败。后来解珍、解宝劫得敌人粮船,吴用请宋江传令,让解氏兄弟及其他将领十八人扮作艄公艄婆,混进城去,放炮为号,里外夹攻,果然成功,攻下杭州(第115回)。

　　后又兵分两路,吴用和三十五员将佐随宋江攻睦州和乌龙岭。攻乌龙岭,阮小二、孟康、解珍、解宝阵亡,宋江急于报仇,吴用劝阻，又传来解氏兄弟尸身让敌人风化在岭上，宋江要夺回尸身，吴用劝说宋江可能是敌人诡计。宋江不听而进兵，果然中计（第116回）。吴用料到必然有失，遂派李逵、秦明等十三员将佐将宋江救回。在桐庐驻扎时，童枢密奉旨赏赐宋江军旅，吴用和宋江等出县二十里迎接。童枢密整点军马，要去打乌龙岭关隘，吴用谏阻，建议派人去问土居百姓，别求小路，绕过关去，两面夹攻，后找到一老者，由他指引直抵睦州附近，敌人震惊。初攻睦州，为敌兵妖法打败，损兵折将。吴用和关胜等六将佐领兵一万，从水路来支援。宋江做一梦，有神人言方腊气数已尽。吴用就和宋江信步闲行林中，寻访庙宇，方知梦中神人为乌龙神。当夜宋江又梦见龙神来访，吴用认为龙君既然如此显灵，即可攻睦州，宋江依言传令攻城（第117回）。

卢俊义所部折损了史进等十三员将佐，宋江悲痛不已，吴用劝宋江节哀，并回书卢俊义，约定日期攻打方腊都城清溪。吴用献计，让李俊去方腊军中献粮诈降，作为内应。吴用又和宋江分调军马，准备攻城（第118回）。围攻方腊最后据点帮源洞，招为方腊驸马的梁山细作柴进出阵，吴用让花荣与柴进交锋，花荣佯败。吴用又让关胜出阵，再佯败。攻入方腊内苑深宫后，阮小七穿起方腊天子衣冠，为童枢密手下大将王禀、赵谭发现，发生争吵，几乎火并。吴用和宋江赶来，喝令阮小七剥去违禁衣冠。

班师回京后，吴用被授武节将军、武胜军承宣使（第119回），他自来单身，只带随行安童去武胜军任职。吴用到任后，郁郁不乐，常思念宋江，一日夜间梦见宋江、李逵来见，诉说被朝廷赐药酒鸩杀之事，望他到楚州南门外蓼儿洼两人葬处看视一遭。吴用只身到了宋江、李逵墓地，设祭痛哭，愿随二人同赴黄泉，正要自缢，花荣赶来，二人所梦相同，花荣也要跟他一起自杀。吴用劝阻不听，二人双双自缢。楚州官员葬二人于宋江墓侧（第120回）。

阮小二

阮小二，人称"立地太岁"，郓城县石碣湖石碣村人，离梁山泊不远，以打鱼为生。和阮小五、阮小七为兄弟，住数十间草房，家有老母，随阮小五居住，有妻室儿女，和吴用为友。吴用来诱劝"三阮"和晁盖合伙劫取大名府梁中书送给蔡京的生辰纲，他们兄弟欣然同意。次日他们和吴用一起来东溪村见了晁盖、刘唐。六人设誓劫取生辰纲。这时公孙胜也来报知晁盖生辰纲事（第15回）。七人聚义，阮小二排在第五位。次日回村，约期举事。六月初四日，他们七人扮作贩枣子客商在黄泥冈歇凉，配合白胜用药酒麻翻了押解生辰纲的杨志和众军汉，劫了生辰纲（第16回），分得钱财后回村（第18回）。白胜被捕，生辰纲事发，晁盖、刘唐、公孙胜、吴用来石碣村躲避。济州官军来村捕人，阮小二把老小搬入湖内，并布置迎敌之策。诱敌深入湖泊港汊，和阮小七一起捉了官军头目何涛。配合公孙胜祭风火攻，杀死许多官兵。后来和众人先到朱贵酒店，而后上了梁山。林冲在梁山火并王伦时，阮小二看住了杜迁（第19回）。

阮小二在梁山坐了第六把交椅。济州团练使黄安攻打梁山，阮小二、阮小五、阮小七和众人依吴用之计大败官军，最终刘唐活捉了黄安。朱贵报告有一批客商从山下经过，阮小二奉晁盖之命和兄弟们劫取了这笔财物（第20回）。花荣、秦明等人上山后，重排座次，阮小

天剑星立地太岁阮小二

二是第九位（第35回）。梁山好汉江州劫法场救宋江、戴宗，阮小二扮作乞丐杂于百姓之中。宋、戴被救到白龙庙后，阮小二参加了二十九人聚义（第40回）。官军来追，阮小二和其他几人整顿船只，杀退官军，载众人到了揭阳岭穆太公庄上。阮小二参加了对陷害宋江的主谋无为军黄文炳家的偷袭。在回梁山途中，与众人在欧鹏占据的黄门山山寨住了一宿（第41回）。

一打祝家庄，阮小二留守山寨（第47回）；二打祝家庄，阮小二随吴用接应宋江等人（第48回）；三打祝家庄，阮小二打东门（第50回）。打下祝家庄后，阮小二和兄弟把守梁山山南水寨（第51回）。为了对付呼延灼对梁山的进攻，宋江令阮氏兄弟负责驾船接应。呼延灼大败梁山军马，幸得他们接应救了宋江。又依吴用计策和水上众头领引诱凌振上船，阮小二搬翻船后，生擒了凌振（第55回）。徐宁要破呼延灼连环马，宋江布兵，阮小二和八水军头领负责驾船接应（第57回）。攻曾头市，阮小二是晁盖点的二十个首领之一，劫寨时他是十头领之一，结果中计，他从水里逃出。晁盖中毒箭，他们兄弟和杜迁、宋万送晁盖回山寨。宋江立为山寨之主后，任阮小二为水军寨内第二位首领（第60回）。

吴用定计骗卢俊义上梁山，他们兄弟依计在水上包围卢俊义所乘李俊的船只（第61回）。张横在关胜攻打梁山时急于立功，偷袭被俘。阮小二和兄弟们及张顺去救，结果大败，阮小二幸得李俊及童威兄弟二人救出（第64回）。梁山分兵攻东昌、东平二府，阮小二随宋江攻东平府，是三个水军头领之一。破东平府后，所得金银财帛运到金沙滩，由他们兄弟送上梁山（第69回）。攻东昌府，阮小二和众水军头领依吴用之计在水上捉了东昌府猛将张清（第70回）。

石碣天文载，阮小二是三十六员天罡星中的天剑星。排座次时，阮小二是四寨水军八头领之一，他和李俊驻扎梁山东南水寨（第71

回)。高俅率兵攻打梁山泊，他们兄弟和张横等配合，大败官兵水军（第78回）。高俅第三次攻梁山，阮小二在水上引诱敌军，并和两兄弟一起捉了官军将领李从吉（第80回）。

梁山招安后，阮小二随宋江与众人回山寨安排善后，之后又返回东京。征辽时，阮小二作为水军头目之一，驾战船自蔡河内出黄河，向北进发。攻打檀州，阮小二和众水军头领大败敌军战船（第83回）。攻下檀州，阮小二随赵安抚和二十二头目守卫（第84回）。

征田虎，阮小二和李俊等统领战船自东京至卫州卫河取齐，后即泊聚卫州，防卫该城（第91回）。攻下潞城后，与众水军头领自卫河出黄河，由黄河到潞水聚齐。后阮小二又和关胜、李逵等攻下榆社、大谷。此时，卢俊义围了太原，因大雨不便攻城。李俊到卢处献计，带阮氏兄弟和张横、张顺率部分水军一同前去（第99回），引决智伯渠和晋水灌了太原。阮小二和阮小五占了东门，攻下太原（第100回）。

宋江军征王庆，攻山南城时，按吴用之计，阮小二和李俊等水军头领以粮船为饵，诱敌打开城西水门劫掠。他们趁机在水下将藏有鲍旭等二十个头领的船只推入城内，杀将起来（第106回）。王庆在南丰大战后逃逸。李俊让他们兄弟三人去滟滪堆、岷江、鱼复浦各路埋伏哨探。捉住王庆后，让他们兄弟和张横、张顺守云安（第109回）。新官接任后，他们回到宋江南丰军营。班师回京后，蔡京等不让入城。他们兄弟和李俊、张横、张顺不满，将吴用邀到船上，商量揭竿再起（第110回）。

征方腊，自扬州取润州，载军渡江，阮小二和阮小五总行催督（第111回）。攻江阴、太仓沿海州县时，阮小二是以石秀为首的七正将之一（第112回）。攻江阴、太仓，阮小二杀死敌将严勇。两城破后，"三阮"又去攻常熟、昆山（第113回）。攻打杭州，阮小二要参加在杭州南门外放号炮、竖号旗以乱敌人的行动，未被批准。宋江所部分三路攻城，阮小二和李俊等为一路，攻靠湖城门（第114回）。宋江祭奠张顺引诱敌兵，敌中计，逃跑途中阮小二和阮小五、孟康领兵杀出，截住归路，捉了敌将茅迪，乱枪刺死敌将汤逢士。二次部署攻杭州，阮小二和李俊等十一员正偏将驻扎西山寨，仍攻打靠湖城门（第115回）。破杭州后，兵分两路，阮小二和众水军头领率船只随宋江征进睦州，途中又攻桐庐。阮小二和李俊等七水军头领配合步军劫寨，由水路进兵。进攻乌龙岭，该岭正靠长江，山险水急。宋江命阮小二和童威、童猛、孟康四人率水军千人，由江上抵岭下，结果遭到敌水军火排的顺风攻击，阮小二在船上迎敌，火排烧来，他跳下水去，敌船赶来，用挠钩搭住，他不愿受辱，用腰刀自刎而死（第116回），后阮小二被封忠武郎（第119回）。

阮小五

阮小五，人称"短命二郎"。郓城石碣湖石碣村人，离梁山泊不远。打鱼为生，兄阮小二，弟阮小七。住在水中的小阜上七八间草屋里，与母亲同住。胸前刺一只青豹，未曾婚娶。和吴用为友，吴游说阮氏兄弟与晁盖一起劫取大名府梁中书送给东京蔡京的生辰纲。三人欣然同意。次日，到东溪村和晁盖、刘唐六人设誓共取生辰纲。这时公孙胜也来晁盖处报告生辰纲事（第15回）。七人聚义东溪村，阮小五位居第六。回石碣村，约期举事。六月初四日，七人扮作贩枣子客商在黄泥冈歇凉，配合白胜用药酒麻翻了押解生辰纲的杨志和众军汉，劫取了生辰纲（第16回），分得钱财后回村（第18回）。白胜被捕，生辰纲事发。晁盖等逃到石碣村避难。济州官兵来村拿人。阮小七按照阮小二计策，兄弟二人一起诱骗济州何涛何观察深入湖泊港汊，拿了何涛，又配合公孙胜祭风火攻官军，后阮小五和众人去朱贵酒店，而后上了梁山。林冲火并王伦时，阮小五看住了宋万（第19回）。重排座次，阮小五居第七位。

济州团练使来打梁山，阮小五按吴用之计和众人大败官军，黄安被捉。朱贵报告有批客商要从山下经过，他们兄弟依令劫取了这笔财物（第20回）。花荣、秦明九人上梁山后，再排座次，阮小五位居第十位（第35回）。阮小五和众人去江州劫法场救宋江、戴宗，化装成

天罪星短命二郎阮小五

天罪星短命二郎阮小五

气丐杂于百姓之中。宋、戴被救到白龙庙后，阮小五参加了二十九人的聚义（第40回）。官军来追，阮小五参与整顿船只，杀退了官军，又载众人去揭阳镇穆太公庄上。阮小五参加了对陷害宋江的主谋无为军黄文炳家的偷袭。回梁山途中和众人在欧鹏占据的黄门山住了一宿（第41回）。

一打祝家庄时，阮小五留守山寨（第47回）；二打祝家庄，阮小五随吴用接应宋江等人（第48回）；三打祝家庄时，阮小五攻东门（第50回）。攻下祝家庄后，阮小五和兄弟们把守梁山山南水寨（第51回）。为了对付呼延灼攻打梁山，"三阮"奉命驾船接应。呼延灼连环马大败梁山人马。幸得"三阮"接应救了宋江等人。又依吴用计策和其他水上头领引诱凌振到水边，捉上山来（第55回）。徐宁要破呼延灼连环马，宋江布兵，阮小五和八位水军头领负责驾船接应（第57回）。攻打曾头市，阮小五是晁盖点的二十个首领之一，又是劫寨十头领之一，结果中计，从水里逃出。晁盖中毒箭后，他们兄弟及杜迁、宋万护送晁盖回梁山。宋江立为山寨之主后，任命阮小五为水军寨第三位首领（第60回）。

吴用定计骗卢俊义上梁山时，他们兄弟依计包围了卢俊义乘的李俊的木船（第61回）。关胜攻梁山，张横急于立功，偷袭关胜营寨被俘。"三阮"和张顺营救失败，幸得李俊和童威、童猛将他们兄弟救出（第64回）。梁山分兵攻东昌、东平二府，阮小五随宋江攻东平府，是三个水军头领之一。攻下东平府后，金银财帛运到金沙滩，由阮氏三兄弟运到山上（第69回）。攻打东昌府，依吴用之计，阮小五和众水军头领在水上捉了东昌府猛将张清（第70回）。

石碣天文载，阮小五是三十六员天罡星中的天罪星。排座次时，阮小五是四寨水军八头领之一。阮小五和童威驻扎梁山东北水寨（第78回）。高俅三打梁山，阮小五在水上引诱敌人，和兄弟一起捉了官兵将领李从吉（第80回）。

梁山招安后，阮小五随宋江等从东京回梁山安排善后，之后又回到东京。征辽时，阮小五作为水军头领之一，驾战船自蔡河内出黄河北上。攻打檀州，阮小五和众水军头领大败敌军战船（第83回）。攻下檀州，阮小五随赵安抚和其他头领守卫（第84回）。

征田虎，阮小五和李俊等统领水军自东京由卫河至卫州，后即泊聚卫河，保卫该州（第91回）。攻下潞城后，阮小五和众水军头领由卫河出黄河，再到潞水，泊集听调。随即协同关胜、索超等攻取了榆社、大谷。这时卢俊义围攻太原，因雨受阻，李俊到卢处献计，带阮小五和阮小二、阮小七及张顺、张横一同前往（第90回）。阮小五在李俊带领下和众将统兵引决智伯渠和晋水，灌了太原。阮小五和阮小二占了东门，攻下太原（第100回）。

攻王庆，打山南城时，依吴用之计，阮小五和李俊等众水军头领以粮船为诱饵，诱敌打开水西门劫夺，他们乘机在水下将埋伏有鲍旭等二十个步军头领的船只推入城去，杀将起来（第106回）。王庆逃离南丰，李俊让他们兄弟三人去滟滪堆、岷江、鱼腹浦各地埋伏哨探。捉住王庆后，又让他们兄弟和张横、张顺等守云安城（第109回）。新官到任后，他们回到南丰宋江军营。班师回京，蔡原等不让入城，他们兄弟和李俊、张横、张顺不满，邀吴用到船上商量揭竿再起（第110回）。

征方腊，自扬州渡江取润州，船只由阮小五和阮小二总行催督（第111回）。攻江阴、太仓沿海州县时，阮小五是以石秀为首的七正将之一（第112回）。攻下太阴、太仓后，三阮又去攻常熟、昆山（第113回）。攻打杭州，吴用让宋江派人由海边去杭州南门外江边放号炮、竖号旗以乱敌人，阮小五要去，未准。攻城时，兵发三路，阮小五和李俊等五人为一路，攻靠湖城门（第114回）。宋江追荐张顺，引诱敌人，敌人中计后逃遁，途中，阮小五和阮小二、孟康率兵截杀，活捉了敌将茅迪，乱枪刺死了汤逢士。二次部署攻杭州，阮小五和李俊等十一员正将驻扎西山寨里，任务未变（第115回）。

破杭州后，兵分两路，阮小五和李俊等七水军头领率船只随宋江进攻睦州。途中，攻桐庐，阮小五和众水军头领配合步军劫寨，由水路进兵。兄阮小二死后，阮小五挂孝致哀（第116回）。宋江攻睦州，吴用领兵支援，阮小五和吕方等十三人留守桐庐县营寨（第117回）。攻方腊都城清溪时，依吴用之计，阮小五和阮小七扮作艄公，童威、童猛扮作随行水手，跟随李俊驾六十只粮船诈降方腊。方腊让阮小五和李俊等五人在清溪管领水寨。宋军马在清溪县界与方腊军大战，方腊听说去援歙州的主将被捉，大惊，立即下令收兵回城。这时阮小五和李俊等在城里放火，方腊急进城混战。宋江和卢俊义军马先后赶到，取了清溪。阮小五被方腊的娄丞相杀死（第118回），后封忠武郎（第119回）。

阮小七

阮小七，人称"活阎罗"。郓城县石碣湖旁石碣村人，离梁山泊不远，打鱼为生。兄阮小二、阮小五。老母随阮小五居住。未婚，与吴用为友。吴来诱劝"三阮"与晁盖合作共劫梁中书送给蔡太师的生辰纲。这时，公孙胜赶到也来报告晁盖生辰纲事（第15回）。遂与之结识，七人聚义东溪村，阮小七坐了第七位。次日，回东碣村，约期举事。六月初四日，阮小七和其他六人扮作贩枣客商在黄泥冈歇凉。白胜将押解生辰纲的杨志等麻翻以后，他们劫取了生辰纲（第16回）。分得钱财后，回到石碣村避难。济州府派何涛等人来石碣村捕捉七人。阮小七按阮小二计策，兄弟二人一起在湖汊里诱捕了何涛。又配合公孙胜祭风火攻，杀死许多官兵，放走何涛前他割下何涛两只耳朵。和其他六人先到朱贵酒店，后来上了梁山。吴用用离间计让林冲火并梁山头领王伦时，阮小七看住了朱贵（第19回），后坐了梁山第八位。

济州团练使黄安打梁山，阮小七、阮小五、阮小二和众人按吴用之计大败官军，最终刘唐活捉了黄安。朱贵报告晁盖，山下有一批客商经过，他们兄弟三人劫取了这批财物（第20回）。花荣、秦明等九人上山后，再排座次，阮小七坐第十一位（第35回）。宋江、戴宗在江州被判死刑，阮小七参加劫法扬，扮作乞丐杂于众人之中，把宋、戴救到白龙庙后，他参加了二十九人聚义（第40回）。官军来追，阮

天败星活阎罗阮小七

小七和众人整顿船只，杀退官军后，载众人去了揭阳镇穆太公庄上。阮小七参加了对陷害宋江的主谋无为军黄文炳家的偷袭。事后回梁山，途中在欧鹏等人的黄门山山寨留宿一晚（第41回）。

一打祝家庄时，阮小七留守山寨（第47回）；二打祝家庄时，阮小七随吴用接应宋江等人（第48回）；三打祝家庄，阮小七攻东门（第50回）。攻下祝家庄后，回山寨和哥哥们把守梁山山南水寨（第57回）。呼延灼打梁山。宋江令阮小七和众水军头领负责接应陆上头领。呼延灼用连环马大败梁山军马，幸得他们接应救了宋江等。又依吴用之计，把凌振诱到水边，阮小七和其他首领一举生擒凌振（第55回）。宋江布兵让徐宁破连环马，阮小七和其他八水军头领驾船接应（第57回）。

攻打曾头市阮小七是二十个头目之一，劫寨是十头目之一，结果中计，从水里逃生。晁盖中了毒箭，他们兄弟以及杜迁、宋万送晁回山。宋江为山寨之主后，任阮小七为水军寨第四位首领（第60回）。吴用定计骗卢俊义落草，阮小七依计和二阮在水上包围卢坐的李俊的小船（第61回）。关胜攻打梁山，张横急于立功，偷袭关胜营寨被俘。阮小七和两位哥哥及张顺去救，结果大败被捉，后由李应抢夺关胜大寨救出（第64回）。梁山分头攻东昌、东平二府，阮小七随宋江攻东平府，是三水军头领之一。东平破后，财物运至山下金沙滩，又由他们兄弟三人接递上山（第69回）。攻打东昌府，阮小七和众水军头领按吴用之计，在水上捉了东昌府猛将张清（第70回）。

石碣天文载，阮小七是三十六员天罡星中的天败星。排座次时，阮小七是四寨水军八头领之一，他和童猛驻扎梁山西北水寨（第71回）。陈太尉来梁山招安，阮小七用船载陈太尉、御酒和诏书上梁山，中途，他诈称船漏，将陈太尉等急忙转移到其他船上，他却和水手饮了御酒，换上村醪白酒，封好依旧送上山，结果众头领喝酒后，认为朝廷故意以劣酒愚弄人，几乎反起来（第75回）。高俅率兵攻梁山，他们兄弟及张横等大败高俅水军（第78回）。高俅第三次攻梁山，阮小七在水上引诱敌军，并和哥哥们一起捉了官军将领李从吉（第80回）。

梁山招安后，阮小七随宋江回山寨，安排善后事宜，后又回东京。征辽时，阮小七作为水军头领之一，由蔡河内出黄河北上。攻檀州，阮小七和众水军头领大败敌战船（第83回），后随赵安抚与其他二十二头领守檀州（第84回）。

征田虎，阮小七与李俊等率水军自东京由卫河至卫州，泊聚卫河，保卫卫州（第91回）。攻下潞州后，阮小七和众水军头领自卫河出黄河又到潞水，聚集听调。随即协同关胜、李超等攻下了榆社、大谷。卢俊义围攻太原，因雨受阻，李俊前去献计，带阮小七和众水军头领同去（第98回）。他们在李俊带领下率兵引决智伯渠和晋水，灌了太原城，阮小七夺了南门，攻下太原（第100回）。

征王庆，攻山南城时，依吴用之计，阮小七和李俊等水军头领以粮船为饵，引诱敌军打开水西门掠夺。他们趁机在水下将埋伏有鲍旭等二十位步军头领的粮船推进城去，杀将起来（第106回）。南丰大战后，王庆逃逸。李俊派他们兄弟三人去滟滪堆、岷江、鱼腹浦各地哨探。王庆被捉，又让他们兄弟和张横、张顺共守云安城（第109回）。新官接任后，他们回到南丰宋江军营。班师回京，蔡京不让进城，他们兄弟、李俊、张横、张顺不满，邀吴用到船上，商量再次揭竿而起（第110回）。

征方腊，军抵淮安。吴用让人先去江中金山、焦山打探。阮小七和石秀去扬州，然后去了焦山。打下润州后，童威、童猛奉命引兵去寻找二人（第111回）。阮小七和石秀要去攻江阴、太仓沿海州县，要求宋江派水军头领及战具船只来。李俊等八员头领及水军五千赶来，随石秀和阮小七，共取水路攻打。阮小七被命为七正将之一（第112回）。攻下江阴、太仓后阮氏兄弟又去攻常熟、昆山（第113回）。攻杭州，吴用要宋江派人由海上乘船去杭州南门外江边放号炮、竖号旗以乱敌人。阮小七和张横二人带侯健、段景住前去（第114回），后回到宋江军营，汇报军情及侯、段落水而死事。破杭州后，兵分两路，阮小七和李俊等七水军头领率船只随宋江征睦州。途中攻桐庐，阮小七和众水军头领率兵配合步军劫寨，由水路进击。阮小二死后，阮小七挂孝致哀（第116回）。

宋江率军攻睦州，吴用支援，阮小七和吕方等十三将佐留守桐庐营寨（第117回）。攻打方腊都城清溪，依吴用之计，阮小七和李俊、阮小五、童威、童猛带六十只粮船诈降方腊。方腊命他们五人在清溪管领水寨。方腊军和宋江军在清溪县界大战，方腊得知救援歙州的主将贺从龙被卢俊义生擒消息，大惊，立即下令收兵回城固守。这时阮小七和李俊等在城中放起来火，方腊率军进城混战。宋、卢两支军马赶到，攻下清溪（第118回）。攻进方腊帮源洞内苑深宫之后，阮小七穿上方腊的天子衣冠，骑上马跑出宫院戏耍，被童枢密的大将王禀、赵谭撞见，斥他莫非要学方腊。双方发生争执，几乎火并。宋江、吴用赶来，才把阮小七喝下马来，剥去违禁衣冠。

班师回京后，阮小七被授武节将军、盖天军都统制（第119回），他辞别宋江赴任。未及数月，王禀、赵谭因阮小七穿方腊天子衣冠事，怀恨在心，在童枢密前屡进谗言，说盖州地僻人蛮，将来必致造反。后降下圣旨，追夺了阮小七的官诰，复为庶民。阮小七带了老母，又回到石碣村，依旧打鱼为生，奉养老母，以终天年，寿至六十而亡（第120回）。

公孙胜

公孙胜，人称"入云龙"，公孙胜大郎，道号一清先生，蓟州人。自幼好习枪棒，学成多般武艺，因学得道术，能呼风唤雨，腾云驾雾，故江湖称入云龙。慕晁盖大名，得到大名府梁中书为岳丈蔡太师祝寿送十万贯财物去东京消息，公孙胜到东溪村报告晁盖，要他劫取这批生辰纲，恰好晁盖和吴用、刘唐、阮小二、阮小五、阮小七正议论此事，遂邀公孙胜和众人相见，七人聚义，他坐了第三位。于是住在东溪村，约期举事。六月初四日，他们扮作贩枣子的客人在黄泥冈歇凉。白胜用药酒将押解生辰纲的杨志及众脚夫麻翻以后，他们劫取了生辰纲（第16回）。

白胜被捕，生辰纲事发，招供了七人。济州何观察来郓城捕人，宋江给他们通报了消息。他们七人逃到石碣村"三阮"处暂避（第18回）。官军又来追捕，他施行魔法祭风，由晁盖及"三阮"配合杀死许多官兵，公孙胜和其他六人到了朱贵酒店，而后上了梁山。又按吴用离间计配合其他人让林冲火并了梁山头目王伦（第19回），后来坐上第三把交椅。济州团练使黄安攻梁山，公孙胜曾接应刘唐等人（第20回）。花荣、秦明等上梁山后，重新结拜，公孙胜仍坐第三位（第35回）。梁山众人去江州劫法场救宋江、戴宗，公孙胜留守山寨（第41回）。宋江接父亲一家来梁山后，公孙胜忽有所感，遂回蓟州探母

天閒星入雲龍公孫勝

（第42回）。

梁山人马攻高唐州救柴进，被知府高廉用妖法打败，吴用、宋江派戴宗、李逵请公孙胜回来破敌。这时乡人都称公孙胜清道人，是罗真人上首徒弟。征得罗真人同意后公孙胜回到梁山。行前罗真人有片言指教他（第53回）。辞别真人，公孙胜与戴宗、李逵同去高唐州。戴宗先行，公孙胜和李逵同行，途中又遇汤隆，三人同奔高唐州见了宋江、吴用等。次日大败高廉，第三天再战，公孙胜料到高廉会夜劫营寨，预先布下埋伏，结果敌人三百神兵全部被杀。吴用设计假冒敌兵杀入城内，高廉用妖法腾空，又被公孙胜破了法术，从云中倒撞下来，被雷横杀死（第54回）。徐宁被骗上山，公孙胜和晁盖、宋江、吴用赔话劝慰（第56回）。宋江布阵破呼延灼连环马，公孙胜和宋、吴坐镇指挥（第57回）。史进请缨去打芒砀山强人樊瑞等，公孙胜随宋江前去支援（第59回）。公孙胜用诸葛亮摆石为阵法，大破樊瑞军马，捉了项充、李衮。樊瑞上梁山后，拜公孙胜为师。

晁盖打曾头市中箭身亡，公孙胜和林冲、吴用等商议共立宋江为山寨之主，公孙胜仍坐第三位（第60回）。吴用设计赚卢俊义上山时，公孙胜和宋、吴等立于山顶杏黄旗下，故意向卢问安（第61回）。攻打大名府救卢俊义、石秀。公孙胜和刘唐等四人统领马步军兵把守山寨（第63回）。元宵节里应外合攻打大名府，公孙胜扮作云游道人带领扮作道童的凌振去城内净处等待，号火起时，施放炮火。攻城开始，公孙胜二人在城隍庙内放炮（第66回）。二次攻曾头市，公孙胜是军师之一。吴用火攻曾头市，公孙胜挥剑作法，借起大风，大火卷入南门，敌楼排栅尽行烧毁（第68回）。梁山分兵攻打东昌、东平二府，公孙胜随卢俊义攻东昌府（第69回）。吴用设计在水上捉东昌府张清时，公孙胜使用道法，一时间阴云密布，黑雾遮天，张清军马对面不见人，结果张清被捉（第70回）。

石碣天文载，公孙胜是三十六员天罡星中的天闲星。排座次时，公孙胜是两个掌管机密军事之一，与卢俊义等住正厅西边房内（第71回）。童贯攻打梁山，梁山以九宫八卦阵对敌，公孙胜坐镇中军（第76回）。三日后，吴用布下十面埋伏，公孙胜和宋江、吴用立于山头引逗童贯，再次大败官军。公孙胜和宋、吴在忠义堂论功行赏（第77回）。高俅在济州奉旨招安，公孙胜和宋江等接待（第80回）。宿太尉奉旨招安，公孙胜和宋江等接待，率众去东京面见朝廷（第87回）。后又随宋江回山寨，安排善后事宜。

征辽时公孙胜随宋江、吴用坐镇中军（第83回）。攻蓟州，公孙胜是宋江左军四十八头目之一（第84回）。宋江请公孙胜引荐拜谒他师父罗真人，并顺便回家探母，次日回蓟州（第85回）。攻幽州，途中宋江兵马中计，辽兵用妖法，一时黑云四起，飞沙走石，公孙胜破了辽国妖法，辽兵不战自退。卢俊义兵陷青石峪，宋江去救，敌人又施妖法，再次被公孙胜所破（第86回）。辽统军兀颜光之子兀颜延寿来攻幽州，公孙胜作起法来，由呼延灼生擒了兀颜延寿（第87回）。兀颜光率大军夺幽州，宋江和公孙胜及吴用、卢俊义共商对策（第88回）。昌平大战失利后，宋江得九天玄女之法，与辽再战，公孙胜在阵中仗剑作法。辽降后，宋江等人去五台山参禅，公孙胜信奉道教未同行（第89回）。宋江等由五台山回来，公孙胜和卢俊义迎接（第90回）。

征田虎时，公孙胜在中军，后和呼延灼、关胜镇守卫州（第91回）。宋江军马攻昭德，败于乔道清妖法，公孙胜来后破了乔道清法术（第95回）。乔败走，公孙胜建议宋江分拨军马截住乔进城之路，他和宋江率林冲等七人领兵追击，再与乔斗法，大胜。公孙胜和樊瑞、单廷珪、魏定国将乔道清围困在百谷岭（第96回）。昭德敌降后，宋江出榜标写公孙胜的功劳。宋江让戴宗同晋宁城降将孙安拜见公孙胜，戴宗介绍孙安可游说乔道清归降，公孙胜同意孙安做说客。乔道清降后，公孙胜出寨迎接，传令解围，并带乔道清等去昭德参拜宋江，乔道清后来拜公孙胜为师（第97回）。卢俊义攻占晋宁后，向汾阳进发，田虎统军大将马灵救援。乔道清愿去说降马灵，公孙胜和乔道清领兵同行（第98回）。到了卢俊义处，破了马灵金砖打人的妖术，大败敌人，收兵入城（第99回）。捉了田虎，攻下敌都威胜后，公孙胜要宋江修五龙山龙神庙五条龙像，因攻昭德时，公孙胜曾用法术遣来五条泥塑龙与乔道清斗法，因而被毁，宋江允准（第101回）。

征王庆，兵屯阳翟城外方城山林中，准备攻宛州，此时天气酷热，公孙胜用法术使方城山转凉，军马得以养精蓄锐（第105回）。攻荆南纪山，吴用设计智取，公孙胜和宋江、吴用亲自督战（第107回）。在南丰城郊大战中摆下九宫八卦阵，公孙胜和宋、吴坐镇中军。王庆大败，卢俊义追杀王庆，却被敌将李助用剑术打败，公孙胜破了李助剑术，卢俊义脱险（第109回）。

战胜王庆后，班师回京，公孙胜以本身服色，朝见皇帝，得封赏罚之后，离开宋江军营回蓟州，继续从师学道，侍养老母（第110回），后朱武、樊瑞随公孙胜出家（第120回）。

白　胜

白胜，人称"白日鼠"，郓城县黄泥冈东十里安乐村闲汉。白胜曾投奔过晁盖，晁资助过他盘缠。杨志押解大名府梁中书送给岳丈蔡太师的十万贯生辰纲从黄泥冈路过，白胜扮作卖酒的，配合吴用等用药酒麻翻了杨志等，智取了生辰纲，劫取之前晁盖等七人住在白胜家（第16回）。济州府观察何涛缉捕劫取生辰纲人犯，何涛弟何清在劫取生辰纲那天恰遇挑酒卖的赌客白胜。于是何涛在夜里到安乐村逮捕了白胜和妻子，并在床下搜到一包金银。他们夫妻被押到济州，严刑拷打之后，供出了晁盖，但不认识其他六人。何涛拿晁盖不着，回济州再审白胜，不得已又供出六人姓名（第18回）。吴用托人使钱，白胜从济州大牢越狱逃出，上了梁山。花荣、秦明等九人入伙后，梁山排座次，白胜坐在最后的第二十一位（第35回）。

白胜参加了去江州劫法场救宋江、戴宗的行动，他参加了二十九人白龙庙聚义（第40回）。官军来追，白胜和众人杀到江州城下，后又到了揭阳镇穆太公庄上。在偷袭陷害宋、戴的主谋无为军黄文炳一家时，白胜依宋江计策，预先藏于黄家附近。夜里城外宋江等人放出带铃的鹁鸽，白胜便上城策应，举起一条白绢带，指示黄文炳家目标，众人遂在此处堆沙袋登城。事成后回梁山，途中在欧鹏等人的山寨黄门山留宿一晚（第41回）。

地耗星白日鼠白勝

一打祝家庄时，白胜是第二拨人马（第47回），参加了二次攻打祝家庄（第48回）。三打祝家庄后，白胜扮作郓城县都头，和其他人一起骗李应家属上山（第50回）。攻下祝家庄后，白胜和七位首领分调梁山大寨八面安歇（第51回）。攻高唐州救柴进，白胜是十二先锋之一。高唐州知府高廉用妖法打败梁山军马，吴用料到高廉会来偷袭营寨，让白胜和杨林留守，伏于草内。敌兵中计，白胜和杨林将高廉左肩射中（第52回）。攻打曾头市，白胜是晁盖点的二十个将领之一，也是劫寨的十头目之一，结果中计，晁盖中了毒箭。白胜和刘唐把晁盖救上马，杀出曾头市。宋江为山寨之主后，让白胜和杜兴掌管什物（第60回）。梁山军马分头攻打东昌、东平二府，白胜随卢俊义打东昌府，失利后，他去东平府向宋江汇报（第69回）。

石碣天文载，白胜是七十二员地煞星中的地耗星。排座次时，白胜是四员军中走报机密步军头领之一（第71回）。

梁山招安后，奉旨征辽。玉田大战，被辽军冲散，白胜和侯健去宋江处报告军情。宋江、吴用诈降辽国，白胜随吴用扮作百姓，撞开关口，杀进益津关，并与众人攻取了文安县（第85回）。攻打幽州中计，卢俊义等兵陷青石峪。卢让白胜身裹毡包，牢牢捆缚，由山顶滚将下去，寻路和宋江联系。恰遇宋江派来寻找卢俊义等人的段景住和石勇，三人见了宋江。救出卢俊义等人后，白胜随卢去蓟州暂歇（第86回）。

征田虎，打下盖州后，分兵合击，白胜分到卢俊义一路（第93回）。攻破田虎都城威胜，白胜和众将分头去杀田虎臣属（第100回）。征王庆，攻山南城，吴用设计赚开四城水门，白胜和鲍旭等二十个头领藏于粮船内，潜进城去杀上岸来（第106回）。

征方腊，宋江军马扮作敌人渡江取润州，白胜是第一拨船上李俊身边十偏将之一（第111回）。攻下丹徒后，兵分两路，白胜是卢俊义率领下的攻打宣、湖二州的三十二偏将之一（第112回）。攻下湖州，卢俊义所部兵分两拨，白胜和卢俊义等二十三将佐攻独松关（第114回）。白胜和李立等四人从小路夜间摸上关去，放起火来，敌兵败走。白胜和时迁活捉了守关敌将卫亨。围攻杭州，白胜和花荣等十四员正偏将攻打昆山门。解珍、解宝劫取了敌人的粮船，白胜和解氏兄弟等十八头目杂于船内众人中，扮作艄公艄婆，混入城去，里应外合（第115回）。破杭州后，身染瘟疫，寄留杭州养病（第116回），后白胜病死，封义节郎（第119回）

曹 正

曹正，人称"操刀鬼"。开封府人，林冲徒弟，屠户出身，善杀牲畜，因得绰号。替一财主来山东做生意，折了本钱，回去不得，遂在青州乡下招赘，开一酒店。杨志押解的生辰纲被晁盖等劫去。不敢回去交差，路过曹正的酒店，吃酒无钱付账，曹正和杨志打起来，得以相识，他建议杨志去二龙山投奔邓龙落草。杨志去二龙山途中遇到了欲投二龙山而遭拒绝的鲁智深，二人又回到曹正的酒店。曹正建议将鲁捆绑起来，由他带领杨志和众人以献鲁智深请功为名，赚开关隘，相机行事。结果邓龙中计被杀，杨、鲁占了二龙山，曹正仍回村开酒店（第17回），后来也入伙上了二龙山。

呼延灼率官军打桃花山，李忠、周通请求救助。杨志、鲁智深、武松前去，曹正和其他三头领留守山寨（第57回）。宋江立为山寨之主后，让曹正和王英、扈三娘把守梁山山后左一个旱寨（第60回）。元宵节里应外合攻打大名府。曹正是八路军马中第六队步军头领李逵手下的二将之一，和李逵、李立在东门拦堵过梁中兵、李成（第65回）。

石碣天文载，曹正是七十二员地煞星中的地稽星。排座次时，曹正是十六员掌管监造诸事头领之一，负责梁山屠宰牛马猪羊牲口（第71回）。陈太尉来招安，宋江命曹正和宋清准备宴席（第75回）。高

地稽星操刀鬼曹正

俅第三次打梁山，曹正是梁山水军小头领。曾正曾和郑天寿、薛永、李忠等追杀徐京，三人又一起捉了官军将领梅展（第80回）。

梁山招安后，征辽攻蓟州，曹正是卢俊义右军三十七头目之一（第84回）。攻幽州，途中中计，卢俊义等兵陷青石峪，宋江命曹正和石勇、时迁、段景住四下打探消息（第86回）。

征田虎，攻下盖州后，兵分两路合击，曹正分到卢俊义一路（第93回）。攻下敌都威胜，曹正和众将分头去追杀田虎臣属将佐（第100回）。

征方腊、宋江军马扮作敌人渡江取润州，曹正是第二拨船上张横的四偏将之一（第111回）。攻下丹徒后，兵分两路，曹正是卢俊义率领的攻打宣、湖二州的三十二偏将之一。攻宣州时，被毒箭射死（第112回），后封义节郎（第119回）。

宋 江

宋江，表字公明，排行第三，郓城县宋家村人。面黑身矮，人唤黑宋江。于家大孝，仗义疏财，人又称"孝义黑三郎"。父在母丧，有一弟唤铁扇子宋清，随父在家务农。宋江在郓城县做押司，他刀笔精通，吏道纯熟，爱习枪棒，学得武艺多般；好结交江湖好汉；视金如土，求钱亦不推脱，好做方便，排难解纷，周全人性命。常散施棺材药饵，济人贫苦，周人之急，扶人之困。以此，山东、河北闻名，人称"及时雨"，"呼保义"。晁盖劫取生辰纲后，济州府何涛缉捕到了白胜，白胜供出了晁盖，何涛来郓城县衙办差，恰遇宋江当值，在茶坊里告诉他要缉捕晁盖。晁盖是宋江的心腹兄弟，宋江就借故告辞，骑马到东溪村通知了晁盖，并与吴用、刘唐、公孙胜见了面，拨马急回。宋江带着何涛见了郓城知县，他建议夜间去捉，结果没有抓到，只捉了几个邻舍。审问后，宋江周全他们，保释回家（第18回）。

后来宋江看到济州公文才知道晁盖在梁山泊做了大事，这是恰遇王媒婆，向他介绍了一个穷困的阎婆惜，宋江解囊相助，从此彼此相识。阎婆把女儿阎婆惜作为外室给了宋江。婆惜与后司贴书张文远勾搭成奸，冷了宋江。一日，宋江在街上遇到了刘唐，刘奉晁盖之命，送来金银书信，报答宋江之恩。宋江收了一条金，写了回书与刘唐别去（第20回）。后来又遇到阎婆，硬被邀到婆惜处，胡乱住了一宿。

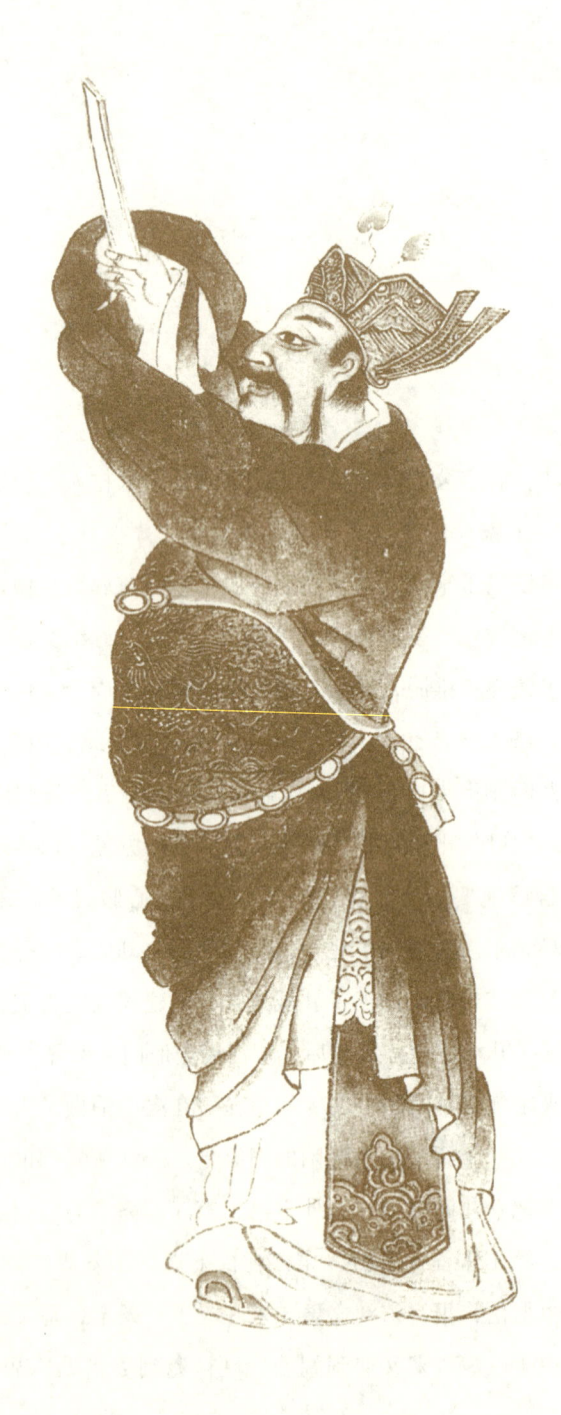

天魁星呼保義宋江

次日早起，却把招文袋忘在了阎婆惜床头栏杆上。宋江回去取，却被婆惜发现了招文袋里晁盖那封信，于是要挟他，他一时火气，杀了阎婆惜。知县有意庇护宋江，但张文远唆使阎婆告得紧，知县只好捉拿他。宋江逃走，知县让朱仝、雷横又去宋家庄追捕，朱仝放过了他。宋江由弟弟陪同去投奔柴进，在柴进家结识了一条好汉（第22回），这好汉就是武松。后武松回乡，宋江送别后，武松就在柴进庄上住下（第23回）。住了半年，宋清回家。白虎山孔太公知道宋江在柴进那里，特请到孔太公庄上，点拨孔太公两个儿子孔明、孔亮一些枪棒，二人奉宋江为师。武松自血溅鸳鸯楼，杀了西门庆后，打算去二龙山落草，路过孔太公庄上被捉，宋江又和武松见面。

十数日后，二人离开柴进。武松去二龙山，宋江去清风寨投奔花荣，路过清风山，被落草的燕顺、王英、郑天寿捉住，要把宋江杀死，他叹了一口气："可惜宋江死在这里。"三头领知道他是宋江，立即尊为上宾。一日，在山下王英劫得一妇人，是清风寨刘知寨刘高的夫人。在宋江劝诫下，放走了妇人。三五日后，宋江又去投花荣（第32回）。元宵节在清风寨观灯时，被刘高夫人认出，被捉受刑，花荣用武力救出。宋江连夜去清风山避祸，中途又被刘知寨抓获。后花荣也被青州兵马都监黄信用计捉住，一起解往青州（第33回）。途中清风山燕顺等截击，救了宋江和花荣，上了清风山。青州兵马总管兼统制使秦明来攻清风山，打败被俘后，宋江又派人穿秦明甲胄跨秦明坐骑，假冒秦明带兵到青州城外烧杀，结果青州知府遂杀了秦明全家，逼秦明上了清风山（第34回）。青州知府发兵攻打清风山，在宋江提议下，众人投奔梁山。

宋江途中在酒店得遇石勇，看到石勇送来的家书，知父亲去世，遂连夜回家奔丧，父亲却健在，原来父亲担心宋江在外落草为寇，且有大赦消息，所以写信骗他回家（第35回）。当晚，郓城新任都头赵得、赵能来抓捕宋江，他怕连累家人，让他们押到县里，最后刺配江州牢诚。押解途经梁山，刘唐、晁盖、花荣把宋江接到山上，苦苦相留，终不从命。次日随押解的张千、李万离去。途中在揭阳岭饮酒，中了蒙汗药，催命判官李立正要剥人，李俊带童威、童猛赶到，原来他们听说宋江要路经此地，特来迎接，救了宋江，他和四人结识。

后宋江拜别四人，到了揭阳镇，见一使枪弄棒卖膏药的大汉，使枪棒后，无人施舍，宋江送银五两，却被另一大汉斥骂（第36回），动手要打他，却被卖膏药的大汉打倒逃走。宋江与这大汉互通姓名，大汉是病大虫薛永，二人分别。揭阳镇的大汉通知各家客店，谁也不能留宿他们三人。无奈宋江和张千、李万继续赶路，天色已晚，投宿一家庄院，原来正是那大汉的家，连夜逃走。逃到浔阳江边，上了一条小船，船家要害宋江，这时正好李俊、童威、童猛驾船而来，与船主相识，宋江被救。船家原来是张横，又招来揭阳镇上大汉穆弘、穆春弟兄两人，都互相结识，在穆弘庄上住了三日，去江州。

行前，张横给自己在江州做鱼牙子的弟弟张顺写了一封信，让宋江带去。到了江州牢城，上下用钱，做了抄事房抄事。因宋江没给节级常例钱，节级走来大骂（第37回），原来这人正是吴用写信介绍的戴宗。宋江和戴宗二人正在喝酒，戴宗朋友牢里小牢子李逵在楼上吵闹。戴宗让李逵上楼，宋江结识了李逵，三人到琵琶亭上饮酒。李逵到江边要活鱼，跟张顺在水里打斗，宋江和戴宗赶到劝止，于是又结识了张顺（第38回）。四人一起饮酒时，有一卖唱女子，被李逵一指头点倒，宋江给了那女子二十两银子。

一日，去浔阳楼饮酒，宋江感恨伤怀，题了反诗，被一在闲通判黄文炳告发。戴宗要宋江装疯，又被识破，被捕投入死囚牢（第39回），后戴宗与梁山泊有了联系，二人被判死刑。结果梁山好汉劫了法场，宋江被救出，到了白龙庙，宋江参加了二十九人聚义（第40

回）。官军来追，被杀退后，到了揭阳镇穆太公庄上，宋江提出并安排了偷袭陷害他的主谋无为军黄文炳家的计划，自己也参加了这次行动，活捉了黄文炳，凌迟处死。而后与众人去梁山，途经黄门山，山寨寨主欧鹏等四人，迎他们上山，留宿一日。到梁山后，晁盖要宋江坐第一把交椅，他不从，坐了第二把交椅（第41回）。

宋江怕连累父亲和弟弟，回家接他们上山，被郓城都头赵能、赵得追赶，逃到还道村一古庙内，险些被捉。得神明佑助，九天玄女授宋江三卷天书，四句天言。次日，李逵等下山接应，将宋江救回梁山。当日，宋太公、宋清也被梁山好汉接到山上。李逵触景生情，也要回家接老母，宋江给李逵约法三章（第42回），仍不放心，又让李逵同乡朱贵暗随，探听消息（第43回）。杨雄、石秀来投，晁盖以他们与时迁假冒梁山好汉偷鸡，有损梁山名誉为由，要推出问斩，在宋江劝说下，二人得免。

宋江献策攻打祝家庄，并率众亲征，结果中计（第47回）。宋江等幸得在庄内当细作的石秀指点，才杀出重围。宋江接受杨雄建议，和杨雄、花荣同去拜访李应，希望支援，李应不见。宋江回寨后，再点人马，自做先锋，二打祝家庄，又败（第48回）。三打祝家庄，宋江指挥吴用，采用孙立里应外合之计，攻下祝家庄。宋江要洗荡祝家庄，石秀指出还有钟离老人这样的善良百姓，不应杀戮，遂罢，并开仓济民。李应、杜兴被郓城知府捉拿送府。宋江和花荣、杨雄、石秀途中劫取，救了李、杜二人，李应上了梁山。宋江又主持让王英和扈三娘成亲（第50回）。雷横路过山寨，宋江和吴用把雷横接到山寨小住。又和吴用商定众头领要重新安排职事，次日公布。宋江又写信给柴进，安排吴用、李逵、雷横住在柴进家，设计赚朱仝上山（第51回）。

攻打高唐州救柴进，宋江是主帅，知府高廉用妖法打败了梁山人马。宋江查看了天书，用回风返大破阵法，破了高廉的妖术（第52回）。后宋江与吴用商议，派戴宗、李逵去请公孙胜彻底破高廉妖法（第53回）。公孙胜到后，双方对阵，宋江为主将，左右各列五员战将，后攻破了高唐救出了柴进（第54回）。

呼延灼来攻梁山，宋江布置众将迎敌，捉了彭玘，宋江亲解其缚，劝其入伙。后宋江被呼延灼的连环马打败。凌振被捉，宋江又亲解其缚，相劝上山（第55回）。宋江又派杨、林去接彭玘家眷，派薛永去东京接凌振老小，派李云去东京买火药，让时迁、汤隆、乐和诱徐宁上山。徐宁上山后宋江亲自赔话（第56回）。让徐宁破连环马，宋江分拨军马（第57回）。孔亮来寻宋江，求梁山与桃花山、二龙山、白虎山共力攻打青州事，宋江点将指挥。宋江和吴用、花荣立于青州城北门处佯作观察城内地形，诱使呼延灼出城被捉，并劝呼延灼落草。后又用吴用之计，让呼延灼赚开城门，攻下青州。

鲁智深要去少华山探望史进，宋江让武松随往，让戴宗打探消息（第58回）。鲁智深华州被执入狱后，宋江点兵马去打华州，用吴用之计劫持了宿太尉，并假冒宿太尉将领御赐金铃吊挂来西岳降香扈从，智取华州，宋江与吴用扮作宿太尉家中帐司，与太尉交涉都是宋江和吴用出面。

领兵回梁山后，一日朱贵来报徐州沛县芒砀山有一伙人樊瑞、项充、李衮要吞并梁山，宋江听后大怒，要率军收捕，史进与朱武、杨春愿执戈前驱，宋江又派其他将领，并自带人马支援（第59回）。公孙胜布阵破樊瑞，宋江和吴用、公孙胜带陈达磨旗指挥，变换阵势。项充、李衮被捉，宋江亲解其傅，二人入伙，他又放走二人，说降樊瑞。

晁盖中计攻打曾头市中箭而死，众头领推举宋江为山寨之主，改聚义厅为忠义堂，重新安排职事。一日来一北京大名府僧人为晁盖做道场，提起卢俊义，引起宋江招卢入伙意（第60回）。吴用使计智赚卢俊义落草时，宋江与吴用、花荣在山顶上立于杏黄岭下与卢俊义搭话（第61回）。卢被捉上山后，要让卢坐第一把交椅，卢不从，卢回去后两次下狱，得报后宋江与他人共商计策（第62回）。戴宗又探听到卢俊义与石秀双双被捉消息，宋江听吴用建议，派一部人马去打北京（第63回）。正在围攻北京，戴宗报来消息，关胜带领人马杀奔梁山，宋江带兵回援。宋江见关胜一表非凡，并加赞扬。林冲愤怒，挺枪来战关胜，被宋江喝住，并向关胜赔话。秦明、林冲大战关胜，眼见胜利，宋江怕伤了关胜又鸣金收兵，引起秦明、林冲不满。后宋江让呼延灼向关胜送消息，他和呼延灼愿与关胜里应外合，消灭梁山军马，归顺朝廷，关胜中计被捉。关胜的先锋郝思文，后军宣赞被俘后，宋江为三人亲解其傅，三人同归山寨。宋江又同意了三人请战要求，并带领原班人马又加李俊、张顺二次攻打北京（第64回）。

一日宋江梦见晁盖阴魂，告诉他有百日血光之灾，唯有江南地灵星可治，并要早日收兵。次日果病，宋江被送回山寨，梁山军马全部撤回（第65回），张顺请来安道全为他医治痊愈。时经冬尽春初，吴用建议利用大名府元宵放灯机会，派人混进城去，里应外合。宋江同意，并欲亲自带兵攻打，为安道全劝阻（第66回）。卢俊义被从北京救出后，宋江要让卢俊义坐第一把交椅，李逵、武松等不同意（第67回）。

段景住等北地买马，途经青州，为强人郁保四劫去，送往曾头市，宋江听后大怒，决定再攻曾头市为晁盖报仇。宋江率五路军马杀向曾头市，他率一部人马攻曾头市正中主寨。曾头市议和，宋江不许，吴用讲明道理，一切由吴用处理。攻下曾头市后，宋江令杀死曾升及曾家全家。捉住史文恭后，宋江下令剖腹剜心，享祭晁盖。卢俊义捉住史文恭，宋江要按照晁盖关于谁捉住史文恭谁做山寨之主的遗言，要卢坐第一把交椅，在吴用及李逵、武松、刘唐、鲁智深等人反对下，未成（第68回）。

宋江又提议梁山钱粮匮乏，要攻东昌、东平二府劫夺钱粮，由他和卢俊义拈阄分头去攻打一个城池，先攻破城者为山寨之主，结果他拈着了东平府。点拨军马时，宋江又把吴用、公孙胜等谋士分给卢俊义，意在让卢先破东昌。到了东平城下，宋江让郁保四、王定六下战书，结果被打而回。宋江同意史进进城，到旧相识一妓女家做细作，结果史被捉，后宋江让一丈青、王英、张青、孙二娘设下绊马索捉了东平兵马都监董平，董平同意落草后，又赚开城门，宋江引军杀入，攻下了东平（第69回）。

白胜从东昌府赶来，备述东昌府猛将张清用石子连连打伤数员梁山头领，吴用派白胜来要求支援。宋江传令三军立即起程直奔东昌府，他领兵再战，又伤十多人。后张清被捉，众头领要杀张清，宋江赔话，鲁智深要来打，又被宋江隔住喝退。张清同意入伙，宋江又收了张清推荐的皇甫端，放出了张清副将龚旺、丁得孙，他们都落草上山（第70回）。攻下东昌、东平二府后，梁山大小头领一百零八人，宋江要举行一次罗天大醮，制作了七日，到七日三更时分从天降下石碣，上载一百零八人名字。宋江又重新安排各人职事，英雄排座次。宋江和卢俊义是梁山泊总兵都头，宋江住在正厅东边厅内，拣吉日良辰，他又率众结义盟誓，重阳又举办百花会。大醉题《满江红》词，有盼招安语，引起武松、李逵、鲁智深等不满。

岁终，宋江要去京城观赏元宵灯会，吴用劝他不能前往（第71回）。宋江分拨头领去东京观灯，他和朱贵、刘唐扮作客商前往。宋江和柴进在东京樊楼上，听见有人高唱"造反"歌，原来是史进、穆弘大醉。宋江斥责二人，快快出城。宋江要去见名妓李师师，想通过她与天子接洽招安事。正与李师师饮茶时，天子到来，宋江带柴进、燕青急忙退出。二次见了李师师作乐府词一首，表明盼望招安的心情,天子又到,急忙躲起。这时李逵在李师师家放起火来,宋江怕关了城门,连忙与柴进、戴宗出城,留下燕青陪李逵。二人出城后为前来接应的五虎将接回梁山泊(第72回)。李逵自东京回山寨途中,遇到刘太公,刘有一女儿被假冒宋江的二强人夺去,李以为宋江做了坏事,回山要杀宋江,事情弄明白后,宋江愿与李逵去找刘太公对质,并立了军令状:输者杀头。对质后真相大白,李逵负荆请罪,宋江让李逵由燕青陪同捉拿假宋江主动赎罪(第73回)。燕青去泰安州与任原相扑,宋江钱行,胜利后又与燕青贺喜(第74回)。

陈太尉奉诏招安,宋江大喜,吴用、林冲、关胜、徐宁与他意见不合。宋江让大家不要有疑心,安排了接待的各项事宜。萧让读完诏书,李逵从忠义堂梁上跳下,扯毁诏书,要打陈太尉,让宋江和卢俊义横身抱住。陈太尉所携御酒,让阮小七等喝光换了村醪白酒,众人不知,认为受了愚弄,一起发作起来,宋江横身拦阻,和卢俊义连忙陪陈太尉等下山,并连连赔罪(第75回)。童贯来打梁山泊,宋江和吴用布下九宫八卦阵对敌,宋江坐镇中军(第76回)。大败官军后三日,吴用设下十面埋伏,宋江和吴用等立于山头引逗童贯,再次大败官军。宋江不让众将尽情追杀童贯,以便为今后招安归顺留下后路,让戴宗传令,各路军马回山寨庆功,并放了被俘的官军将领酆美,让他回到朝廷,转达宋江归宋之意(第77回)。

两败童贯之后,宋江和吴用派戴宗、刘唐去东京打探消息,后又与吴用共同谋划对敌(第78回)。高俅将领韩存保、党世雄被捉后,宋江将二人放走。二败高俅后,朝廷降旨招安,宋江要众头领到济州城下听读诏书(第79回),后他率人马到济州城下听旨。高俅大造战船,攻打梁山,宋江在水路指挥,高俅被俘后,他以礼相待,并让萧让随高俅去东京面见朝廷,面陈衷曲(第80回)。去后久无消息,宋江和吴用商议,让燕青、戴宗去东京打探消息(第81回)。宿太尉奉旨招安，来到济州，他们让吴用等四人先行接洽，后又率众迎旨，宣布招安决定，让萧让书写"买市"告示，又准备遣送各家老小，被吴用制止，后率众去东京面见皇帝。众头领对拆散调遣不满，要再回梁山，宋江急忙止住，恳求来使上奏朝廷（第82回）。

后领旨征辽，任破辽都先锋，宋江率部分头领回山寨安排善后事。回东京后又见天子，并有所赐。征辽前与吴用共同谋划进兵之策，后一军校因不满厢官侮辱，一气之下杀了厢官，宋江依吴用建议，杀了军校，勒兵听罪，并令戴宗、燕青给宿太尉说明真情。攻打檀州时，宋江听从段景住建议水陆并进，后又和吴用共同策划取檀州（第83回）。攻下檀州后，再攻蓟州，宋江与卢俊义分兵前进，宋江到平峪县屯扎，未敢轻进。卢俊义在玉田被围，宋江去援救，大败辽军。再议攻蓟州，宋江与卢俊义兵分两路，他率左军共四十八头目。令军士暂歇，并探问张清箭伤。令时迁，石秀潜入蓟州做内应，后又与卢合兵共攻蓟州。用吴用之策，竖云梯炮架，让凌振四面施放火炮，加紧攻城。攻下蓟州后，让卢俊义原班人马驻玉田，其余屯扎蓟州（第84回）。

辽国派欧阳侍郎劝宋江投奔辽国，他与吴用商议诈降。宋江选择到了辽国重地霸州，并佯称吴用未及通知，让辽国如见儒生请放行，吴用等遂赚开关卡，进而与卢俊义攻占了文安县，里应外合取了霸州，释放了辽将。让卢俊义仍回蓟州，自己分兵一部把守霸州，并申报赵安抚胜利消息。诈降前曾由公孙胜引荐拜谒了公孙胜师父紫虚观罗真人，罗真人写下八字法语（第85回）。讨论攻打幽州时，辽兵却分两路攻打霸州、蓟州。吴用、朱武认为这是敌人诱引之计，此时不可去取幽州。宋江和卢俊义不听，结果中计，他和卢俊义失去联系，卢等陷于青石峪，宋江派人四处打探寻找，得知消息后，率部营救，后让卢俊义等人回蓟州暂歇。宋江率人马攻打幽州，依吴用建议而行，分兵三路，取了幽州。随差人去檀州向赵安抚报捷，请宋江移住蓟州。让水军来幽州听调，派卢俊义把守霸州（第86回）。辽统军兀颜光之子兀颜延寿攻幽州，宋江依吴用建议，在城外布下九宫八卦阵，又和吴用、孙武登云梯观看对方阵法，大败之。后辽统军兀颜光等率大军来攻，宋江传令卢部下军马及檀州、蓟州旧有人马都来听调，又请赵枢密前来监战，再要水军头目带水手尽数登岸，到霸州取齐，陆路进发，与辽军决战（第87回）。初战胜利，但辽军甚众，宋江依吴用建议在昌平县布九宫八卦阵对敌。但攻辽混天阵大败，孔亮、李云等六人受伤，李逵被俘。后由宋江亲自到阵前把被俘辽将兀颜延寿与李逵交换回来，并给李逵贺喜。三攻辽营又败。

正在破混天阵无计之时，时已冬寒，只好坚闭不出。后押送军中棉衣的郑州团练使王文斌自荐上阵，又被杀死。郁闷之中，宋江梦见九天玄女告以破辽混天阵之法（第88回），与吴用商议，布阵再与辽战，破辽混天阵大胜。宋江命鸣金收兵，各自献功。辽乞降，拒绝接收金帛玩好之物。蔡京、童贯、高俅、杨戬俱受了辽主贿赂，皇帝准其投降。宋江在宿太尉面前表现不满，后宋江又派十员上将护送宿太尉去辽国宣旨。辽国主请赵枢密和宋江与吴用进燕京陪宿太尉赴宴，二人拒绝，只赵枢密一人前往。宋江又传令放了天寿公主一干人口，将檀州、蓟州、霸州、幽州依旧还给辽国首领。一面分拨人马班师，又以恩威并重晓谕辽国郎主等，不得再生反复，需年年纳贡。次后与众人随鲁智深去五台山参禅（第89回）。五台山智真长老送他四句偈语，预言今后祸福，宋江不解。下山后，军马回东京。皇帝接见，得赏赐（第90回）。

宋江听到戴宗、石秀汇报田虎作乱事，与吴用及诸将商议向朝廷请缨出征。宋江被任命为平北正先锋，与吴用谋划出兵。宋江与卢俊义等统领中军，到卫州后，依吴用之计，卢俊义攻陵川而解辉县武涉之围，并下高平，又依吴用建议，去打盖州，分拨人马，宋江与卢俊义等仍统领中军（第91回）。到盖州城郊，令萧让标写花荣头功。吴用料到夜间敌兵劫寨，宋江预做布置。围攻盖州，宋江分兵部署，做云梯飞楼。攻城不克，宋江与吴用、卢俊义等观察地理形势（第92回）。打下盖州后，正值元旦，宋江令大摆筵席，并派人去卫州、高平、陵川三处送去羊酒赏劳。忆及昔日法场被救等事，潸然泪下。李逵做梦得十字真诀，宋江与吴用不解其意。宋江又和卢俊义、吴用计议兵分两路合击田虎事，他与卢俊义各领一支人马，他带领正偏将佐四十七员（第93回）。从东路进军，令花荣等四人守盖州，又让萧让复制了许贯忠献的山川形势图给卢俊义备用。宋江部署攻壶关，敌将唐斌暗约他里应外合。吴用担心有诈，宋江同意吴用做的部署。攻下壶关后，宋江与吴用计议攻昭德，并做了部署（第94回）。

敌人乔道清来援，李逵盲目出战被俘。宋江欲救李逵，一面去调樊瑞，同时不听吴用劝阻，率林冲等十人进攻，结果又败于乔道清妖术，险些丧命，为土神所救。只好依吴用建议，退十里下寨。请公孙胜来破妖术（第95回）。公孙胜初破妖法后，宋江依公孙胜建议派军马截住乔道清进昭德城之路，后与公孙胜率林冲等七人领兵追击。公孙胜大破妖法后，宋江收兵回寨。同意公孙胜建议，让公孙胜同樊瑞、单廷珪、魏定国追赶敌人，后宋江又与吴用商讨攻昭德城事（第96回）。宋江同意吴用建议，把晓谕兵檄射入城内，结果敌人偏将等杀死副将三人，纳降，宋江标写公孙胜等功劳。戴宗自晋宁回来汇报了卢俊义那边军情，并引晋宁降将孙安晋见，宋江下阶迎接，并派他们去公孙胜处，游说乔道清投降。乔道清降后，宋江让萧让写表，令戴宗去东京上奏报捷（第97回）。

陈安抚来监督军马并犒赏将佐，他引众将在昭德迎候。与陈安抚相见后，分发了陈安抚带来的赏赐，并写下军帖，让戴宗到传令各处守城将士，待新官一到，即行交代，勒兵前来听调。卢俊义攻下晋宁，田虎派统军大将马灵救援。宋江同意乔道清建议，派乔道清和公孙胜同去劝降，又让索超等七人取潞城县，自率三十一员将佐北征襄垣迎敌。鲁智深失踪，宋江让人寻找。敌将叶清化作细作到了宋营，愿里应外合。宋江依吴用建议让叶清带安道全、张清化名后进入敌营为田虎国舅邬梨看病，后又派萧让潜入襄垣，见了敌女将琼英和叶清，搜觅邬梨手迹。萧让遂模仿邬梨字体，写成书札，让叶清去见田虎，报知张清与琼英结亲事，相机行事（第98回）。

这时所破城池朝廷所委新官到任，替下卫州、壶关、抱犊山守将，他们都到了昭德。宋江命关胜等四人和索超等人马由李俊等水军协同，攻榆社、大谷，后陵川、高平、盖州守将也到来，宋江接风洗尘。卢俊义处大胜敌军，活捉了会使妖法的马灵，由戴宗带来参拜宋江。田虎亲率大军救援襄垣，张清、琼英派解氏兄弟向宋江报告，他做了部署，途中截击（第99回）。宋江亲自领兵御敌。田虎欲折回威胜，宋江与吴用谋划中途三路截去，大败敌军。田虎被张清捉后，宋江又令张清驰援攻威胜的军马，令武松紧闭襄垣城门，看守田虎。威胜城破后，亲释敌将卞祥之缚，卞祥归降。宋江标写众将功劳，迎接陈安抚入城，修书申奏朝廷，下令除田虎、田豹、田彪解赴东京外，其余一律斩首（第100回）。令张清夫妻押解田虎、田豹、田彪去东京。

皇帝颁诏嘉奖，并委宋江为平西都先锋去征王庆，他率众将接旨。宋江和卢俊义赏黄金五百两，锦段十匹表里等物，其他诸将各有奖励。并差戴宗、马灵晓谕各路守城将士，新官到后，交接完毕，立即勒兵前来征讨王庆。宋江又令萧让、金大坚镌勒碑石记叙征田虎事。时值五月五日，令宋清大摆筵席，庆贺太平。宋江与吴用计议，整点军马，往南进发（第101回）。途中又奉命解了鲁州、襄州之围。

攻宛州之前，宋江让陈安抚等驻扎阳翟城中，他率军马驻于城外方城山树林中。宋江料到敌人会来火攻，结果将计就计，大败敌军。攻宛州时，宋江依吴用建议，在城东、西屯大军，防南北来援之敌。令张清夫妇率田虎降将十七员为前部攻城，城下后，斩守城敌将刘敏，标写关胜、林冲、张清及孙安等众将功劳。迎接陈安抚进驻宛州，留花荣等六人辅助陈安抚守城。后宋江又与吴用计议，率军去攻山南军（第105回）。兵分三队，宋江与卢俊义统率中队，攻下山南城后，赏劳三军，标写李俊等功劳，后奉命先去打西京，于是与卢俊义兵分两路，卢打西京，宋江率军攻荆南，令史进等四人镇守山南城（第106回）。攻打荆南纪山时，敌处险要，于己不利，宋江令军马不能轻易出战，并让戴宗传令李俊等用船只运粮草接济济大军。第二日方差秦明等八人与敌交锋，事先令焦挺等四将领率众伐木广道，以便出击。初战不利，宋江依吴用之计，部署军马攻取了纪山。战后标写鲁智深等功劳（第107回）。后宋江患病，闻萧让、金大坚、裴宣三人被敌掳去，宋江令卢俊义帮助吴用火速攻荆南城，拿下荆南。宋江病愈后，迎陈安抚进城，率军攻王庆都城南丰。至南丰与吴用计议破敌之策（第108回）。

攻王庆都城南丰时，驻兵十里之外，摆下九宫八卦阵，宋江与吴用、公孙胜坐镇中军。攻下南丰后，准备攻取东川、安德（第109回）。宋江同意降将胡俊建议，派胡俊同李俊去招降东川、安德两城。宋江让戴宗赍表，申奏朝廷，请旨定夺，并呈文陈安抚，给宿太尉写了书札。下令搜掳了金珠细软，烧毁了王庆宫内违禁器物，又令张横烧毁了王庆行宫云安的违禁器仗。东川、安德降后，宋江和陈安抚标录李俊等功劳。宋江让萧让、金大坚在南丰城东镌石勒碑记叙其事。班师回京途中，燕青射雁，宋江有所感，作诗词有伤感之意。宋江带众将朝天子，封保义郎，带御器械，正授皇城使。李逵不满，宋江大加训斥，蔡京不让头领入城，水军头领准备再次造反。吴用试探宋江，他非常惊恐，召集众将训话安抚。

方腊在江南造反，宋江与众将商议后，请缨南征，封为平南都总管，征讨方腊正先锋，水陆并进，到扬子江边。依吴用建议，宋江选调人员去江中金山、焦山探路（第110回）。宋江令张顺、柴进、石秀、阮小七分两路分别去了金山、焦山。有定浦村陈将士与江南润州方腊手下吕枢密联络图谋扬州。用吴用之计令燕青扮作吕枢密帐前叶虞候带领解珍、解宝去见陈将士，将陈氏父子灌醉后杀死，又假扮方腊军队，渡江智取了润州。后又与吴用计议取丹徒县事，点了十员正将（第111回）。攻下丹徒后，兵分两路，宋江率正将十三员，偏将二十九员，攻打常、苏二州，又派李俊等八水面头领支援石秀、阮小七攻江阴、太仓沿海州县。攻常州，损韩滔、彭玘二将，宋江令军士打起白旗，亲领大队人马，水陆并进攻常州。攻下常州后，自下阶迎接里应外合的降将金节，又让戴宗去探卢俊义一路军情。敌兵反扑常州，宋江令关胜等十人迎敌，后知郑天寿、曹正、王定六战死，大哭一声，蓦然倒地（第112回）。

被吴用劝住后，宋江令戴宗去卢俊义处，让卢攻打湖州。攻下无锡，方腊军三大王方貌由苏州领兵来攻，在无锡十余里处大战，获胜。驱兵直抵苏州，驻于寒山寺。宋江又让李俊从水路哨探苏州城南情况。李俊等劫取了方腊军运送铁甲的船只，宋江依吴用之计，令李俊、李逵等假冒敌船进了苏州，里应外合攻下苏州城（第113回）。秀州不战而降后，宋江向敌守将顾恺现场了解了杭州守备情况，同意柴进与燕青潜入方腊营寨去做细作，并听取了燕青汇报的卢俊义一路的军情。安道全奉旨进京为皇上诊病，宋江十里长亭饯行。攻杭州兵分三路，宋江自率中路第二队。深夜在帐中梦见张顺血污来见。知道张顺已死，到灵隐寺追荐亡魂，以诱引敌人，宋江做了布置（第114回）。

敌人果中计来捉宋江，结果大败而走，宋江又回到皋亭山寨，由戴宗汇报知道了卢俊义所部攻打独松关大捷。依吴用建议，派李逵等四人率兵与卢俊义共同夹击残敌。胜利后，宋江又让卢俊义带兵去接应攻打德清等地的呼延灼。军马齐集杭州城外，重新分拨军马攻打杭州，数战不利，后依吴用之计里应外合，夺了杭州（第115回）。

东京天使来赏，宋江引众将迎拜谢恩。后与卢俊义兵发两路征进，宋江率三十六员将佐攻睦州和乌龙岭，途中克富阳，又由东路、西路和水路三路并进，攻占了桐庐县，攻打乌龙岭连死四将，又见敌人将解氏兄弟尸身风化在岭上。宋江急于报仇，夺回尸首，不听吴用劝告而进兵，结果中计（第116回），被众将救回，驻扎在桐庐县。天子派童枢密赏赐军马，宋江和吴用二十里外迎接。后马麟、燕顺依吴用吩咐访得一农村老人，宋江遂带领众头领由老人引领从小路绕过乌龙岭，直达睦州附近，敌军大惊。初攻不利，被会妖法的郑彪用魔法打败，乌龙神邵俊托梦宋江，说方腊气数已尽。损兵折将之际，吴用、童枢密率军来援。宋江与吴用闲步寻访庙宇，见乌龙神庙，方验梦中所见，当夜再次梦见邵俊。天明，让燕顺、马麟把守乌龙岭大路，令关胜等四正将二次攻打睦州。攻下睦州后，下令烧了方腊行宫。这时把守乌龙岭的燕顺、马麟被敌将白钦、石宝杀死。敌军乘胜杀来，宋江急令关胜等四正将迎敌（第118回）。

乘机攻下乌龙岭，宋江将仓库米粮，分给百姓，又将敌水军总管成贵、谢福剖腹取心祭奠阮小二等，又让李俊管理船只把敌官员将佐押送到张招讨军前。宋江驻守睦州等候卢俊义兵马，同去攻方腊都城清溪。攻清溪时，依吴用之计，派李俊等五人押解粮船，诈降方腊以做内应。宋江又与吴用分调关胜等四正将为前队，引军直逼清溪。攻下清溪后，放火烧殿，并叫蔡庆将南军马步亲军都太尉、标骑上将军杜微剖腹剜心祭祀阵亡众将。宋江又率大军围住了方腊居住的帮源洞（第118回）。招为方腊驸马的细作柴进，出洞口搦战，宋江令花荣出马迎战。次日，宋江传令只看南军阵上柴进回马引领，众将便杀入洞去，对方腊只可生擒。里应外合，攻入洞后，阮小七穿起方腊衣冠戏耍，被童枢密手下的王禀、赵谭撞见，双方发生争吵，几乎火并。宋江和吴用赶到，斥责阮小七下马，剥去违禁衣冠，宋江又传令烧了方腊内苑深宫。

方腊被鲁智深捉住后，宋江下令用监车解上东京，他率军马回到睦州。在睦州宫观净处作醮，超度亡魂，安葬好阵亡将佐后，听候圣旨，班师回京。鲁智深坐化后，宋江和众领头去六和寺看视，又去看了武松，后班师回京。率二十七员将佐朝见上皇，宋江授为武德大夫，楚州安抚使兼兵马都总管，另有金银绸缎马匹等赏物。宋江奏请圣旨，回乡省亲。宋太公已死，在家住了数月，庄院交与宋清，又回东京（第119回）。与众兄弟相会，令各人收拾行装，前往任所。戴宗来见，要纳还官诰，去泰安州岳庙内陪堂出家，别宋江而去。宋江和卢俊义分派了众将赏物之后，去楚州任职。不到半载，惜军爱民，深得军民敬爱。

蔡京、童贯、高俅、杨戬四人在朝廷赏赐的御膳中下了水银毒死了卢俊义，又上奏天子，怕宋江造反，应赐御酒以安其心，天子准奏，派去的信使正是高俅、杨戬的心腹，在酒中下慢性毒药。宋江饮后，回敬天使，天使不饮。饮酒后肚腹疼痛，急令人打听，知道来使在途中却又饮酒。宋江知道中了奸计，他死后怕李逵造反，坏了一世清名，遂连夜派人到润州请来了李逵，先让李逵吃酒食，又告诉李逵自己已吃了朝廷所赐毒酒，李逵劝他重新造反，打回梁山。

次日送别，告诉李逵自己死在旦夕，怕死后李逵造反，坏了一世清名，所以昨天在给李逵的接风酒中已下了慢性毒药，到了润州必死,死后望同葬于楚州的蓼儿洼。李逵药发临危时,嘱咐亲随,死后把他葬在蓼儿洼高原深处,后按其遗嘱而葬。宋江死后,梁山好汉阴魂聚于梁山泊,天子和宿太尉做梦,都梦到他,诉说当初皇帝赐药酒毒死之事。天子命宿太尉派心腹去楚州查问,尽得宋江、李逵等死因。宿太尉将宋江忠义显灵等事奏闻天子,皇上准宣宋清承袭宋江官爵,宋清因病辞谢。皇帝又亲书圣旨封宋江为忠烈义济灵应侯,并在梁山大建庙宇祠堂,妆塑宋江等殁于王事将佐神像,亲书"靖忠之庙"四字(第120回)。

宋 清

宋清，人称"铁扇子"，宋江弟，宋太公次子，郓城县宋家村人，随父在家务农（第18回），排行第四，故称四郎。宋江杀阎婆惜后，县里来宋家村捉人，宋清躲避起来，后陪同宋江到柴进处安身（第22回），在这里结识了武松（第23回）。半年后，宋江让宋清回家（第32回）。宋太公思念宋江心切，担心宋江落草为寇，又听得有大赦消息，遂让宋清写信给宋江，假说父亲去世，由石勇送去，将宋江骗回家来（第35回）。当晚宋江被捕，宋清和哥哥洒泪而别（第36回）。宋江上梁山后，回家打算把宋清和父亲等接上山去。宋清告诉宋江官府正在捉他，宋江连夜逃回梁山。晁盖等人闻讯，派人连夜把宋清和宋太公接上山来，一家团圆（第42回）。

打下祝家庄后，调配职事，宋清和朱富负责梁山提调筵宴（第51回）。石碣天文载，宋清是七十二员地煞星中的地俊星。排座次时，宋清是掌管监造诸事十六员头领之一，负责排设筵宴（第71回）。梁山招安后，宋清随哥哥等人由东京回山寨，安排善后事宜，之后又回东京（第83回）。

奉旨征辽，攻下檀州后，宋清随赵安抚和其他二十二头目守御。后又和萧让去东京收买药饵，向太医院关支暑药（第84回）。

征田虎，打下盖州后，兵分两路，宋清分到宋江一路（第93回）。

地俊星铁扇子宋清

宋江率大军北上襄垣迎敌，宋清是三十一员将佐之一（第98回）。征田虎大胜，皇帝颁诏赏物，时值五月五日，宋江令宋清大摆宴席，庆贺太平（第101回）。

征方腊，攻下丹徒后，兵分两路，宋清是宋江率领下攻打常、苏二州的二十九偏将之一（第112回）。攻杭州，宋江所部兵分三路，中路负责取北关门、艮山门。宋清是中路宋江所率领的第二队十七将佐之一（第114回）。二次布置攻杭州，宋清是宋江率领的攻打北关门大路的二十一员正偏将之一（第115回）。破杭州后，兵分两路，宋清和其他三十五员将佐随宋江攻睦州和乌龙岭（第116回）。

征方腊后，班师回京，授宋清武奕郎、都统领，后随宋江返乡省亲。这时宋太公已死，宋江回东京，宋清留下管理庄院。虽受官爵，只在家务农，奉祀宗亲香火（第118回）。宋江死在楚州，宋清因病不能前去，只好令家人去祭祀，看视坟茔。朝廷让宋清承袭哥哥官职，他因患风疾辞谢，只愿务农。朝廷怜宋清孝道，赐钱十万贯，田三千亩，后生一子宋安平，官至秘书学士（第120回）。

武　松

宋江来投柴进，饮酒略醉，去厕净手，在廊上踏翻武松的一铁锨炭火，拨了武松一脸，武松要动手打宋江，柴进赶来，说了宋江名字，二人结识（第22回）。武松，排行第二，人称"武二郎"，清河县人。武松因醉与本处机密相争，一拳将人打昏，以为已死，遂投奔柴进，一年有余，酒后使性，人多不喜欢他，柴进待他也慢了，后回清河县探亲，宋江送别。武松途中来到阳谷县景阳冈打死了老虎，知县让他做了步兵都头（第23回）。之后武松遇到哥哥武大郎，遂搬到武大家住，嫂嫂潘金莲勾搭他，他不为所动，搬回县衙。武松为知县押解礼物去东京（第24回），回来后哥哥已死，心生疑窦，从团头何九叔和小贩郓哥那里了解了潘金莲与西门庆通奸杀死哥哥的真相。武松又当着街坊邻居的面，审问了潘金莲和拉纤扯线的王婆，让二人签字画押后，将潘金莲杀死，又去狮子桥下酒楼杀死了西门庆，提着两颗人头，带着四邻去县里自首（第26回）。知县有心周全武松，把案情改轻，送东平府，东平府尹也哀怜他，也把案卷改轻，上报判罪，最后脊杖四十，刺配两千里外，解赴孟州。途经十字坡，开酒店的张青、孙二娘用药酒暗害武松不成，反而拜张青为兄。

到了孟州，下到安平寨牢城营，得到老管营儿子小管营施恩的照顾，二人结识（第28回）。施恩告诉武松，蒋忠（蒋门神）如何霸占

天伤星行者武松

他快活林的事，要他为自己报仇，并拜他为兄。次日，武松去快活林醉打蒋门神，要蒋门神答应三件事，才能饶他性命（第29回）。蒋门神一一答应，被赶走。夺回快活林酒店，仍由施恩经营。一日，孟州守御兵马都监张蒙方请武松做了亲随。中秋夜替都监家捉贼，武松反诬为盗被抓，并栽赃陷害，原来是张团练为蒋门神报仇，买通了张都监，设圈套害他。张都监又上下使了钱，孟州知府就把武松下到死囚牢里。施恩花钱上下托人情，康节级、叶孔目从中出力，把文案改轻了，结果脊杖二十，刺配恩州牢城。与施恩分手，施恩告诉武松押送公人不怀好意，要多提防。武松来到飞云浦打死了两个公人和蒋门神的两个徒弟，又奔回孟州（第30回）。武松到了张都监家，张都监、张团练、蒋忠正在鸳鸯楼上为害武松而庆功，他杀死了三人，又杀死张都监亲眷女使等十二人，连夜翻过城墙逃走。

　　天色朦胧时，武松走进树林里的一座古庙，倒头便睡，结果被人捉去，剥了衣服，绑在亭柱上，却又到了十字坡张青夫妇开的酒店，他备述遭遇。原来张青、孙二娘估计武松可能还要回来，怕坏了武松性命，要下人只捉活的。武松在张青家住下，公人到各乡四处缉捕他，张青不能让他久留，建议他去二龙山投鲁智深、杨志落草。哥哥已死，武松别无亲眷，他愿投二龙山，因各处画影图形通缉他，孙二娘怕他被人认出，让他剪了头发，戴上过去被他们蒙翻杀害的一个头陀的铁界箍，盖住脸上金印，穿了头陀衣服，扮成一个行者模样，挎了两口戒刀，带上度牒，离了十字坡。

　　初更时分，武松来到松林中一座坟庵，见一出家人搂着一个妇人对窗望月，他先杀了道童，又和道人交手（第31回）。此处叫蜈蚣岭，此人自号飞天蜈蚣王道人，道人被他杀死。妇人是全家被杀后强骗而来，武松放了妇人，烧了坟庵，奔向青州。来到白虎山孔太公庄上一酒店喝酒，打了酒家。这时孔亮也来喝酒，与武松厮打，孔亮被他扔到溪里，武松也因醉酒跌到溪里被捉，绑在树上抽打。原来宋江住在孔太公庄上，认出了武松，兄弟再次相见，自此也结识了孔明、孔亮。后武松和宋江都离开了孔太公庄上，中途，二人分手，武松去了二龙山，宋江去了清风寨（第32回）。呼延灼带青州兵马攻打桃花山，周通、李忠要求救援。武松和鲁智深、杨志带领二龙山兵马去救，后呼延灼退走。他们回山，途中遇白虎山孔亮，备说呼延灼捉去孔明事。武松和鲁智深、杨志商议桃花山、二龙山、白虎山三山攻打青州事（第57回），后三山与梁山合力攻青州，攻下青州后，武松和众人上了梁山。

鲁智深要去少华山探望史进，宋江让武松随往。原来史进因在华州狱中，鲁智深只身救史进，武松劝阻不成，鲁智深果然被执（第58回）。梁山人马去救，攻打华州，劫持了宿太尉，假冒宿太尉将领御赐金铃吊挂来西岳降香的扈从智取华州，武松预先去西岳西门下，等候行事。待将华州贺太守骗至庙内，武松和石秀等配合花荣杀进庙去，杀了贺太守随从（第59回）。宋江为山寨之主后，任武松为前军寨第四位首领（第60回）。吴用设计让卢俊义落草，卢俊义过梁山中计，武松依计和众头领引诱卢俊义一步步进入圈套（第61回）。卢俊义上山后，宋江要他做第一把交椅，武松和李逵坚决反对（第67回）。

二次攻打曾头市，武松和鲁智深是攻打正东大寨的步军头领。史文恭第二次劫寨时，武松按照吴用计策去攻曾头市的东寨。攻下曾头市后，武松和鲁智深追赶曾魁。卢俊义捉了史文恭后，宋江按照晁盖遗言，谁捉住史文恭谁做山寨之主，执意要卢俊义坐第一把交椅。吴用反对，并示意众头领，武松出面反对（第68回）。梁山攻打东昌府，武松留守山寨。后吴用调武松和其他引领水军车辆船只，扮作运粮草模样，水陆并进，诱东昌府张清打劫。武松和鲁智深跟随车辆前行。鲁智深被张清石子打中，武松救了鲁智深，弃车而走。张清见车内确系粮草，遂又去劫水上船只，结果在河里被擒（第70回）。

石碣天文载，武松是三十六天罡星中的天伤星。排座次时，武松是十员步军头领之一。与鲁智深把守梁山山前南路第二关。重阳节菊花会上，宋江作《满江红》，有盼早日招安之语，武松第一个出来反对（第71回）。宋江等上元节去东京观灯，武松和鲁智深扮作行脚僧同去。这时李逵在名妓李师师门前放起火来，又和燕青、史进、穆弘一起杀将起来。武松和鲁智深、朱仝、刘唐杀进城去，将李逵等救出（第72回）。燕青由李逵陪同去泰安州与任原相扑，结果跟官军打起来，武松和卢俊义等八人去接应（第74回）。陈太尉来梁山招安，带来的御酒，让阮小七等喝光，换成村醪白酒，众头领认为是朝廷哄骗人，武松掣出双刀，与穆弘、史进等一齐发作（第75回）。童贯二打梁山，吴用布置十面埋伏。武松和鲁智深为一部，杀的官军七零八落（第77回）。

梁山招安后，奉旨征辽，攻蓟州，武松是宋江左军四十八头领之一（第84回）。宋江、吴用诈降辽国，武松扮作行者，跟随吴用，赚开辽国要塞益津关，占了关口，并与众人攻占文安县（第85回）。辽国统军兀颜光率军进攻幽州，在昌平摆下混天阵，武松随宋江与众人杀进去，大败（第88回）。昌平失利后，宋江得九天玄女之法，与辽再战，武松是攻辽国太阳阵左军七大将之一，杀死了太阳阵辽将耶律得重（第89回）。

征田虎打凌州，武松是步军头领之一（第91回）。围攻盖州，吴用料敌人夜里会来劫营，令武松和鲁智深等于寨内埋伏。敌人来偷袭，武松杀死了敌将沈安（第92回）。打下盖州，正值元旦，大家欢饮。李逵伏在桌子上做了一个美梦，武松、鲁智深为之喝彩。后兵分两路合击田虎，武松分拨在宋江一路（第93回）。敌将乔道清来援，用妖法打败李逵并捉去。宋江率武松和林冲等十将攻敌营寨，解救李逵，结果被乔道清妖术打败，武松被俘，但临危不惧，大骂敌人（第95回）。昭德城投降，武松被救出（第97回）。宋江率大军攻襄垣，武松是三十一将佐之一。与敌交锋中，为救李逵，解珍被琼英石子击伤，武松和鲁智深、解宝把解珍救出，他又杀进敌营，满身血污回到营寨，又奉命护送萧让潜入襄垣（第98回）。张清骗田虎到了襄垣城下被捉。武松和鲁智深率步兵从城内杀出配合，后宋江命武松坚闭城门，看守田虎（第100回）。

宋江奉旨攻王庆。攻山南城时，依吴用之计，水军头领以粮船为饵，诱敌打开城西水门劫掠，武松和鲍旭等二十个步军头领藏在船内，由水军头领在水下推入城去，杀将起来（第106回）。攻荆南纪山，初战不利，吴用拟智取，武松同鲁智深等十四将领乘夜抄小路到纪山之后，乘敌出击，营内空虚之际，凌振放号炮，鲁智深等杀上山去，夺了敌营（第107回）。南丰城外大战时，武松和鲁智深等四人，李逵和樊瑞等四人从山左杀出，诈败，诱敌深入，陷入重围。王庆突围时，武松与鲁智深等八位头领领兵截击（第109回）。胜王庆后，班师回朝，朝见天子，武松身着本身服色（第110回）。

征方腊，兵至扬州，有定浦村陈将士与江南润州方腊手下吕枢密联络图谋扬州。燕青和解氏兄弟计杀陈将士父子。武松和鲁智深等十人配合，从前面杀进庄来（第111回）。征方腊，打下丹徒后，兵分两路，武松是宋江所率领的攻打常、苏二州的二十九员偏将之一。攻常州，敌西门守将金节射下一信，约定里应外合，武松和鲁智深让杜兴报于宋江。金节出城在交锋中诈败，孙立等追杀，武松和燕顺等八人跟着冲杀过去，攻下常州。攻下常州后，敌人反扑，武松与关胜等十人迎敌（第112回）。攻打苏州，武松砍断了苏州守将三大王方貌的马腿，方撅下马来，被他一刀杀死。听到施恩、孔亮死讯，武松大哭一场（第113回）。攻杭州，宋江所部兵分三路，武松和朱仝是攻打东门的一路（第114回）。

围攻杭州，鲁智深与敌将国师宝光和尚大战，武松怕鲁智深有失，舞双刀助战。宝光退走，武松追赶上来。城里杀出敌将贝应夔，被武松杀死，受到赏赐。二次攻打杭州，武松与朱仝等八员正偏将驻守东门寨，攻打菜市、荐桥等门（第115回）。攻下杭州后，兵分两路进击。武松和其他三十五员将佐随宋江攻睦州和乌龙岭（第116回）。宋江在乌龙岭下中了埋伏，吴用派武松和李逵、秦明等十三人救援。攻乌龙岭不利，后访得一老人，宋江遂带领武松和花荣等十二将佐由老人引路从小道绕过乌龙岭，直达睦州附近。初攻睦州，武松和敌将郑彪交锋，这时会道术的敌将包道乙天师的玄元混天剑从空中飞来，砍中武松的左臂，伶仃将断，他自己干脆一刀将左臂割断（第117回）。

征方腊后，班师回京，武松请宋江具表造册请功受封时，不要写他的名字。武松留在杭州六和寺出家，林冲风瘫，留在六和寺，由武松照管，后武松被封为清忠祖师，赐钱十万贯，八十寿终（第119回）。

孙二娘

孙二娘，人称"母夜叉"，张青妻，和丈夫在孟州十字坡开酒店。曾将鲁智深用药酒麻翻，后得张青解救（第17回）。武松杀潘金莲、西门庆后，刺配孟州，孙二娘在酒中下毒药害武松不成，反被武松整治。张青赶来，三人相识。原来孙二娘父亲专一剪径，她也随父学了一些本事。和丈夫张青专用蒙汗药杀害过路客商，卖人肉馒头。因见武松包袱沉重，遂起杀害武松之心（第27回），后来丈夫反而与武松结拜为兄弟（第28回）。武松大闹飞云浦，血溅鸳鸯楼之后，逃出孟州，又饥又乏，在一座古庙里睡下，又被孙二娘手下人捉来，再次和武松相见。后通缉风声紧急，孙二娘又让武松扮作行者模样，离开十字坡（第31回）。鲁智深、武松连连来信招她夫妻入伙，终于上了二龙山。呼延灼率官军打桃花山，二龙山救助桃花山，孙二娘和其他三人留守（第57回）。二龙山、桃花山、白虎山、梁山联合攻打青州，孙二娘和孙新等人留守山寨。攻下青州后，与众人一同上了梁山。

宋江让孙二娘夫妇经营山西路酒店（第58回）。宋江立为山寨之主后，孙二娘职事未变（第60回）。攻大名府救卢俊义、石秀，孙二娘是第三拨人马二副将之一。曾和众头领围攻大名府兵马都监李成和管军提辖使索超（第63回）。元宵节里应外合攻大名府，孙二娘和丈夫、王英夫妇、孙新夫妇扮作进城观灯的乡下人，去卢俊义家放火。

地壯星母夜叉孫二娘

攻城时，孙二娘和张青在铜佛寺前，爬上鳌山放起火来（第66回）。梁山分兵攻东昌、东平二府，孙二娘随宋江攻东平，宋江布置她和张青、王英、扈三娘用绊马索捉了兵部都监董平，由她和扈三娘押去见宋江（第69回）。

石碣天文载，孙二娘是七十二员地煞星中的地壮星。排座次时，孙二娘和丈夫仍开西山酒店（第71回）。童贯攻梁山，梁山以九宫八卦阵对敌，孙二娘是中军后阵头领之一（第76回）。高俅二次打梁山失败后，朝廷招安。吴用疑有阴谋，令扈三娘带孙二娘和张青、顾大嫂、孙新、王英等引马军一千伏于济州西路，听得连珠炮响，即杀奔北门与东路人马取齐（第79回）。高俅第三次打梁山前，孙二娘受命扮作给官军船厂民伕送饭的妇人，乘机在厂内放火（第80回）

梁山招安后奉旨征辽。攻下檀州，孙二娘和其他二十二首领随赵安抚守卫（第84回）。昌平大战失利，宋江得九天玄女之兵法，与辽再战。孙二娘是攻辽太阴右军七大将之一，她随扈三娘杀入敌阵，和顾大嫂杀散敌人天寿公主的女兵（第89回）。

征田虎，打下孟州后，兵分两路进击，孙二娘分到卢俊义一路（第93回）。攻破敌都威胜后，孙二娘与众将分头去杀田虎的臣属将佐（第100回）。

攻王庆，打荆南时，驻军纪山北，孙二娘和关胜等七人奉命驻扎寨后，防备敌人援兵（第107回）。攻南丰城，在城外十里大战，孙二娘和扈三娘、顾大嫂从山北一路杀出，诈败，诱敌陷入重围。王庆突围时，孙二娘又和张青等八人截击（第109回）。征方腊，攻下丹徒后，兵分两路，孙二娘是卢俊义率领下攻打宣、湖二州的三十二偏将之一（第112回）。攻下湖州后，孙二娘和呼延灼等十九人守备。后又进兵德清，与卢俊义所部约定到杭州会齐（第114回）。围杭州，孙二娘和张青及孙新夫妇去东门寨，帮助朱仝等打菜市、荐桥等门。解氏兄弟劫取了给敌人运粮的船只，孙二娘和丈夫及孙新夫妇、王英夫妇扮作艄公艄婆，与众人混进城去，里应外合（第115回），阵中，她和扈三娘、顾大嫂捉了敌将张道原。破杭州后，兵分两路，孙二娘和二十七员将佐随卢俊义攻歙州、昱岭关（第116回）。攻歙州，丈夫张青战死，孙二娘寻到尸首火化，痛哭一场。攻打方腊都城清溪战中，孙二娘被敌将杜微飞刀杀死（第118回），后封义节郎，加赠旌德郡君（第119回）。

张 青

张青，人称菜园子。与妻子母夜叉孙二娘在孟州十字坡开一酒店。鲁智深在酒店曾被孙二娘用麻药麻翻，张青看到鲁的禅杖非凡，于是用解药救起，二人结拜为兄弟（第17回）。武松刺配孟州，路经此地，孙二娘用蒙汗药害武松不成，反被武松整治，张青及时赶来，通报了姓名，结识了武松，向武松讲述了身世。张青是孟州光明寺种菜园子的，因小事相争，一气之下，杀了寺僧，烧了寺院，就在大树坡下剪径。遇一老人，交手后反被打翻。老人见他手脚灵便，遂招作女婿，妻子就是孙二娘。夫妻二人在十字坡开酒店，专用蒙汗药杀害客商，卖人肉馒头，或充作牛肉。张青告诉妻子三种人不可杀：云游僧道，行院妓女，流配罪犯。鲁智深曾多次写信招张青夫妻上二龙山落草，未能成行（第27回）。与武松结拜，张青为长（第28回）。武松大闹飞云浦、血溅鸳鸯楼之后，连夜逃走，途中饥困难耐，在一古庙中睡熟，被张青手下捉走，二人又得相见。地方通缉武松紧急，张青让武松投奔二龙山（第31回）。后鲁智深、武松连连来信招张青，于是夫妻二人上了山。呼延灼兵马攻打桃花山，二龙山去救援，张青和其他三人留守山寨（第57回）。

二龙山、桃花山、白虎山、梁山联合攻打青州时，张青和孙二娘等人留守。攻下青州后，张青和众人上了梁山。宋江让张青夫妇经营

地刑星菜園子張青

山西路酒店（第58回）。宋江立为山寨之主后，张青的职事未变（第60回）。元宵节攻大名府救卢俊义、石秀，张青夫妻二人和王英夫妇、孙新夫妇扮作进城观灯的乡下人，到卢俊义家放火。攻城开始，张青夫妻二人在铜佛寺前爬上鳌山，放起火来（第66回）。梁山分兵攻打东昌、东平二府，张青随宋江攻东平，并依照宋江部署，和王英、扈三娘、孙二娘用绊马索捉了东平兵马都监董平（第68回）。

石碣天文载，张青是七十二员地煞星中的地刑星。排座次时，张青和孙二娘开西山酒店（第71回）。童贯攻梁山，梁山以九宫八卦阵迎敌，张青是中军后阵头领之一（第76回）。高俅二次攻梁山大败后，皇帝下诏招安，吴用疑有诡诈，令扈三娘带领张青夫妇、孙新夫妇和王英等引马军一千埋伏于济州西路，若听得连珠炮响，就杀奔北门与东路人马取齐（第79回）。高俅三次攻梁山，张青受命和孙新扮作民夫，潜入官军造船厂放火（第80回）。

梁山招安后奉旨征辽。攻下檀州，张青随赵安抚和其他二十二位首领驻守（第84回）。昌平大战失利后，宋江得九天玄女之法，与辽再战，张青是攻辽国太阴右军七大将之一。扈三娘等攻入敌阵，张青和孙新、蔡庆在外面夹攻（第89回）。

征田虎，围盖州，张青和花荣等五人作为游骑，往来四门探报（第92回）。攻下盖州，兵分两路合击田虎，张青分到卢俊义一路（第93回）。攻破敌都威胜城，张青和众人分头去杀田虎的臣属将佐（第100回）。

征王庆，攻荆南，驻军纪山北，张青和关胜等七人屯扎营寨之后，以防敌人救兵（第107回）。攻打南丰，在城外十里大战，张青和王英、孙新从山南一路杀来，诈败诱敌深入。王庆突围时，张青又和张清等八人截击（第109回）。

征方腊，攻下丹徒后，兵分两路，张青是卢俊义率领下攻宣、湖二州的三十二偏将之一（第112回）。攻下湖州，张青和呼延灼等十九人驻守，后又进兵德清，与卢俊义所部约定杭州会齐（第114回）。围杭州，张青和孙二娘及孙新夫妇去东门寨，帮助朱仝攻打菜市、荐桥等门。解氏兄弟劫取了敌人粮船，张青和妻子及王英夫妇、孙新夫妇扮作艄公艄婆，与众人混进城去，里应外合（第115回）。破杭州后，兵分两路，张青和其他二十七员将佐随卢俊义攻歙州和昱岭关（第116回）。攻歙州，初战不利，张青在乱军中阵亡（第118回），后封义节郎（第119回）。

施 恩

施恩，人称"金眼彪"，孟州安平寨牢城营管营之子。武松因杀西门庆、潘金莲刺配孟州，狱中多亏施恩照应，二人结识（第28回）。自幼在江湖上从师学了些枪棒。在孟州东门外快活林开一酒店，后让孟州张团练从东路州带来的一个蒋忠霸占，又被蒋打得两个月不起。施恩要靠武松报仇，由其父主持，拜武松为兄。次日，武松去快活林醉打了蒋门神（第29回），夺回快活林，仍由施恩经营，后来张团练为蒋忠报仇，买通结义兄弟张都监诬陷武松为盗，又买通知府将武松下在死囚牢里。施恩上下使钱托人，救了武松性命，蒋忠又夺走了施恩的快活林酒店（第30回）。

武松杀死张都监一家后，官司让施恩追捕凶手，他连夜挈家出走，浪迹江湖，后父母双亡，施恩打听到武松在二龙山落草，遂去投奔入伙。呼延灼率官军打桃花山，二龙山前去救助，施恩和其他三人留守山寨（第57回）。施恩参加了桃花山、白虎山、二龙山、梁山联合攻打青州之战。攻下青州后，施恩和众人一起上了梁山（第58回）。

宋江立为山寨之主后，任施恩为前军寨第七位首领（第60回）。元宵节里应外合攻打大名府救卢俊义、石秀，施恩是八路军马中第七队步兵首领雷横手下的二员战将之一。当大名府的李成、梁中书、闻达出城南逃时，施恩和穆春在雷横带领下截住了退路（第66回）。梁

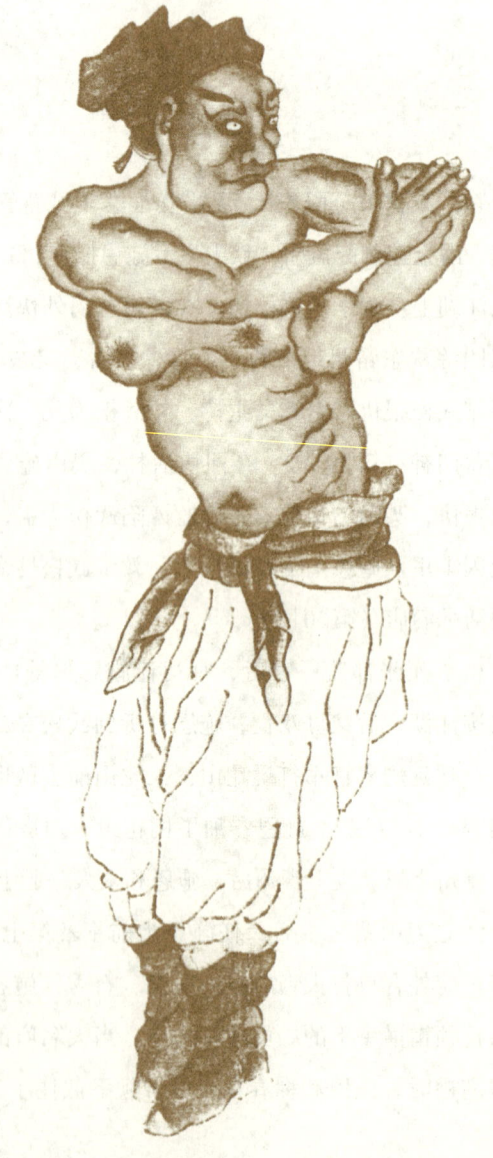

地伏星金眼彪施恩

山分兵攻打东昌、东平二府，施恩随卢俊义攻东昌（第69回）。

石碣天文载，施恩是七十二员地煞星中的地伏星。排座次时，施恩是十七员步军将校之一（第71回）。童贯攻梁山，梁山以九宫八卦阵迎敌，施恩是宋江左军四十八首领之一（第84回）。征辽，昌平大战失利后，宋江得九天玄女兵法，与辽再战，施恩是关胜辖下攻敌土星主阵左右撞破中军黄旗主阵的八副将之一（第89回）。

征田虎，攻下孟州后，奉命与花荣、董平、杜兴镇守。花荣令施恩和杜兴城北五里外分营驻扎（第94回），新官到任交接后，施恩回到德清宋江处（第99回）。

征王庆，攻西京，施恩是卢俊义统领的二十四员战将之一（第106回）。攻南丰，李应、柴进带领施恩和单廷珪等六人护送辎重车辆，途中遇敌劫掠，柴进用计火烧、炮击敌人，大胜。施恩和薛永等四人埋伏于东泥冈路口（第108回）。攻南丰城，在城外十里摆下九宫八卦阵，施恩是中央阵东门首领（第109回）。

征方腊，宋江军马扮作敌人渡江攻润州，施恩是第一拨船上穆弘身边十偏将之一（第111回）。攻下丹徒后，兵分两路，施恩是宋江率领下攻打常、苏二州的二十九偏将之一。攻常州时，敌西门守将金节约定里应外合。金出城交锋，诈败，引孙立和施恩九人杀进城去（第112回），后随李应与孔明等四人去江阴、太仓、常熟、嘉定等处支援水军。攻常熟时，施恩落水淹死（第113回），后封义节郎（第119回）。

孔 亮

孔亮，人称"独火星"，性急，好与人厮闹，得此绰号。孔太公次子，孔明弟，好习枪棒。青州白虎山人，曾多次去郓城会宋江（第22回）。孔太公由柴进处邀来宋江做客，点拨孔亮兄弟一些枪棒，奉宋江为师。武松血溅鸳鸯楼后由张青处化装成头陀去二龙山落草，路过孔亮庄上，在酒店饮酒，打了酒保，孔亮与武松交手，被打下水去。武松也因醉酒被捉，宋江认出武松后救出，孔亮与武松结识（第32回）。父亲死后，他哥哥孔明与本乡上户争闲气，杀了对方一家老小，兄弟二人遂聚了五七百人，上了白虎山，打家劫舍。有一叔父孔宾住青州城内，被慕容知府捉去下在牢里。兄弟二人围城去救，反被呼延灼捉了哥哥孔明。孔亮逃走，路遇武松，备述此事（第57回）。后又去深山联络桃花山、二龙山一起攻打青州事。见到了李立酒店，通报后，宋江迎接。攻下青州后，孔亮和哥哥弃白虎山而上了梁山（第58回）。

宋江立为山寨之主后，让孔亮和其他三人把守金沙滩小寨（第60回）。攻大名府，救卢俊义、石秀，孔亮和其他三头领统率第二拨人马，曾与众头目围攻大名府兵马都监李成和管军提辖使索超（第63回）。元宵节里应外合打大名府，孔亮和孔明扮作仆人去北京城里宿歇，见号火起后，即往来接应。孔亮和孔明配合柴进救出了卢俊义、

地狂星独火星孔亮

石秀，又随卢去家里抓卢的管家李固和卢妻贾氏（第66回）。二次攻打曾头市时，孔亮是攻正东大寨的步军副将之一（第68回）。梁山分兵攻打东昌、东平二府，孔亮随宋江攻东平（第69回）。

石碣天文载，孔亮是七十二员地煞星中的地狂星。排座次时，孔亮和孔明是守护中军步军骁将，住在正厅西房内（第71回）。童贯犯梁山，梁山以九宫八卦阵迎敌，孔亮是中军护旗将之一（第76回）。

梁山招安后奉旨征辽。攻打蓟州，孔亮是宋江右军的十八首领之一（第84回），和其他十三位首领随宋江诈降到了辽国霸州，里应外合夺了该城（第85回）。辽国统军兀颜光在昌平布下混天阵，宋江进攻大败，孔亮受刀伤，回后寨由安道全医治（第88回）。

征田虎，打下盖州后，分兵合击敌人，孔亮分在卢俊义一路（第93回）。打下平遥后，由孔亮和孔明镇守（第99回）。

宋江军征王庆，攻南丰时，摆下九宫八卦阵，孔亮和孔明护卫帅字旗（第109回）。

征方腊，宋江军马扮作敌军过江取润州，孔亮是李俊船上李俊身边十偏将之一，与孔明一起生擒了敌将卓万里（第111回）。攻下丹徒后，兵分两路，孔亮是宋江率领下攻常、苏二州的二十九偏将之一。攻常州时，敌西门守将金节约定里应外合，出城交锋诈败，引孙立等人追杀，孔亮和燕顺等跟着冲杀过去（第112回）。攻打苏州前，宋江命李应带孔亮和孔明等四人去江阴、太仓、昆山、常熟、嘉定支援水军。在昆山阵中，孔亮落水淹死（第113回），后封义节郎（第119回）。

孔 明

孔明，人称"毛头星"，孔太公子，弟孔亮。青州白虎山人。曾到郓城县会见宋江（第22回）。孔太公将宋江由柴进处请来，点拨孔明兄弟二人一些枪棒，遂拜宋江为师。武松杀了张都监一家后，由张青处化装成头陀去二龙山落草，途经孔明的庄上，与其弟孔亮厮打，后武松因醉被捉，宋江认出武松后救出，因之武松和孔明相识（第32回）。父亲死后，孔明与本乡上户因争闲气，杀了上户一家老小，因之聚起五七百人，上了白虎山，打家劫舍。一个叔叔孔宾在青州城里住，被慕容知府捉在牢里。孔明和弟弟孔亮围了青州要救叔叔。结果遇到呼延灼，被生擒，下在牢内（第57回）。桃花山、二龙山、白虎山、梁山人马攻下青州后被救出，而后上了梁山（第58回）。

宋江立为山寨之主后，让孔明和其他三人把守金沙滩小寨（第60回）。攻打大名府救卢俊义、石秀时，孔明与其他三头领是第二拨人马。孔明曾与众头领围攻大名府兵马都监李成和管军提辖使索超（第63回）。元宵节里应外合打大名府，孔明和孔亮扮作仆人去北京城里宿歇，待见号火起后，即往来接应。孔明和孔亮配合柴进救出卢俊义、石秀，又随卢俊义去抓卢的管家李固和妻子贾氏（第66回）。二次攻打曾头市，孔明是攻打正东大寨的副将之一（第68回）。梁山攻打东昌、东平二府，他随宋江攻东平（第69回）。

地猾星毛头星孔明

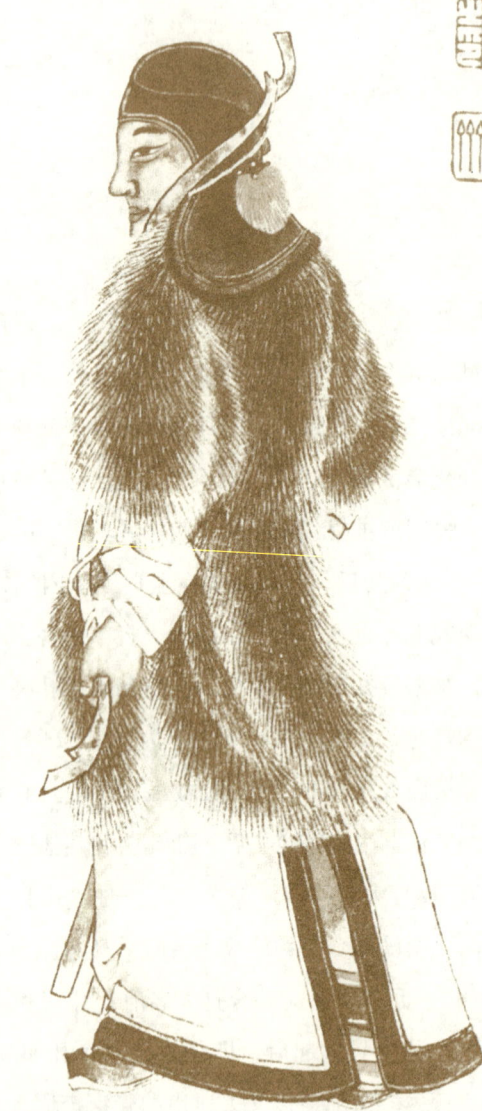

石碣天文载，孔明是七十二员地煞中的地狷星。排座次时，孔明和孔亮是守护中军步军骁将，住在正厅西房内（第71回）。童贯攻打梁山，梁山以九宫八卦阵迎敌，孔明是中军护旗将之一（第76回）。

梁山招安后奉旨征辽，攻打蓟州，孔明是宋江左军四十八首领之一（第84回）。孔明随宋江和其他三人诈降辽国，到了霸州，后里应外合夺了城池（第85回）。昌平大战失利后，宋江得九天玄女兵法，与辽再战，孔明是呼延灼辖下攻辽国火星阵左右撞破红军旗七门的七副将之一（第89回）。

征田虎，打下盖州后，宋江兵分两路合击田虎，孔明分拨到卢俊义一路（第93回）。打下平遥后，由孔明和孔亮镇守（第99回）。

宋江军奉旨征王庆，攻南丰时，在城外十里摆下九宫八卦阵，孔明和孔亮护卫帅字旗（第109回）。

征方腊，宋江军马扮作敌人渡江取润州，孔明是第一拨船上李俊身边十偏将之一。与孔亮一起生擒了敌将卓万里（第111回）。攻下丹徒，兵分两路，孔明是宋江率领攻打常、苏二州的二十九偏将之一。攻常州时，敌西门守将金节约定里应外合，出城交锋诈败，引孙立等人追杀，孔明和燕顺等八人跟着冲杀过去（第112回）。攻苏州，宋江命李应带孔明和孔亮等四人去江阴、太仓、常熟、昆山、嘉定等地支援水军（第113回）。攻杭州，宋江所部兵分三路。孔明和李应等六人是中路第三队，负责水路陆路助战策应（第114回）。二次部署攻杭州，孔明和李应等八员将佐管领各寨探报联络，各处策应（第115回）。破杭州后，孔明身染瘟疫，寄留杭州养病（第116回），后病死，封为义节郎（第119回）。

燕 顺

燕顺，人称"锦毛虎"，山东莱州人。原为贩羊马客商，消折了本钱，流落绿林打劫，与王英、郑天寿在青州清风山落草，坐第一把交椅。宋江去投奔清风寨花荣，路过山下被捉，说出自己名字，燕顺和王英、郑天寿解绑下拜，互相结识（第32回）。宋江到清风寨后，遭刘高陷害，与花荣一起被青州兵马都监黄信和刘高押往青州。燕顺和王、郑探得消息，途中劫了囚车，捉了刘高。秦明奉命攻打清风山，燕顺又按花荣、宋江计谋与众好汉配合，大败并俘获了秦明，逼秦明上了清风山。秦明又劝镇守清风寨的黄信入了伙（第34回）。于是燕顺和众好汉进了清风寨。燕顺因杀了王英看中的刘高的妻子，他和王英几乎火并，他和王英、郑天寿一起做媒，把花荣妹嫁给秦明。

青州知府要发大军攻清风山，燕顺和众人听从宋江意见去投梁山泊。到山寨坐了第十二把交椅（第35回）。梁山人马去江州劫法场救宋江、戴宗，燕顺扮作使枪棒的，杂于众人之间，宋、戴被救到白龙庙，燕顺参加了二十九人小聚义（第40回）。官军来追，燕顺和众人一直杀到江州城下，后又到了揭阳镇穆太公庄上。燕顺参加了对陷害宋江主谋的黄文炳一家的偷袭，事后回梁山，途经欧鹏等人占据的山寨黄门山，留宿一日（第41回）。

打下祝家庄后，燕顺和黄信率领马军下寨守护梁山山前大路（第

地強星錦毛虎燕順

51回），呼延灼用连环马大败梁山军，宋江让徐宁破连环马，布阵时，他和郑天寿为十队步军之一（第57回）。攻打青州，燕顺是先锋四头目之一。呼延灼被捉同意上山，燕顺扮作青州军士随呼延灼赚开城门，杀进青州（第58回）。攻打曾头市，燕顺是晁盖点的二十位头领之一。偷袭曾头市，燕顺是十头领之一，结果中计，晁盖中箭，燕顺和呼延灼死力相救。

宋江立为山寨之主后，让燕顺和其他三人把守金沙滩小寨（第60回），攻大名府救卢俊义、石秀，燕顺是左军二副将之一，曾和众头领围攻大名府兵马都监闻达（第63回）。元宵节里应外合攻大名，燕顺是八路军马中第四队前部秦明手下二将之一，和秦明等在城外截击了李成、梁中书（第66回）。梁山分兵攻东昌、东平二府，燕顺随宋江攻东平（第69回），攻东昌府的卢俊义等告急，燕顺随宋江去支援，与东昌府张清交手，结果被张清用石子打在铠甲护镜上，燕顺伏鞍而走（第70回）。

石碣天文载，燕顺是七十二员地煞中的地强星。排座次时，燕顺是马军小彪将兼远探出哨十六头领之一（第71回）。童贯攻梁山，梁山以九宫八卦阵迎敌，燕顺是八阵中西南方左手副将（第76回）。

梁山招安后奉旨征辽。攻打蓟州，燕顺是宋江左军四十八首领之一（第84回）。宋江参拜罗真人，燕顺和其他五人随行（第85回）。昌平大战失利后，宋江得九天玄女所授战法，再与辽战，燕顺是董平辖下攻辽水星阵左右撞破皂旗军七门的七副将之一（第89回）。

征田虎兵分三队，燕顺是前部头领之一。攻打盖州，燕顺和徐宁等八人为后队（第91回）。围攻盖州，吴用料到敌人夜间要来劫寨，令燕顺与欧鹏等寨左埋伏，后和王英等将劫寨敌兵杀退（第92回）。打下盖州后，宋江兵分两路合击敌人，燕顺分到宋江一路（第93回），从东路进发。燕顺和孙立等八人是后队首领。攻壶关时，敌守将唐斌暗约宋江里应外合。宋江、吴用担心有诈，令燕顺和孙立等五人潜往寨后，相机行事。攻下壶关，燕顺和孙立等五人镇守（第94回）。新官接任后，燕顺回到昭德宋江处（第99回）。田虎驰援襄垣，宋江率燕顺和吴用等八人途中拒敌（第100回）。

征王庆，攻山南城时，兵分三队，燕顺和黄信等十四人为后队（第106回）。攻南丰，在城外十里摆下九宫八卦阵，其中一阵主将是索超，燕顺和马麟分列左右（第109回）。

征方腊，攻下丹徒后，兵分两路，燕顺是宋江率领下攻常、苏二州的二十九偏将之一。在关胜带领下，燕顺和其他九员战将率先出发，直抵常州城下。攻常州，敌将金节约定做内应，出阵交锋，诈作战败，引孙立追击进城。燕顺和马麟随后，鲁智深等六人也一齐跟上，冲杀过去，占了西门（第112回）。攻杭州，兵分三路，燕顺是中路由宋江率领的第二队十七正偏将之一，该路负责取北关门、艮山门（第114回）。二次部署攻杭州，燕顺是宋江率领下攻打北关门大路的二十一员正偏将之一（第115回）。

破杭州后，兵分两路，燕顺和其他三十五员将佐随宋江攻睦州和乌龙岭（第116回）。宋江在乌龙岭下中了埋伏，吴用派燕顺和秦明、李逵等十三人救助。初攻乌龙岭不利，燕顺和马麟依吴用吩咐到村前中寻访到一位熟悉道路的老人，带来见了宋江，由老人引路绕过乌龙岭直抵睦州附近。宋江攻睦州失利，吴用和燕顺等六将佐提兵一万支援。燕顺和马麟把守通往乌龙岭大路，敌兵来攻，敌将杀死了马麟，燕顺见状向前来战，又被敌将石宝流星锤打死（第117回），后封义节郎（第119回）。

王 英

王英，人称"矮脚虎"，祖籍两淮人氏。车家出身，因半路上见财起意，就势劫了客商，事发到官，越狱逃走，上了清风山，和燕顺、郑天寿一起落草，坐第二位。因五短身材，而得绰号。宋江由孔太公庄上去投清风寨花荣，途中被捉上山，宋江说出自己名字，王英和燕、郑纳头便拜，从此结识宋江。清风寨文官刘知寨夫人从山下经过，被王英劫上山来要做压寨夫人，经宋江劝说，将她放走（第32回）。宋江去投花荣，受到刘知寨刘高的陷害。花荣、宋江由青州兵马都监黄信和刘高押往青州。途中，王英和燕顺、郑天寿劫了囚车，救了花荣、宋江，活捉了刘高。青州兵马总管秦明攻打清风山，王英又按花荣、宋江之计和众好汉一起捉了秦明，并逼秦明清风山落草。秦明又劝防守清风寨的黄信上了山（第34回）。

王英和众好汉进入清风寨，他先夺了刘知寨夫人并隐藏起来，燕顺杀了刘知寨夫人，他几乎与燕顺火并，经宋江劝阻方罢。王英和燕顺、郑天寿做媒把花荣妹嫁与秦明。青州知府将发大军攻清风山。王英和众人照宋江意见去投梁山，坐了第十三位（第35回）。王英曾按吴用计谋和其他人一起劫持萧让、金大坚上梁山（第39回）。梁山好汉去江州劫法场救宋江、戴宗。王英扮作挑担的，杂于众人中，宋、戴被救出后，到了白龙庙，王英参加了二十九人聚义（第40回）。官

地微星矮脚虎王英

军追来，王英和众人杀退官兵，然后到了揭阳镇穆太公庄上。王英参加了对陷害宋江的主谋黄文炳一家的偷袭，事后回梁山，途中在欧鹏等占据的山寨黄门山住了一宿（第41回）。曾奉晁盖之命到宋家庄接宋太公和宋清上山（第42回）。吴用派王英和郑天寿在梁山的鸭嘴滩下寨（第44回）。

一打祝家庄，王英是第二拨人马（第47回）；二打祝家庄，王英被扈三娘生擒（第48回）；三打祝家庄时，邹润、邹渊打开牢门将王英救出，做了内应。后由宋江主持，众头领做媒，王英与扈三娘成婚（第50回）。二人在梁山后山下寨，监督马匹（第51回）。呼延灼的连环马大败梁山人马，宋江让徐宁破连环马。布阵时，王英和扈三娘是步军十队之一。大战中，拦截过呼延灼（第57回）。攻打青州，王英是先锋四头领之一。呼延灼被俘落草后，王英扮作青州军士，随呼延灼赚开青州城门，奔上城，杀散了军士（第58回）。宋江为山寨之主，让王英和扈三娘、曹正把守山后左一个旱寨（第60回）。元宵节里应外合攻大名府救卢俊义、石秀，王英和孙新、张青三对夫妇扮作乡下人进城观灯，去卢俊义家放火。攻城开始，王英夫妇二人在南瓦子杀将起来（第66回）。梁山分兵攻打东昌、东平二府，王英随宋江攻东平，并依宋江安排，和一丈青、张青、孙二娘用绊马索捉了东平兵马都监董平（第69回）。

石碣天文载，王英是七十二员地煞星中的地微星。排座次时，王英夫妇是专掌三军内采事马军头领（第71回）。童贯攻梁山，梁山以九宫八卦阵对敌，王英是中军后阵头领之一（第76回）。高俅二打梁山大败后，朝廷招安，吴用疑有诈，令扈三娘带王英和张青、孙新、顾大嫂、孙二娘等一千马军伏于济州西路，听到连珠炮响，即杀奔济州北门，与东路人马取齐（第79回）。

梁山招安后奉旨征辽。攻下檀州后，王英与其他二十二位首领随赵安抚守御（第84回）。昌平大战失利后，宋江得九天玄女战法，与辽再战，王英是攻辽国太阴右军七大将之一，与扈三娘一起捉了辽国天寿公主（第89回）。

征田虎围盖州，吴用料敌夜间会来劫寨，令王英和陈达等埋伏于寨右。敌人劫营中伏，王英杀死了敌将王吉，又和燕顺杀退了敌兵。围攻盖州城，王英和花荣等为游骑，往来四门探报（第92回）。攻下盖州，兵分两路合击，王英分到宋江一路（第93回）。

攻昭德，敌将乔道清用妖术大败宋江。吴用率王英和扈三娘等六人领兵接应，途中相遇。后王英又奉命和张清去卫州接公孙胜去阵前破敌（第95回）。公孙胜初破妖法，王英和孙新奉命率兵驰往昭德城西门，截住乔道清进城去路，后果然截住了敌人，公孙胜等人率军追来，让王英和孙新回寨休息（第96回）。宋江率大军北攻襄垣，命王英和扈三娘等四人领兵先行哨探北军虚实。阵前与敌女将琼英交锋，被刺中左腿，撞下马来，被孙新夫妇救回，回寨由安道全医治（第98回）。田虎率大军驰援襄垣。宋江率王英和吴用等八人中途迎敌截击（第100回）。

征王庆，攻荆南，驻兵纪山之北，初战不利，王英和黄信等四人领兵在寨内听调，听到号炮响后，从东路抄到军前，拦击敌人（第107回）。攻南丰，在城外十里大战，王英和孙新、张青从山路杀出，诈败，诱敌陷于重围。王庆突围时，王英又和张清等八人截击（第109回）。

征方腊，攻下丹徒后，兵分两路，王英是宋江率领下攻打常、苏二州的二十九偏将之一。常州城破，王英和扈三娘生擒敌将范畴（第112回）。攻杭州，宋江所部兵分三路，王英与朱仝等六人是攻取东门的一路（第114回）。二次攻杭州，王英夫妇二人调到李应处，管领各寨探报联络，各处策应。解氏兄弟劫取了给敌人运粮的船只，王英和扈三娘及孙新、张青两对夫妇扮作艄公艄婆，与众人混进城去，里应外合（第115回）。破杭州后，兵分两路，王英和其他三十五员将佐随宋江攻睦州及乌龙岭。途中攻桐庐时，王英和解珍等五人率兵由东路去桐庐县劫寨。阵中王英和扈三娘一起活捉了敌将温克让（第116回），宋江在乌龙岭下中了埋伏，吴用令王英和李逵、秦明等十三员将佐救援。攻乌龙岭不利，后访得一老人，宋江遂率王英和花荣等十二员将佐由老人带路，从小路绕过乌龙岭直抵睦州附近。攻睦州，敌人来援，王英夫妇奉命迎敌。敌将郑彪会妖法，乱了王英的枪法，被郑彪一枪戳下马去，身亡（第117回），后封义节郎（第119回）。

郑天寿

郑天寿，人称"白面郎君"，因生得白净俊俏，而得绰号。浙西苏州人，原以打银为生，自小好习枪棒，流落江湖。路过清风山与王英交手，不分胜负。燕顺见郑天寿好手段，留在山上落草，坐了第三把交椅。宋江由孔太公庄上去清风寨投花荣，途经清风山被捉。宋江道出名字，郑天寿和燕顺、王英纳头便拜，自此结识宋江（第22回）。

后宋江在花荣处受到文官刘知寨刘高陷害，青州兵马都监黄信和刘高押解花荣、宋江去青州。途中，郑天寿和燕顺、王英劫了囚车，救了花、宋二人，捉了刘高。青州兵马总管秦明攻打清风山。郑天寿依花荣、宋江计谋和众人一起捉了秦明，并逼他上山落草（第34回）。

秦明又劝说防守清风寨的黄信入伙，于是众人进了清风寨。郑天寿在清风山留守。青州知府将发大军攻清风山，郑天寿听从了宋江意见和众人去投奔梁山，坐了第十六位（第35回）。

郑天寿依吴用计策曾和其他人一起劫持萧让、金大坚上了梁山（第39回）。梁山好汉去江州劫持法场救宋江、戴宗。郑天寿扮作挑担的，杂于众人之中。宋、戴被救后到了白龙庙，郑天寿参加了二十九人聚义（第40回）。

官军来追，他们杀退了官兵、一起到了穆太公的揭阳镇。郑天寿参加了对陷害宋江的主谋黄文炳家的偷袭。事后回梁山，途中在欧鹏

地异星白面郎君郑天寿

等占据的黄门山住了一宿（第41回）。郑天寿曾和其他人一起去宋家庄接宋太公和宋清上梁山（第42回）。

吴用派郑天寿和王英在梁山鸭嘴滩下寨（第44回）。打下祝家庄后，派去帮助李立开酒店（第51回）。呼延灼的连环马大败梁山人马，宋江用徐宁来破连环马。布阵时，郑天寿和燕顺是十队步军之一（第57回）。

宋江为山寨之主后，让郑天寿和其他三人把守金沙滩小寨（第60回）。元宵节攻打大名府救卢俊义、石秀，郑天寿是八路军马中第五队步军首领穆弘手下二将之一。梁中书、李成想从东门逃走，郑天寿在穆弘带领下和杜兴正杀进城来，使梁中书、李成只好改路而逃（第66回）。

石碣天文载，郑天寿是七十二员地煞星中的地异星。排座次时，郑天寿是十七员步军将校之一（第71回）。

童贯攻梁山，梁山以九宫八卦阵对敌，郑天寿是中央阵四门中西门首领（第76回）。高俅第三次打梁山，郑天寿是水军小头领。追杀官军将领徐京，郑天寿和薛永、曹正、李忠捉了官军将领梅展（第80回）。

梁山招安后奉旨征辽。攻打蓟州，郑天寿是卢俊义右军三十七首领之一（第84回）。征田虎，打下盖州后，宋江兵分两路合击敌人，郑天寿分拨在卢俊义一路（第93回）。与田虎军马在汾阳大战，郑天寿被敌将马灵用术法打伤（第99回）。攻破敌都威胜后，郑天寿和杨雄等七人，从王宫前面砍杀进去（第100回）。

宋江军奉旨征王庆，攻荆南时，驻军纪山之北。初战不利，依吴用计，郑天寿和鲁智深等十四人携凌振一起带人马抄小路到敌营纪山之后，乘敌出击营寨空虚之机，夺了纪山山寨（第107回）。攻南丰，在城外十里布下九宫八卦阵，郑天寿是中央阵西门守将（第109回）。

征方腊，宋江军马扮作敌人渡江取润州，郑天寿是第一拨船上李俊身边十偏将之一（第111回）。打下丹徒后，兵分两路，郑天寿是卢俊义率领下攻宣、湖二州的三十二偏将之一。攻宣州时，郑天寿被敌人用城上推下的磨扇打死（第112回），后封义节郎（第119回）。

花　荣

花荣，人称"小李广"，是青州清风寨武知寨。宋江杀阎婆惜后，花荣曾多次写信邀请宋江到清风寨居住（第32回）。宋江去清风寨途中，被劫到了清风山，结识了在清风山的燕顺等人，碰上清风山另一首领王英劫取了刘知寨夫人，经宋江劝解后把她放走。后来宋江离开了清风山到了清风寨。元宵节宋江在街上看灯，恰好被刘知寨夫人认出，宋江被当作贼人拿下，花荣将宋江救出。刘高派人去抢，因花荣善射，无人敢近。宋江逃去清风山避祸，中途又被刘知寨捉去，囚在后院，秘而不宣，上报青州府。青州府兵马都监镇三山黄信以调解刘知寨刘高和花荣关系为名，骗来花荣，被捆绑解往青州（第33回）。

途中清风山燕顺、王英、郑天寿三头领截击黄信，花荣和宋江得救，上清风山入伙。花荣与攻打清风山的青州兵马总管兼统制使秦明大战四五十回合不分胜负，又用兵定计活捉了秦明（第34回），秦明被逼上清风山后，又劝黄信入伙。花荣把妻子和妹子搬到清风山，并将妹妹嫁给了秦明。青州知府将派大兵来镇压，花荣和众人听取宋江意见去投了梁山泊，坐了第五位。在山上闲玩时，声言要射中天上雁行中第三只的头部，结果弓响雁落，恰穿雁首，众人叹服（第35回）。

宋江刺配江州，途经梁山，被迎接上山，苦留入伙不从，次日花荣和吴学究送别宋江二十里外（第36回）。宋江、戴宗在江州被判斩，

天英星小李广花荣

花荣和梁山众好汉劫法场时扮作客商。宋、戴被救到白龙庙后，花荣参加了二十九人聚义（第40回）。官军追杀，花荣和众人杀退官兵，到了揭阳岭穆太公庄上。花荣参加了对陷害宋江的主谋黄文炳一家的偷袭，事后回梁山，途经欧鹏等人的山寨黄门山时，留宿一夜（第41回）。宋江回乡接父亲不成，反被追捕，花荣和众人下山接应（第42回）。一打祝家庄时，花荣是第一拨人马（第47回），败后，同宋江、杨雄、石秀去拜访李应，求其支援，李应不见。花荣参加了二次攻打祝家庄（第48回）。三打祝家庄时，花荣攻打西门。李应、杜兴被郓州知府捉拿回城，花荣和宋江等中途将其救出（第50回）。

打下祝家庄后，花荣和秦明居于梁山山寨左寨内（第51回）。攻打高唐州救柴进，花荣是十二先锋之一，被高廉知府的妖法打败（第52回）。后请公孙胜破高廉妖法，双方对阵，花荣是十员战将之一（第54回）。呼延灼来攻梁山，宋江布置迎敌，花荣打第三阵，曾与彭玘交手，略胜一筹（第55回）。宋江让徐宁布阵破呼延灼连环马，花荣与其他五位将领分别统率马军搦战（第57回）。

攻打青州，花荣是先锋四头目之一。又依吴用之计，与宋江、吴用三人登青州北城外土坡，佯作观察城内动静，诱呼延灼出城而被俘获，后又扮作青州军士随呼延灼赚开青州城门，杀进城去（第58回）。攻打华州，花荣是前军五员先锋之一。劫持宿太尉时，花荣埋伏岸上，后来又陪宿太尉上华山，假冒宿太尉将领御赐金铃吊挂来西岳降香扈从智取华山时，花荣扮作四个衙兵之一，与其他人将贺太守随从杀死。胜利回梁山后，芒砀山强人樊瑞扬言要并吞梁山，史进等人请缨出征，花荣奉命驰援（第59回）。公孙胜破樊瑞时，花荣是守阵的八猛将之一。

宋江立为山寨之主后，花荣是忠义堂内第四位首领（第60回）。吴用设计让卢俊义落草，卢过梁山被围，见宋江等人大骂。花荣一箭射中卢毡笠上红缨，卢大惊而走（第61回）。攻打大名府救卢俊义、石秀，花荣是右军头领，和众将一起围攻大名府兵马都监闻达（第63回）。关胜攻打梁山，宋江打算从北京撤兵保山寨。为了拦击北京城内官军追赶，吴用让花荣在飞虎峪左边埋伏。大败北京官军头领闻达、李成。回师梁山后，又帮助林冲大战关胜先锋郝思文（第64回）。元宵节里应外合攻打大名，花荣是八路军马中第二队在后策应的头领。大战中将李成副将射下马来（第66回）。

二次攻打曾头市，花荣和秦明是攻打正南大寨马军头领。吕方、郭盛与曾涂大战，曾涂执枪正要刺向吕方脖项，花荣一箭射去正中曾涂左臂，翻身落马，为吕、郭刺死。青州、凌州兵马来救曾头市。花荣奉命和马麟、邓飞迎击凌州军马，胜利后回到宋江处（第68回）。梁山分兵攻打东昌、东平二府，花荣随宋江攻东平。花荣和林冲曾与东平兵马都监董平交手，佯败，诱董平追赶，董中计被擒（第69回）。东平破后，卢俊义攻东昌府失利，宋江闻讯支援，花荣随行。董平、索超与东昌府的张清、龚旺、丁得孙大战。花荣和林冲、吕方、郭盛协助围攻，又和林冲一起生擒了龚旺（第70回）。

石碣天文载，花荣是三十六员天罡星中的天英星。排座次时，花荣是马军八虎骑兼先锋使之一，住忠义堂右边（第71回）。童贯打梁山，梁山以九宫八卦阵迎敌，花荣是中军护卫仪仗首领之一（第76回）。童贯二次打梁山，吴用布下十面埋伏，花荣随宋江、吴用等立于山头，故意惹逗童贯（第77回）。高俅领旨招安梁山人马，宋江等去济州城下接旨，其中有"除宋江"一语，意即不赦宋江，诏书读罢，花荣一箭射死了天使（第80回）。

梁山招安后，去征辽国，徐宁与辽将阿里奇战不胜，花荣搭箭接应。阿里奇被张清用石子打伤，花荣和林冲、秦明、索超将阿里奇生擒（第83回）。攻打蓟州，花荣是左军宋江四十八首领之一（第84

回）。花荣和其他五首领跟随宋江参拜罗真人，花荣又和其他十三人随宋江诈降辽国到了霸州。卢俊义假作追杀宋江到了城下，宋江命花荣和林冲、朱仝、穆弘出战，四人佯败，引卢俊义杀进城来，夺了霸州（第85回）。攻打幽州时，辽将贺统军战败，想收兵回城，花荣和秦明死死缠住不放（第86回）。辽国兀颜光统军，亲率大军来攻，史进和辽前锋琼妖纳延交锋，史进一刀未着，拨马回阵。花荣一箭射去，正中琼先锋面门，翻身落马，让史进杀死（第87回）。昌平大战失利后，宋江得九天玄女之法，与辽再战。花荣是关胜辖下攻辽国土星主将阵左右撞破中军黄旗主阵的八副将之一。配合关胜射中辽统军兀颜光后心护心镜，又一箭射中兀颜光耳根。辽国投降，花荣是护送宿太尉去燕京宣旨的十员上将之一（第89回）。

征田虎，兵分三队，花荣是前部头领之一，攻打凌州，他又是马军头领之一，与敌董澄、沈骥厮杀，将董澄射死。打高平时，花荣和众将镇守陵川。攻盖州，花荣和秦明等四人为前锋（第91回），把敌将方琼射下马去，又射死了另一敌将张翔，宋江表花荣第一功。围盖州，花荣与王英等作为游骑，往来四门探报。敌将杨瑞向他射来暗箭，被他拈着顺手射去，将杨射死。花荣又护卫宋江等绕城登看形势，敌人遣兵支援盖州，城内开门接应，被他杀了回去（第92回）。

攻下盖州，宋江忆往事坎坷，花荣听后落下泪来（第93回）。宋江令花荣和董平、施恩、杜兴守卫盖州，花荣做了部署（第94回）。新官到任接替后，花荣到了宋江所在地昭德。在盖州时，壶关敌败将山士奇率残部攻盖州。花荣设下埋伏，山士奇被捉投降，他带来参见宋江。田虎亲率大军救援襄垣，宋江命花荣和董平等途中截击，杀死敌将冯翊。后花荣又与敌将卞祥战三十余合，不分胜负（第99回）。卢俊义从太原来援，和花荣前后夹击，卞祥被卢生擒，大败敌人（第100回）。

宋江军奉旨征王庆，攻下宛州后，花荣和林冲等六人辅助陈安抚驻守（第105回），敌人三路来犯，他和林冲北路迎敌，二人杀死了敌将阙翥、翁飞后，又去城南帮助吕方、郭盛，大胜收兵（第106回）。后又花荣和林冲攻占了宛州、山南所属州县（第108回）。攻南丰，在城外十里摆下九宫八卦阵，花荣和徐宁在中央阵，最靠近主帅宋江等人（第109回）。

征方腊，攻丹徒县，花荣是十员正将之一（第111回）。攻下丹徒后，兵分两路，花荣是宋江率领下攻常、苏二州的十三正将之一（第112回）。在无锡、苏州之间大战，花荣和关胜等八人与敌对阵，花荣与敌将徐方交锋。围苏州，花荣和徐宁等四人陪同宋江观察苏州城郭（第113回）。进兵杭州，到了临平山，花荣和秦明首先迎敌，与王仁交锋，见敌兵后有接应，遂回营向宋江汇报，后再出战，将王仁射下马来。攻杭州城，宋江所部兵分三路，花荣是负责取北关门、艮山门的中路军马前队的六个正偏将之一。到了杭州城下，第一天花荣和秦明哨探（第114回）。二次部署攻杭州，花荣和秦明等十四员正偏将攻打艮山门。攻北关门，敌将石宝连杀索超、邓飞二人，花荣和秦明急从斜刺里杀出，救宋江回寨（第115回）。

破杭州后，兵分两路，花荣和三十五员将佐随宋江攻睦州和乌龙岭。攻乌龙岭时，连折四将，宋江报仇心切，吴用劝阻不听，宋江率花荣和关胜等四人连夜进兵，结果中计（第116回）。敌伏兵四起，阵中花荣放连珠箭，射死敌将王勣、晁中。攻乌龙岭不利，后访得一老人，宋江带领花荣和秦明等十二将佐由老人引路，从小道绕过乌龙岭，直抵睦州附近的东管。敌将邓元党出战，花荣设计让秦明出阵，斗五六回合后，秦拨马便走，邓不追秦明却来捉宋江。花荣早有准备，一箭射去，正中邓面门，坠下马来，为众军杀死。初攻睦州不利，花荣和秦明、樊瑞把追赶敌人进入深山的李逵救回。二次攻睦州，花荣和关胜等四员正将当先出兵，攻打北门。攻下睦州后，四将又去迎击自乌龙岭杀来的敌将石宝、白钦（第117回）。攻方腊都城清溪，花荣和关胜等四正将为前队，引军直进清溪县界（第118回）。攻打帮源洞方腊宫苑时，当了方腊驸马的细作柴进出洞搦战，花荣出阵迎战，他依柴进之意伪装败走。

征方腊后，班师回京，官授武节将军、应天府兵马都统制（第119回）。花荣带领妻子小妹子去应天府赴任，到任后，思念众结义兄弟之情，无一日身心得安。后花荣做一梦，梦见宋江带李逵来见，诉说朝廷赐药酒毒死一事，埋葬于楚州南门外蓼儿洼高原上，望花荣去探望。花荣是夜到了楚州宋江、李逵墓地，恰遇吴用正要自缢。二人所梦相同，花荣认为朝廷既已生疑，必然来寻罪过，将来误受刑戮，不如今日随同吴用同赴黄泉。吴用劝花荣，家有妻室幼小，死后无人可依，他说："自有囊箧足以糊口，妻室之家，亦有人料理。"两人大哭一场，双双自缢。本州官僚，葬二人于宋江墓侧（第120回）。

黄 信

黄信，人称"镇三山"，青州兵马都监，扬言要捉尽青州的清风山、二龙山、桃花山三处的人马，故有此外号。黄信武艺高强、善用一把丧门剑。青州清风寨武知寨花荣和文知寨刘高，因抓捕宋江事而发生武力冲突，刘高告花荣结连清风山强盗，知府令黄信了解虚实，黄信以知府委他调解刘、花矛盾为名，骗来花荣，捉拿后和宋江一起解往青州（第33回）。途中遇到清风山头领燕顺、王英及郑天寿截击，救了花荣、宋江。黄信斗不过三人，拨马跑回清风寨，派人飞马申报青州知府慕容，自己坚守清风寨。

一日青州指挥司总管本州兵马统制秦明一人一骑而来。原来秦明打清风山被俘后已经入伙，来劝黄信上山。黄信原是秦明下属，又是跟秦明学的武艺，两人交好，遂打开寨门迎接秦明。黄信听了秦明劝告，心中早已崇拜宋江，家中又无老小，于是决定上山入伙（第34回）。黄信打开清风寨寨门迎接清风山人马进寨，又随众人上了清风山。黄信和宋江主婚，将花荣妹妹嫁给秦明。青州知府将发大兵攻打山寨，黄信和众人听取宋江意见去投梁山，坐了山寨第八位（第35回）。

宋江、戴宗在江州被判斩刑，黄信和梁山众好汉劫法场，他扮作客商杂于众人之中。宋、戴被救后，到了白龙庙，黄信参加了在这里

地煞星镇三山黄信

的二十九人聚义（第40回），他和众人杀退了来追的官兵后，到了揭阳镇穆太公庄上。黄信参加了对陷害宋江的主谋黄文炳一家的偷袭，事后回梁山，途中在欧鹏等人占据的山寨黄门山留宿一晚（第41回）。宋江回乡接父亲上山，反被官军追赶，黄信奉命下山接应（第42回）。一打祝家庄时，黄信是第一拨人马（第47回）。进了祝家庄，黄信被挠钩拖翻被捉（第48回）。三打祝家庄，邹润、邹渊打开牢门将黄信救出，并做了内应（第50回）。在梁山上，黄信和燕顺带领马军下寨守护山前大路（第51回）。呼延灼攻梁山，宋江布置迎敌，黄信是左军五将之一。呼延灼连环马大败梁山军马，黄信中箭受伤（第55回），芒砀山强人樊瑞扬言要吞并梁山，史进等请缨出征，黄信奉命随宋江驰援（第59回）。公孙胜布阵破樊瑞时，黄信是守阵的八猛将之一。攻打曾头市，黄信又是晁盖点的二十位头领之一。

宋江为山寨之主后，任黄信为后军寨第三位首领（第60回）。攻大名府救卢俊义、石秀，黄信与其他三头领统领兵马把守山寨（第63回）。关胜攻打梁山，呼延灼诈降关胜，黄信出阵与呼延灼交锋，故意被呼延灼打下马来（第64回），原来这不是真黄信，而是假扮的。元宵节里应外合攻大名，黄信是八路军马中第一队在后策应的头领，与呼延灼等兵临南门城下，使梁中书、李成不敢由此逃走（第66回）。蔡京举荐凌州团练使单廷珪、魏定国攻梁山。关胜请缨迎敌，吴用对关有戒心，派黄信和孙立作为林冲、杨志副将共同监督关胜兵马，并相机策应（第67回）。攻打东昌府失利，吴用从梁山把黄信和其他的人调来，依计捉了东昌府的张清（第70回）。

石碣天文载，黄信是七十二员地煞星中的地煞星。排座次时，黄信是十六员马军小彪将兼远探出哨头领之一。住梁山第二坡左一代房内（第71回）。童贯攻打梁山，梁山以九宫八卦阵对敌，黄信是八阵中西壁左手副将（第76回）。

梁山招安后，奉旨征辽，攻打蓟州，黄信是左军宋江四十八首领之一（第84回）。攻幽州，辽将贺统军战败欲逃，黄信迎住厮杀，一刀砍在贺统军马头上，贺弃马而走，被杨雄、石秀、宋万等乱枪刺死（第86回）。昌平大战失利，宋江得九天玄女之法，与辽再战，黄信是林冲辖下攻辽木星阵左右撞破青旗军七门的七副将之一（第89回）。

征田虎，兵分三队，黄信是后队头领之一。打陵川黄信又是马军头领之一，与孙立埋伏于城东五里外，见南门竖立认军旗号后杀出。攻盖州，黄信与林冲等六人为右翼（第91回）。在盖州城郊，花荣等四先锋被围，黄信和董平等左右夹击，大败北兵。围攻盖州城时，黄信奉命与孙立等人在城西北密林埋伏，后果然截击了敌人援兵，大败敌人（第92回）。打下盖州后，宋江兵分两路合击敌人，黄信分拨到卢俊义一路（第93回）。到汾阳府后，会术法的敌将马灵又围了汾阳，公孙胜来破马灵术法。卢俊义令黄信和杨志等四人帮助公孙胜由东门出击（第99回）。攻打敌都威胜，黄信和陈达等四人夺了北门（第100回）。

宋江军奉旨征王庆，攻宛州，黄信和关胜等十人率军驻扎宛州之东，以抵御南来援救之敌（第105回）。攻山南城，兵分三队，黄信和孙立等十四人为后队（第106回）。攻荆南，宋江军驻纪山之北。初战不利，黄信依计与孙立等四人留寨听调，听得号炮响后，从东路抄到军前，拦击了敌人（第107回）。攻南丰，于城外十里摆下九宫八卦阵，其中一阵主将是林冲，黄信和孙立分列左右，大战中黄信将敌将潘忠杀死（第109回）。

征方腊，攻下丹徒后，兵分两路，黄信是宋江率领下攻常、苏二州的二十九偏将之一。在关胜带领下，黄信和秦明等十战将率先出发，直抵苏州城下，与敌将赵毅交锋（第112回）。在无锡与苏州之间大战时，黄信和关胜等八人对敌，黄信与敌将郭世广交锋。围苏州，黄信和花荣等四人随宋江观察苏州城郭形势（第113回）。进兵杭州，到了临平山，花荣、秦明出战回营报告了军情，宋江率黄信和朱仝等四人直到阵前。攻城时，宋江所部兵分三路，中路负责取北关门、艮山门，黄信是宋江率领的中路军马十七个正偏将之一（第114回）。二次部署攻杭州，黄信和花荣等十四员正偏将攻打艮山门（第115回）。破杭州后，兵分两路，黄信和其他二十七员将佐随卢俊义攻歙州和昱岭关（第116回）。歙州城破，方腊的王尚书弃城而走，途中杀死了李云、石勇。黄信和孙立等四人追赶，后来又遇到了林冲，于是五个人围攻王尚书，杀了王尚书，割下首级向卢俊义献捷（第118回）。

征方腊后，班师回京，官授武奕郎、都统领（第119回），黄信仍任职青州（第120回）。

秦　明

　　秦明，人称"霹雳火"，因性格急躁，声若雷霆，得此绰号。开州人，他祖上是军官出身。他任青州指挥司兵马总管兼统制使，并使一条狼牙棒。青风寨知寨刘高抓了宋江，另一武知寨花荣救了宋江，因之二人火并。青州知府兵马都监黄信抓捕了花荣、宋江解往青州，途中被清风山燕顺等人救出。知府又派秦明去镇压，反被花荣、宋江生擒，并让人扮作秦明模样到青州城外烧杀，知府中计，杀了秦明妻小。秦明被逼上清风山落草，又去清风寨劝徒弟黄信入了伙（第34回）。花荣将妹子嫁与秦明为妻。青州知府将大起军马攻打山寨，秦明和众人按照宋江意见去投梁山泊晁盖，坐了第六位（第35回）。

　　梁山好汉去江州救宋江、戴宗劫法场，秦明在山寨留守（第41回）。宋江回乡接父亲不成，反被官军追赶，秦明曾下山接应（第42回）。一打祝家庄时，秦明是第一拨人马（第47回）；二打祝家庄时，秦明追赶栾廷玉，被绊马索翻倒，被擒（第48回）；三打祝家庄时，秦明为邹浦、邹润打开牢门救出，做了内应（第50回）。攻下祝家庄后，秦明与花荣居于梁山山寨左寨内（第51回）。攻打高唐州救柴进，秦明是十二先锋之一，为知府高廉的妖法打败（第52回），后请来公孙胜破高廉妖法，双方对阵，秦明是十员战将之一（第54回）。呼延灼攻梁山，宋江布置迎敌，秦明打头阵，与韩滔交手，略胜一筹（第

天猛星霹靂火秦明

55回），宋江让徐宁破呼延灼连环马，布阵时，秦明与其他五位头领分别统率马步军兵搠战。攻打青州，秦明是先锋四头目之一，曾与呼延灼大战，不分胜负。呼延灼中计被擒，同意落草后，秦明又扮作青州军士，随呼延灼赚开城门，杀死了慕容知府（第58回）。攻打华州，秦明是五员先锋将之一。劫持宿太尉，秦明和其他四人埋伏渭河岸上，后又陪宿太尉上华山，假冒宿太尉将领御赐金铃吊挂来西岳降香扈从智取华山。秦明和呼延灼引一队人马与林冲、杨志另一队人马两路取城（第59回）。

宋江为山寨之主后，秦明是忠义堂内第五位首领（第60回）。吴用设计让卢俊义上山，秦明是在梁山脚下围攻卢俊义的将领之一（第61回）。攻大名府救卢俊义、石秀，秦明是前军头领，曾与索超大战，不分胜负，后秦明又和众将领围攻大名府兵马都监闻达（第63回）。关胜攻打梁山，宋江率军马撤离北京大名府驰援山寨。秦明和林冲大战关胜，眼看胜利，宋江怕伤了关胜，立即鸣金收兵，秦明和林冲心中不悦（第64回）。元宵节，里应外合攻打大名府，秦明是八路军马中第四队前部首领，曾带领燕顺、欧鹏在前，杨志在后，拦击李成、梁中书（第66回）。二打曾头市，秦明和花荣是攻打正南大寨的马军首领。秦明与史文恭大战，力怯，被史文恭刺伤，倒撅下马，被吕方、郭盛、马麟、邓飞四人救出（第68回）。

石碣天文载，秦明是三十六员天罡星中的天猛星。排座次时，秦明是马军五虎将之一，与其他三头领把守梁山正南旱寨（第71回）。宋江等上元节去东京观灯，吴用派秦明等五虎将去城外接应。宋江等匆匆逃出城，五虎将兵临城下，使高廉等不敢出城追赶（第72回）。李逵自东京回山寨途中，遇一刘太公，刘有一女儿被冒名宋江的二强人夺去，李信以为真，回山要杀宋江，被他等五虎将拉住（第73回）。童贯攻梁山，梁山以九宫八卦阵列迎敌，秦明是八阵中南方主将，与童贯手下陈翥交锋,将陈杀死,与董平、索超一起大败官军(第76回)。童贯第二次攻梁山,吴用布下十面埋伏,秦明和关胜是一部,与官军将领毕胜交锋(第77回)。高俅二打梁山,张清捉了高俅将领韩存保,梅展、张开赶来救了韩存保。这时,秦明和关胜杀出,又夺回韩存保,押上山寨,秦明又依吴用之计与呼延灼拦截高俅水军(第79回)。高俅第三次攻梁山,秦明埋伏于陆上,与另外三人追杀官军将领项元镇、张开、周昂、王焕(第80回)。

梁山招安后,奉命征辽。辽将阿里奇被张清打伤,由秦明和林冲、花荣、索超生擒(第83回)。攻打蓟州,秦明是左军宋江的四十八首领之一(第84回)。攻打幽州,途中中计,卢俊义等兵陷青石岭,宋江命秦明和林冲、呼延灼、关胜寻找一日,不见下落。打幽州时,辽将贺统军战败,欲回幽州城,秦明和花荣死死战定不放(第86回)。辽将兀颜延寿率军打幽州,被生擒,辽将李金吾来救,被秦明打死(第87回)。辽国统军兀颜光率大军夺幽州,宋江在昌平县布下九宫八卦阵,秦明在前。后秦明又和花荣、林冲等八人从左右两方撞开对方混天阵皂旗阵势,结果大败(第88回)。昌平失利后,宋江得九天玄女之法,与辽再战,秦明是攻辽金星阵左右撞破白旗军七门的主将。辽国投降,秦明又是护送宿太尉去燕京宣旨的十员上将之一(第89回)。

征田虎,兵分三队,秦明是前部头领之一。打陵川,秦明又是马军头领之一。攻盖州,秦明和花荣等四人为前锋(第91回)。在盖州城外与敌将张翔拼杀,后又力战张翔、郭信二人。围攻盖州,秦明和徐宁等人负责攻打南门,石秀、时迁在城内放火做内应。吴用令秦明将飞楼逼近城垣。解珍、解宝登城,秦明又和彭玘抢夺西门,放董平等入城(第92回)。宋江兵分两路合击敌人,秦明分拨到卢俊义一路(第93回)。宋江攻昭德大败,公孙胜赶去破乔道清妖法,乔道清手指敌将费珍，费珍点钢枪便向公孙胜飞来。公孙胜把剑往秦明一指，狼牙棒就离了秦明之手，飞起将点钢枪打落，狼牙棒又回到秦明手中（第96回）。攻下晋宁后，敌殿帅孙安反扑，秦明和杨志等奉命追敌，与孙安战五十余合，不分胜负（第97回）。克汾阳后，敌将马灵援救，此人会妖术，围汾阳。公孙胜来助战，秦明和卢俊义等出南门（按：当为北门）战田豹。与众将杀死了敌将索贤、党世隆、凌光（第99回）。攻敌都威胜时，秦明和杨志等四人夺了东门。索超、汤隆在榆社被围，秦明和关胜等七人领兵解了围（第100回）。

宋江军奉旨征王庆。攻宛州，秦明和关胜等十人领兵驻扎宛州之东，以拒南来救援之敌（第105回）。攻山南城时，兵分三队，秦明和董平等十二人为前队，阵中见索超不能胜敌将縻貹，秦明去助战。敌将陈赟又来帮助縻貹，后张清妻子琼英用石子把陈赟打下马来，秦明赶上去，一棍子将陈打死（第106回）。攻荆南时，宋江军马驻纪山之北，秦明奉命与董平等八人领兵厮杀，与纪山守将袁朗大战一百五十余合，不分胜负（第107回）。攻南丰，在城外十里摆下九宫八卦阵，秦明是其中一阵主将（第109回）。

征方腊。攻丹徒县，秦明是十员正将之一（第111回）。攻下丹徒后，兵分两路，秦明是宋江率领下攻常、苏二州的十三正将之一。在关胜带领下，秦明和徐宁等十战将率先出发，直抵常州城下，阵中韩滔被箭射中，秦明拍马来救未成，韩被刺死。攻下常州，敌人反扑，秦明和关胜等十将迎敌（第112回）。在无锡和苏州之间大战时，秦明和关胜等八人对敌，秦明和敌将张威交锋（第113回）。进军杭州，到临平山，秦明和花荣首先出战，与凤仪交锋。见敌人有接应，遂回营向宋江报告军情，后又出战，将凤仪打下马来。攻城时，宋江所部兵分三路。中路负责取北关门、艮山门，秦明是中路前队六正偏将之一。头一天，秦明和花荣到城下哨探（第114回）。二次部署攻杭州，秦明和花荣等十四员正偏将攻打艮山门。宋江率军马攻北关门，敌将石宝连杀索超、邓飞二人。秦明和花荣急从斜刺里杀出，救宋江回寨（第115回）。

破杭州后，兵分两路，秦明和其他三十五员将佐随宋江攻睦州和乌龙岭（第116回）。宋江在乌龙岭下中伏，吴用派秦明和李逵等十三名将佐救助。攻乌龙岭不利，访得一老人，宋江遂带秦明和花荣等十二员将佐由老人引路从小道绕过乌龙岭，直达睦州附近的东管。敌将邓元党出战，秦明依花荣之计，与邓交锋时佯败，邓遂来捉宋江，被花荣一箭射下马来。攻睦州失利，敌将郑彪追赶宋江军马，李逵等三人迎战，项充、李衮战死，秦明和花荣、樊瑞救回杀进深山的李逵。

二次攻睦州，秦明和关胜等八将，当先进兵，攻打北门，攻下睦州后，四将又去迎击自乌龙岭杀来的敌将石宝、白钦（第119回）。攻打方腊都城清溪，秦明和关胜等四正将为前队，引军直到清溪县界，双方列阵厮杀。敌将方杰横戟出马，杜微步行在后，背藏飞刀，手执七星宝剑。秦明出阵迎敌，与方杰战三十余合，不分战负。不提防杜微从马后闪将出来，飞刀向秦明脸上飞来，他急忙躲避，却被方杰方天戟耸下马去，死于非命（第118回），后封忠武郎（第119回）。

吕 方

吕方，人称"小温侯"，平昔爱学吕布为人，又习方天画戟，因而得此绰号。祖籍潭州，因贩生药到山东，消折了本钱，不能还乡，占了对影山打家劫舍。后郭盛要夺吕方的山寨，二人厮杀，两枝画戟绒绦缠在一起，分拆不开，这时恰遇宋江、花荣带领人马投奔梁山路过此地，花荣一箭将绒绦射断，二人住手。通名之后，吕方和宋江等相识，并随之一起去梁山，吕方坐了第十三位（第35回）。宋江、戴宗在江州被判斩刑，吕方和梁山众好汉劫法场，他扮作客商。宋、戴被救到白龙庙后，吕方参加了二十九人小聚义（第40回）。官军追来，吕方和众人反击杀到江州城下。后到了揭阳镇穆太公庄上，吕方参加了对陷害宋江的主谋黄文炳家的夜袭。事后回梁山，途中在欧鹏占据的黄门山留宿一晚（第41回）。吴用令吕方和郭盛在聚义厅两侧耳房安歇（第44回）。

一打祝家庄时，吕方留守山寨（第47回）；二打祝家庄时，吕方随吴用去接应宋江等人（第48回）；三打祝家庄时，吕方护卫宋江，并与郭盛一起杀死了祝虎（第50回）。攻下祝家庄后，吕方与其他七人分调梁山大寨八面安歇（第51回）。攻打高唐州救柴进，吕方是十二个先锋之一，被知府高廉的妖法打败（第52回）。请来公孙胜破高廉妖法，双方对阵，吕方是十员战将之一（第54回）。呼延灼来攻梁

地佐星小温侯吕方

山，宋江布置迎敌，吕方是左军五将之一（第55回）。宋江用徐宁钩镰枪破呼延灼连环马，布阵时，吕方随宋江等总制军马，指挥号令（第57回）。攻打青州，吕方是中军四主将之一。呼延灼被俘同意落草后，吕方扮作士兵随呼延灼赚开城门，杀进城去（第58回）。史进请缨去打芒砀山强人樊瑞，吕方随宋江等去支援（第59回）。公孙胜布阵破樊瑞，令吕方和柴进、郭盛权摄中军。

宋江为山寨之主后，吕方是忠义堂内第六位首领（第60回）。攻打大名府救卢俊义、石秀，吕方是簇帐四头领之一（第63回）。第二次打曾头市，吕方是随宋江等攻打正中总寨八副将之一。吕方与曾涂交锋，战不过对方，郭盛出马合攻，曾涂用枪直刺吕方的咽喉，花荣射中曾涂左臂，倒下马来，让吕方和郭盛刺死。李逵中箭，曾升追来，吕方和秦明、花荣等众头领将李逵救出。秦明被史文恭刺伤，吕方又和郭盛、马麟、邓飞救出秦明（第68回）。梁山分兵攻东平、东昌二府，吕方随宋江攻东平（第69回）。东平攻下后，吕方又随宋江支援卢俊义。索超、董平和东昌府的张清、龚旺、丁得孙大战，吕方和林冲、花荣、郭盛助攻。丁得孙被燕青射中马蹄倒下马来，让吕方和郭盛捉住（第70回）。

石碣天文载，吕方是七十二员地煞星中的地佐星。排座次时，吕方和郭盛是守护中军马军骁将，住在正厅东边房内（第71回）。陈太尉来梁山泊招安，宋江让吕方和萧让、裴宣、郭盛去二十里外伏道迎接。随陈太尉来的张干办、李虞候拿腔作势，出言不逊，引起吕方的不满（第75回）。童贯攻梁山，梁山以九宫八卦阵对敌，吕方是中军护卫仪仗首领之一（第76回）。

梁山招安后，奉旨征辽。攻打蓟州，吕方是左军宋江四十八首领之一（第84回）。吕方和其他五人随宋江参拜了罗真人，又和其他十三人跟随宋江诈降辽国到了霸州，后来里应外合夺取了该城（第85

回)。辽国兀颜光统军亲率大军夺幽州，宋江军初战胜利后，让吕方和花荣、秦明、郭盛登山观察敌情(第87回)。辽国投降后，吕方是随宿太尉去燕京宣旨的十员上将之一(第89回)。

征田虎、打下盖州后，宋江兵分两路合击敌人，吕方分拨到卢俊义一路(第93回)。攻下晋宁后，吕方和宣赞等四人领兵镇守(第97回)，后又与宣赞等四人镇守汾阳府(第99回)。

宋江军奉旨征王庆，攻下宛州后，吕方和花荣等六人率军辅助陈安抚镇守(第105回)。敌人三路来犯，吕方和郭盛南路迎敌。后花荣、林冲来支援，大胜(第106回)。攻南丰时，在城外十里摆下九宫八卦阵，吕方分在中军护卫(第109回)。

征方腊，攻下丹徒后，兵分两路，吕方是卢俊义率领下攻打宣、湖二州的三十二偏将之一(第112回)。攻下湖州后，卢俊义所部兵分两拨，吕方与卢俊义等二十三人攻打独松关(第114回)，阵中，吕方与敌将厉天佑大战五六十回合，最后将厉刺死。围杭州，吕方是宋江所率领的攻打北关门大路的二十一员正偏将之一。李逵等四个步军首领要捉敌将石宝，宋江带吕方和关胜等四人到北关门下搦战，引诱石宝出阵(第115回)。

破杭州后，兵分两路，吕方和其他三十五员将佐随宋江攻睦州、乌龙岭。途中攻富阳时，吕方首先出阵，与敌将石宝交锋，战五十合，力气渐渐不支，郭盛、朱仝助战，石宝败走。攻乌龙岭，死了阮小二、孟康和解珍、解宝，解氏兄弟尸首被敌人风化在岭上。宋江要为他们报仇，夺回尸首。不听吴用劝告，率领吕方和关胜等四人贸然进兵，结果中计(第116回)。敌伏兵四起，阵中吕方与敌将白钦交锋。攻打睦州，吴用等六将佐率军支援宋江，吕方和郭盛等十三将佐留守相庐县营寨(第117回)。关胜、花荣、秦明、朱仝四正将从岭东攻打乌龙岭时，童枢密却带吕方和郭盛等从岭西杀上岭来，在岭上与敌将白钦厮杀，武器施展不得。双方弃了军器，在马上互相撕揪，山岭险峻，马站立不住，二人用力过猛，双双连人带马滚下岭去，死在岭下（第118回），后封义节郎（第119回）。

郭 盛

郭盛,人称"赛仁贵",祖籍西川嘉陵人,就本处兵马张提辖学得方天戟,技艺精熟,得此绰号。因贩水银货卖,黄河里翻了船,回乡不得,打听得对影山有使戟的吕方占山落草,于是前来比试,要抢占山头。两支戟厮杀,绒结缠住,分拆不开,这时恰遇宋江、花荣带领人马投奔梁山路过此地,花荣一箭射断绒绦,二人住手,遂与宋江、花荣结识,并入伙去了梁山。排座次时,郭盛坐了第十四位(第35回)。宋江、戴宗在江州被判斩刑。郭盛和梁山众好汉劫法场时,扮作客商。宋、戴被救到白龙庙后,郭盛参加了二十九人聚义(第40回)。官军来追,郭盛和众人反击,杀到江州城下,后到了揭阳镇穆太公庄上。郭盛参加了对陷害宋江的主谋黄文炳的夜袭。事后回梁山,途经欧鹏等人占据的山寨黄门山时留宿一晚(第41回)。

吴用令郭盛和吕方在聚义厅两边耳房安歇(第44回)。一打祝家庄时,郭盛留守山寨(第47回)。二打祝家庄,郭盛随吴前去接应(第48回)。三打祝家庄时,郭盛护卫宋江,和吕方一起杀死了祝虎(第50回)。打下祝家庄后郭盛和其他七人分调梁山大寨八面安歇(第51回)。攻打高唐州救柴进,郭盛是十二先锋之一,为知府高廉的妖法打败(第52回)。后请公孙胜来破高廉妖法,双方对阵,郭盛是十员战将之一(第54回)。呼延灼来攻梁山,宋江布阵迎敌,郭盛是右

地祐星賽仁貴郭盛

军五将之一（第55回）。宋江让徐宁破呼延灼连环马，布阵时，郭盛随宋江等总制军马，指挥号令（第57回）。攻打青州时，郭盛是中军四主将之一。呼延灼被俘同意落草后，郭盛扮作青州士兵随呼延灼赚开城门，杀进城去（第58回）。史进请缨去打芒砀山强人樊瑞等，郭盛随宋江去支援（第59回）。公孙胜破樊瑞，布阵时，郭盛和柴进、吕方权摄中军。

宋江为山寨之主后，郭盛是忠义堂内第七位首领（第60回）。攻打大名府救卢俊义、石秀，郭盛是簇帐四头领之一（第63回）。二次攻打曾头市，郭盛是随宋江等攻打正中总寨的副将之一。帮助吕方大战曾涂，二人将曾刺死，阵中李逵中箭，曾升追赶，郭盛和秦明、花荣众头领救了李逵。秦明被史文恭刺伤落马，郭盛又和吕方、马麟、邓飞等救出秦明（第68回）。梁山分兵攻打东平府、东昌府，郭盛随宋江攻东平（第69回）。东平破后，随宋江支援卢俊义。索超、董平与东昌府张清、龚旺、丁得孙大战，郭盛和林冲、花荣、吕方助战。丁得孙被燕青射中马蹄落马后，被郭盛和吕方生擒（第70回）。

石碣天文载，郭盛是七十二员地煞星中的地祐星。排座次时，郭盛和吕方是守护中军马军骁将，住正厅东边房内（第71回）。陈太尉奉命来梁山泊招安，宋江让郭盛和萧让、裴宣、吕方二十里外伏道迎接。随陈太尉来的张干办、李虞候出口不逊，拿腔作势，引起郭盛的不满（第75回）。童贯攻梁山，梁山以九宫八卦阵对敌，郭盛是中军护持仪仗首领之一（第76回）。

梁山招安后奉旨征辽，攻打蓟州，郭盛是左军宋江四十八首领之一（第84回）。郭盛和其他五人随宋江参拜罗真人，又和其他十三人随宋江诈降辽国到了霸州，后里应外合夺了该城（第85回）。辽国投降后，郭盛是护送宿太尉去燕京宣旨的十员上将之一（第89回）。

征田虎，打下盖州后，宋江兵分两路合击敌人，郭盛分到卢俊义一路（第93回）。攻下晋宁，郭盛与宣赞等四人镇守（第97回），后郭盛又与宣赞等四人镇守汾阳府（第99回）。

宋江奉旨征王庆，攻下宛州后，郭盛和花荣等六人率军辅助陈安抚镇守（第105回）。敌三路来犯，郭盛和吕方南路迎敌。花荣、林冲来支援，大胜（第106回）。攻南丰，在城外十里摆下九宫八卦阵，郭盛在中央阵护卫（第109回）。

征方腊，攻下丹徒后，兵分两路，郭盛是卢俊义率领下攻宣、湖二州的三十二偏将之一（第112回）。攻下湖州后，卢俊义所部兵分两拨，郭盛和卢俊义等二十三人攻独松关（第114回）。围杭州，郭盛是宋江率领下攻打北关门大路的二十一员正偏将之一。李逵等四个步军头领要活捉敌将石宝，宋江带郭盛和关胜等四人到北关门下搦战，引诱石宝出战（第115回）。

破杭州后，兵分两路，郭盛和其他三十五员将佐，随宋江攻睦州和乌龙岭，途中攻富阳时，吕方与石宝大战，力怯，郭盛出阵助战，后朱仝又来夹攻，石宝败走。攻乌龙岭连折阮小二、孟康、解珍、解宝四将。解氏兄弟尸身在岭上风化，宋江要报仇夺回尸首，不听吴用劝阻，率关胜和郭盛等四人贸然进兵，结果中计（第116回）。敌伏兵四起，阵中郭盛和敌将景德交锋。攻打睦州，吴用等六将佐领兵支援宋江，郭盛和吕方等十三将佐留守桐庐县营寨（第117回）。关胜、花荣、秦明、朱仝四正将从岭东攻乌龙岭，童枢密率郭盛和吕方等从岭西杀上岭来。郭盛和吕方首先登山夺岭，还未到岭边，山头上飞下一块大石，将郭盛连人带马砸死（第118回），后封义节郎（第119回）。

石 勇

　　石勇，人称"石将军"，大名府人，放赌为生，因赌博一拳打死了人，逃到柴进庄上避祸。江湖上闻听宋江大名，去郓城投奔，宋清告诉石勇，宋江在白虎山孔太公庄上，并托他带信给宋江。途中在酒店饮酒，恰遇宋江、燕顺带领人马上梁山经过此地，入酒店休息。因争座位，石勇与燕顺发生冲突，声言天下只让着柴进、宋江二人，宋江听见，盘诘之后，相互结识。石勇送上宋江家信，随燕顺上了梁山，坐了第十七位（第35回）。宋江、戴宗在江州被判斩刑。石勇和众人劫法场时，扮作挑担的。宋、戴被救到白龙庙后，石勇参加了二十九人聚义（第40回）。官军追来，石勇和众人打退了官兵，到了揭阳镇穆太公庄上。在夜袭陷害宋江的主谋黄文炳家时，石勇扮作乞丐，和杜迁埋伏于城门附近。夜袭成功后，石勇二人砍倒把门军士，李逵打开门锁，放众好汉出城，后石勇随众人回梁山，途中在欧鹏的山寨黄门山留宿一晚（第41回）。

　　宋江接父亲上山未成，遭官军追赶。石勇奉命下山接应，与官军交手，与众人救了宋江（第42回）。吴用令石勇带十来个伴当去梁山泊北山开酒店（第44回）。杨林、石秀投奔梁山，到了石勇的酒店，他送二人上山（第47回）。孙立、孙新、顾大嫂、邹渊、邹润、解珍、解宝、乐和投奔梁山时，先到了石勇的酒店。石勇告诉孙立等梁山好

地丑星石将军石勇

汉两次攻打祝家庄失利。孙立认识祝家庄教师铁棒栾廷玉，遂献里应外合之策，石勇将孙立的计策转告给吴用（第49回）。后时迁来帮助石勇经营酒店（第51回）。呼延灼攻打梁山，酒店被毁，石勇和时迁等逃回梁山（第55回）。呼延灼的连环马被梁山彻底打败后，石勇和时迁又回去开店（第57回）。

宋江为山寨之主后，石勇和杨林、段景住负责北地收买马匹（第60回），后与杨林、段景住去北地买马（第67回），买了二百余匹，途经青州，为强人郁保四劫夺，送去曾头市。石勇和杨林二人与段景住失去联系，后二人逃回梁山（第68回）。梁山分兵攻打东昌、东平二府，石勇随宋江攻东平（第69回）。

石碣天文载，石勇是七十二员地煞星中的地丑星。排座次时，石勇是十七员步军将校之一（第71回）。

梁山招安后奉旨征辽，玉田大战中被冲散。后石勇又与解氏兄弟、杨林以及卢俊义会合。攻蓟州时，石勇是右军卢俊义三十四首领之一（第84回）。宋江、吴用诈降辽国，石勇扮作百姓跟随吴用，赚开关口杀进益津关，并与众人一举攻占文安县（第85回）。攻打幽州，途中中计，卢俊义兵陷青石峪，宋江命石勇和时迁、段景住、曹正四处打探消息。后来石勇和段景住遇到了由卢俊义处来报信的白胜，二人带白胜去见宋江（第86回）。辽国统军兀颜光在昌平布下混天阵，宋江进攻，结果大败，石勇受枪伤，回后寨由安道全医治（第88回）。

征田虎，打下盖州后，宋江兵分两路合击敌人。石勇分拨到卢俊义一路（第93回）。汾阳大战，被敌将马灵用术法打伤（第99回）。攻破敌都威胜后，石勇和龚旺等五人从后宰门杀进宫去（第100回）。

宋江军奉旨征王庆，攻山南城，依吴用之计，水军赚开西城水门，石勇和鲍旭等二十个头领藏于粮船内，进城后，杀上岸去（第106回）。攻荆南，宋江军马驻扎纪山之北。攻纪山前令石勇和焦挺等四人领兵伐木广道，以便厮杀。后依吴用之计，石勇和鲁智深等十四人同凌振领兵抄袭小路到纪山之后，乘敌出击营内空虚之际，夺了纪山（第107回）。攻南丰，在城外十里摆下九宫八卦阵，石勇与陶宗旺领游兵在左方护持中军（第109回）。

征方腊，宋江军扮作敌军，渡江取润州。石勇是第一拨船上，穆弘身边十偏将之一（第111回）。攻下丹徒，兵分两路，石勇是卢俊义率领下攻宣、湖二州的三十二偏将之一（第112回）。攻下湖州，石勇与呼延灼等十九将佐守备该地，后又进兵德清县，并约定与卢俊义所部军马到杭州会合（第114回）。围杭州，石勇与卢俊义等十三员正偏将攻打候潮门（第115回）。破杭州后，兵分两路，石勇和其他二十七员将佐随卢俊义攻歙州和昱岭关（第116回）。歙州城破，南国王尚书弃城骑马而走，途中撞上步战的李云，王尚书枪起马到，把李云踏倒。石勇冲上前去，急来救护，战了数合，被王尚书一枪刺死（第118回），后封义节郎（第119回）。

戴 宗

戴宗，人称"神行太保"，有道术，日行八百里。当地人又称他戴院长，任江州两院押牢节级。十分仗义疏财，与吴用为友。宋江刺配江州，吴用曾写信给戴宗，让宋江带去（第36回）。宋江到了江州牢城，上下用钱，做了抄事房抄事。因宋江没给节级常例钱，节级走来大骂（第37回）。原来这人正是吴用写信介绍的戴宗，二人结识，宋江拿出了吴用的信。一日，戴宗和宋江二人正在喝酒，他的朋友牢里小牢子李逵在楼上吵闹。戴宗让李逵上楼，结识了宋江，三人到琵琶亭上饮酒，李逵到江边要活鱼，跟张顺在水里打斗起来，戴宗赶到劝止（第38回）。

家无老小，只在城隍庙间壁观音庵里住。宋江浔阳楼题了反诗，被在闲通判黄文炳告发。戴宗要宋江装疯，又被识破，被捕投入死囚牢。江州蔡知府要戴宗携家书、财物去东京贺蔡太师生辰。路过朱贵酒店被麻翻。朱贵私拆了蔡知府家书，知是密报宋江被捕事。看到戴宗宣牌上名字，遂救醒了戴宗，这时他才恍然大悟。戴宗由朱贵带领上梁山见了晁盖、吴用，吴用要设计救出宋江，让人假写一封蔡京的回信，要蔡知府把宋江押往东京，途中就好见机搭救。戴宗依吴用之计，扮作泰山岳庙太保模样，到济州，以要为泰山刻写碑文为名，骗善于书法的萧让和善于篆刻的金大坚上了梁山，由他二人写信刻图

天速星神行太保戴宗

章，造了一封蔡京的假信。戴宗携假信返回江州（第39回），结果假信被黄文炳看出了破绽，戴宗和宋江二人被判死刑。行刑时，梁山好汉劫了法场，到了白龙庙，戴宗参加了二十九人聚义（第40回）。官军来追，被杀退后，到了揭阳镇穆太公庄上，戴宗参加了对黄文炳家的夜袭。事成后，戴宗上了梁山，途经黄门山，山寨寨主欧鹏等四人，迎他们上山，留宿一日（第41回）。

宋江回家接全家上山不成，被官军追杀，戴宗奉命下山接应，往来报信（第42回）。公孙胜回乡探母，久久不归，戴宗奉命去蓟州打探消息，途中与杨林相识，二人同去蓟州，行至饮马川，又结识了邓飞、孟康、裴宣。在蓟州寻找公孙胜时，见石秀路见不平拔刀相助，于是二人相邀酒店饮酒。蓟州没打听到公孙胜消息，戴宗带着杨林再回饮马川，与邓飞、孟康、裴宣，扮作官军去梁山（第44回）。

一打祝家庄戴宗是第二拨人马（第47回）。戴宗参加了二打祝家庄（第48回）。三打祝家庄，戴宗奉吴用之命请来了萧让、金大坚、裴宣、侯健，假扮作郓州知府官员，戴宗扮作巡检，骗李应家属上了梁山（第50回），后与林冲居于梁山山右寨内（第51回）。李逵因诱朱仝上梁山，在柴进庄上住了一个月。吴用怕李逵惹事，派戴宗去寻李逵回来。李逵打死殷天锡后逃回山寨，戴宗遂去高唐州，探听柴进入狱等事。攻打高唐州，救柴进，戴宗是作为策应的十个头领之一（实际九个）（第52回）

高唐州知府用妖法战胜了梁山军马。宋江、吴用派戴宗去蓟州请公孙胜破妖法，李逵同行。途中不守素食清规，偷吃牛肉，戴宗为了教训李逵，让他带上甲马不停行走。饿了一日，到公孙胜家，公孙胜母亲假说儿子不在，李逵按戴宗之计要行凶动武，引出了公孙胜，劝他回山寨。公孙胜征得师傅罗真人同意，愿随戴宗回山寨（第53回）。戴宗先行报信，李逵与公孙胜结伴而行（第54回）。宋江、吴用安排杨林、薛永、李云、乐和、汤隆各自领命下山做事，戴宗负责往来打探情报。时迁盗来徐宁盔甲，依汤隆之计让戴宗先送回梁山。徐宁被诱上山后，戴宗和汤隆又去徐宁家中对徐妻诈称雁翎锁子甲已经得到，徐宁于途中客店病危，骗徐宁家属上山（第56回）。

宋江布阵破呼延灼连环马，戴宗随宋江等总制军马，指挥号令（第57回）。鲁智深由武松陪同去少华山探望史进，宋江让戴宗打探消息（第58回）。原来史进因在华州狱中，鲁智深只身救史进被捉。戴宗到了少华山，闻讯后，三日内返回梁山报信。梁山人马去救，假冒宿太尉将领御赐金铃吊挂来西岳降香的扈从智取华州时，戴宗扮作虞候（第59回）。段景住盗得一匹照夜玉狮子马，想献给宋江，作为晋见之礼，路过凌州曾头市时，被曾家五虎夺去。宋江派戴宗去曾头市探听马的下落，回来后，详谈了曾家情况，并说了曾头市要扫荡梁山，活捉梁山头目的童谣。因之梁山决定攻打曾头市，打曾头市，晁盖中箭而死。宋江为山寨之主后，任戴宗为右军寨第三位首领（第60回）。

卢俊义身陷囹圄，柴进和戴宗奉宋江之命，携金一千两贿赂两院押牢节级兼刽子手蔡福，利威并施，让他保护卢俊义（第62回）。卢俊义、石秀被捉后，戴宗向梁山报告情况。攻打大名府，戴宗是探听军情头领（第63回）。关胜要偷袭梁山，是戴宗向梁山送的消息（第64回）。凌州团练使单廷珪、魏定国攻打梁山，李逵请缨出征，宋江不许，李逵只身深夜出走，直奔凌州，宋江派戴宗去追赶李逵。李逵等凯旋，戴宗接着李逵后，先回山寨报于宋江（第67回）。

石碣天文载，戴宗是三十六员天罡星中的天速星。排座次时，戴宗是总探声息头领，住梁山第二坡右一代房内（第71回）。宋江等上元节去东京观灯，戴宗扮作承局随往，并随宋江去了妓女李师师家。二次去李家，戴宗和李逵在门外等候。戴宗曾进去喝过一盅酒。李逵在李家门前放火，杀将起来。戴宗随宋江匆匆出城（第72回）。童贯攻打梁山，梁山用九宫八卦阵迎敌，戴宗在中军，专管往来飞报军情（第76回）。童贯二次攻打梁山大败，宋江命戴宗传令急速收兵，回山寨论功行赏（第77回）。两败童贯之后，宋江、吴用派戴宗和刘唐去东京打探消息，回到梁山，报告了高俅要亲率兵马攻打梁山的情报（第78回）。朝廷要招安，梁山派戴宗去济州城边探听消息。宋江到了济州，准备接受招安，又是戴宗与城中官军传话（第80回）。高俅被释放后，乐和、萧让随高俅去东京面见天子。去后久无消息，吴用让戴宗和燕青去东京打探消息。完成任务后，两人又接应萧让、乐和从高俅府内逃出，同回梁山（第81回）。

梁山招安后，奉旨征辽。行前，一名军校因不满厢官克扣朝廷赏赐的酒肉，争执中，杀死了厢官。宋江令戴宗和燕青进城面见宿太尉说明真相，上达天子。攻打辽国檀州时，奉宋江之命催促水军李俊等晓夜趱船到潞水取齐（第83回）。攻打蓟州，戴宗是宋江左军四十八名头领之一（第84回）。宋江参谒罗真人，戴宗是随行六头领之一（第85回）。辽降，凯旋回东京。受赏赐后，一日戴宗与石秀出去闲走，在酒店遇一大汉（第90回），从他口中得知河北田虎作乱，遂与石秀一起报告宋江（第91回）。

征田虎，攻打盖州时，吴用让石秀和时迁混进城去，与时迁一起放火。让戴宗给东西南三营密传号令：见城内火起，加紧攻城（第92回）。打下盖州后，兵分两路，进击田虎，戴宗分拨到宋江一路（第93回）。从东路进军，攻下壶关后，吴用令戴宗去西路卢俊义处探听军情（第94回）。戴宗从晋宁回来，详细汇报了卢俊义那边的军情，并带来了降将孙安。攻下晋宁、昭德后，宋江让萧让写表，令戴宗去东京上奏报捷。见了宿太尉，又带回宿太尉回书交给宋江（第97回）。

陈安抚来监督军马并犒赏将佐，宋江引众将在昭德迎候。与陈安抚相见后，写下军帖，让戴宗到各处传令：待新官一到，即行交代，勒兵前来听调（第98回）。传完军帖，又到卢俊义处打探军情。公孙胜要破敌将马灵的妖法，戴宗得知马灵会神行，就要求卢俊义同意戴宗和公孙胜同行。马灵败后，戴宗作起神行法，追赶马灵，却追不上。马灵却被鲁智深捉住，二人缚了马灵来到汾阳，马灵归降。卢俊义命戴宗和马灵去见宋江（第99回）。田虎被捉，又攻下敌都威胜。宋江修书让戴宗去东京呈宿太尉，申奏朝廷，后又回到威胜（第100回）。

奉旨征王庆，宋江差戴宗和马灵晓谕各路将士：新官到后，立即交代，勒兵前来，征讨王庆（第101回）。攻打荆南纪山时，让戴宗传令李俊等用船只运粮草接济大军（第107回）。攻下荆南后，戴宗去宛州陈安抚处报捷。至晚回来汇报花荣、林冲讨平宛州、山南所属州县等事（第108回）。攻打南丰时，宋江命戴宗先去打探孙安袭取南丰情况（第109回）。王庆被捉后，宋江让戴宗赍表，申奏朝廷，请旨定夺，并呈送陈安抚，给宿太尉书札（第110回）。

征方腊，打下丹徒后，兵分两路，戴宗是宋江所率领的攻打常、苏二州的二十九员偏将之一。攻下常州后，宋江命戴宗到卢俊义处打探军情。和柴进一块回来向宋江汇报（第112回）。宋江留下柴进做伴，让戴宗回复卢俊义攻湖州，到杭州聚会。李俊等扮作南军，李逵等二百余人藏在船内潜进苏州城去，中途在太湖上遇见戴宗和凌振。原来宋江让戴宗二人带来了号炮，可藏在船里，攻打苏州时，准备里应外合时施放。戴宗和凌振也上了船（第113回）。攻杭州，宋江所部兵分三路，戴宗是中路攻北关门、艮山门宋江所率第二队十七将佐之一。

张顺死后，宋江到灵隐寺追荐，引诱敌人，带戴宗和石秀等四人引兵由小路来寺。戴宗和宋江到西陵桥上，宋江对着涌金门哭奠，他立在一旁,并宣读了祭文(第114回)。敌人果中计,结果大败而走。戴宗和宋江又回到皋亭山寨。宋江又派戴宗去卢俊义攻打的独松关、德清了解军情,回来汇报卢俊义所部攻打独松关大捷。初战杭州不利,吴用准备智取,令戴宗四处传令(第115回)。攻下杭州后,兵分两路进击,戴宗和其他三十五员将佐随宋江攻睦州和乌龙岭(第116回)。攻乌龙岭不利,后访得一老人,宋江遂带领戴宗和花荣等十二将佐由老人引路从小到绕过乌龙岭,直达睦州附近,敌人大惊(第117回)。攻打方腊都城清溪前,依吴用之计,让李俊等去方腊军中献粮诈降,以做内应。宋江让戴宗从水路到李俊处授计(第118回)。

征方腊后,班师回京,官授武节将军,兖州府都统制(第119回)。朝前听命罢,各官正要收拾赴任,戴宗却去找宋江,纳还官诰到泰安州岳庙内,陪堂出家,殷勤奉祀圣帝香火。数月后,一夕与众道伴辞别,戴宗无病大笑而终。死后,州人庙祝在庙里塑其神像,胎骨是其真身。后来宋徽宗梦游梁山泊,正是戴宗奉宋江阴魂之命请去的(第120回)。

李　立

　　李立，人称"催命判官"，揭阳岭人。在岭上开酒店又做私商。用蒙汗药杀害往来客商。卖人肉，劫钱财。宋江刺配江州，路过这里，被李立麻翻，正要开剥，李俊赶来，救了宋江，李立和宋江结识。次日，送走了宋江（第36回）。这一带有三霸，李立和李俊是岭上岭下一霸（第37回）。宋江、戴宗在江州入狱，李立在张顺等人筹划下准备杀入江州劫牢，途中恰遇晁盖带领梁山好汉，已经救了宋、戴，到了白龙庙，于是他参加了在这里的二十九人小聚义（第40回）。官军追来，李立和众人杀到江州城下，后到了揭阳镇穆太公庄上，参加了对陷害宋江主谋黄文炳的夜袭。事后李立去了梁山，途经欧鹏等人的山寨黄门山留宿一晚（第41回）。

　　宋江回乡接父亲上山不成，反被官军追赶，李立奉命下山接应，与官军交手，和众人救了宋江（第42回）。吴用令李立带十数个火家去梁山南开酒店（第44回），后又有郑天寿帮助一起经营（第51回）。孔亮来梁山寻宋江，求梁山军马攻打青州，先到了李立的酒店，由他通报山寨（第58回）。宋江为梁山寨主之后，李立的职事未变（第60回）。元宵节里应外合攻大名府救卢俊义、石秀，李立是八路军马中第六队步军首领，李逵手下的二员战将之一，与李逵等在南门截击李成，梁中书（第66回）攻东昌府失利，吴用调李立和其他四人来，依

地奴星催命判官李立

计捉东昌府张清（第70回）。

石碣天文载，李立是七十二员地煞中的地奴星。排座次时，李立和王定六开北山酒店（第71回）。

梁山招安后，奉旨征辽，攻打蓟州，李立是卢俊义右军三十七首领之一（第84回）。宋江、吴用诈降辽国，李立扮作百姓随吴用赚开了辽国要塞益津关，并与众人一举攻战文安县（第85回）。

征田虎，围盖州，李立与花荣等人领兵作为游骑，往来四门探听（第92回）。攻下盖州后，兵分两路合击敌人，李立分到卢俊义一路（第93回）。攻破敌都威胜，李立与龚旺等五人从后宰门杀进宫去（第100回）。

征方腊，宋江军马扮作敌军渡江取了润州，李立是第一拨船上李俊身边十偏将之一（第111回）。攻下丹徒后，兵分两路，李立是卢俊义率领下攻打宣、湖二州的三十二偏将之一（第112回）。攻下湖州后，卢俊义所部又兵分两路，李立与卢俊义等二十三将佐攻打独松关（第114回）。李立和汤隆等四人从小路夜间摸上关去，放起火来，敌兵败走。李立和汤隆活捉了关上守将蒋印。围攻杭州，李立和花荣等十四员正偏将攻打艮山门。解珍、解宝劫取了敌人的解粮船，李立和解氏兄弟等十八人混杂于船内众人之中，进到城里，以便里应外合（第115回）。破杭州后，兵分两路，李立和其他二十七员将佐随卢俊义攻打歙州和昱岭关（第116回）。攻打方腊都城清溪，李立受重伤，医治不痊而死（第118回），后封义节郎（第119回）。

李　俊

　　李俊，人称"混江龙"，祖籍庐州，专在扬子江中撑船为生。能识水性，因而得绰号。久已仰慕宋江大名，打听到宋江刺配江州，李俊估计宋江要从揭阳岭过，等了三五日。一日，在李立酒店见到麻翻了一个黑矮肥体的人，猜想是宋江，救醒后，果不出所料，遂与宋江结识，次日送别。另有童威、童猛兄弟专做私盐生意，在李俊家安身（第36回）。这一带有三霸，李俊和李立是揭阳岭下岭上一霸。宋江到了揭阳镇因给使枪棒卖药的薛永银子，得罪了镇上另一霸穆弘兄弟，要追杀宋江。宋江到得浔阳江边，又上了张横的船，险遭毒手。幸亏李俊赶到，他和张横是结义兄弟，救了宋江（第37回）。

　　宋江、戴宗在江州入狱，李俊在张顺策划下准备和众人杀入江州劫牢。途中恰遇梁山好汉，已经救了宋江、戴宗，到了白龙庙，于是李俊参加了白龙庙二十九人小聚义（第40回）。官军追来，李俊和众人整顿船只，打败官军后，载梁山人马去揭阳镇穆太公家。在夜袭陷害宋江的主谋黄文炳家时，黄正在蔡九知府处，闻讯后坐官船返回，在江上被李俊和张顺生擒。事后随众人上了梁山。途经欧鹏等人的山寨黄门山时，留宿一晚（第41回）。

　　宋江接父亲山上不成，反被官军追杀，李俊奉命下山接应（第42回）。一打祝家庄时，李俊是第一拨人马（第47回）；李俊参加了二次

天寿星混江龙李俊

攻打祝家庄（第48回）；三打祝家庄时，李俊攻打东门，后又扮作郓州都头，和其他人一起骗李应家属上了梁山（第50回）。打下祝家庄后，分配职事，李俊和李逵居于梁山山前（第51回）。攻打高唐州救柴进，李俊是十二先锋之一，但为知府高廉的妖法打败（第52回）。呼延灼攻梁山，宋江布置迎敌。李俊和其他水军头领负责驾船接应。梁山军马敌不住呼延灼的连环马，李俊和众人接应宋江等上岸。又依吴用之计，和众人将凌振诱至水边活捉（第55回）。徐宁要破连环马，宋江分拨军马，李俊和其他八位水军头领负责驾船接应（第57回）。攻打青州，李俊是第四队头领之一（第58回）。攻打华州，李俊是后军主管粮草的五头领之一。劫持宿太尉时，李俊与杨春、张顺驾船在水上策应拦截，并和张顺把两个虞候撅下水去，以震慑他人。劫持宿太尉上华山后，李俊和张顺监督官船，假冒宿太尉将领御赐金铃吊挂来西岳降香队伍智取华山时，李俊和其他首领杀了华州贺太守的随从（第59回）。

宋江为山寨之主后，任李俊为水军寨内第一位首领（第60回）。吴用智赚卢俊义上山，卢被梁山军马四面包围，走投无路时，李俊骗卢俊义上了船，和"三阮"、张顺共取卢俊义（第61回）。攻打大名府救卢俊义、石秀时，李俊和众水军头领留守，把守三关水寨（第63回）。

关胜攻打梁山泊，张横偷袭被捉，"三阮"及张顺去救，阮小七又被捉去，李俊和童威、童猛将阮小二、阮小五、张顺救回。二次攻打北京，李俊身披软甲参战，依吴用之计，他和张顺诱索超追赶，索超陷于陷马坑被俘（第64回）。梁山分兵攻打东昌、东平二府，李俊是随卢俊义攻打东昌府的三个水军头领之一（第69回）。战斗失利，吴用设计让李俊和众水军头领在水上捉了东昌府的张清（第70回）。

石碣天文载，李俊是三十六员天罡星中的天寿星。排座次时，李俊是四寨水军八头领之一。李俊和阮小二把守梁山东南水寨（第71回）。高太尉二次攻打梁山，水路战船由牛邦喜、刘梦龙、党世英掌握。吴用设计让刘唐火攻，公孙胜祭风，大败高俅水军。李俊在水里捉了刘梦龙，他担心宋江会把刘放走，于是割下首级送上山去（第79回）。高太尉第三次攻打梁山，李俊在水上引诱官军，并和张横一起活捉了官军将领王文德（第80回）。

梁山招安后奉旨征辽，李俊是水军头目之一。自蔡河内出黄河北上，攻檀州，晓夜趱船至潞水取齐。敌人从檀州水门出来，李俊和张横、张顺由左边水上杀出，大败辽水军（第83回）。攻下檀州，李俊和其他二十二位首领随赵安抚守御（第84回）。

征田虎渡黄河时，李俊率水兵左右警戒，后又统领战船，前至卫州卫河取齐，泊取卫河，防守卫州（第91回）。宋江军攻下潞城后，李俊率水军众头领，由卫河出黄河，再到潞水聚集听调。宋江命他们协同关胜、索超等两支军马攻取了榆社、大谷。这时卢俊义正围太原，因雨受阻，李俊带领"三阮"及张横、张顺到卢军前献破太原之策（第99回），他与"三阮"、张横、张顺放了智伯渠及晋水，灌了太原城，领水军占了西门，攻下太原（第100回）。

宋江奉旨征王庆，攻下宛州后，李俊奉命与八员水军头领，驾水军船只由泌水至山南城北边的汉江会集（第105回）。攻山南城时，依吴用之计，李俊和水军头领以粮船为诱饵，诱使敌人打开城西水门劫掠。他们乘机在水下将伏有鲍照等二十个步军头领的船只推入城去，杀将起来，夺了水门（第106回）。攻打荆南纪山时，奉命将粮船陆续运到军前接济（第107回）。攻下荆南后，李俊与水军头领统领船只到了汉江（第108回）。

李俊奉命率水军与敌水军大战于瞿塘峡，杀敌水军都督闻世崇，擒副将胡俊。李俊同胡俊赚开云安城水门，夺了城池。李俊料到敌人在南丰败后，必定来投自己巢穴。遂带领童威、童猛率领水军扮作渔船，在浔阳江上巡探，结果捉住了王庆，押解到宋江处（第109回）。宋江又令李俊和降将胡俊招降了东川、安德。新官到任后，做了交接，李俊又回到宋江军营。班师回京后，蔡京等不许众将入城。李俊和"三阮"、张横、张顺水军头领不满，邀吴用到船内商量揭竿再起（第110回）。

征方腊，兵至扬州，有定浦村陈将士与江南润州方腊的吕枢密联络图谋扬州。燕青等杀死了陈氏父子，李俊与穆弘分别扮作陈氏二子陈益、陈泰，带领人马扮作敌兵去见吕枢密。里应外合，在城里放起火来，夺了润州（第111回）。石秀、阮小七自焦山去打江阴、太仓沿海州县，宋江派李俊带领八水军头领去支援。李俊是七正将之一（第112回）。攻下江阴、太仓后，去苏州寒山寺宋江营寨报捷。又去张招讨、刘都督处得了赏赐。宋江见苏州城外，水面空阔，遂调李俊回来率水军厮杀，他去看了水面，建议自宜兴小港私入太湖，探听苏州南部消息，然后四面夹攻。宋江又调回童威、童猛同李俊一起前去探路。在太湖上却为强人费保等四人捉住，后四人与李俊和童威、童猛结拜为兄弟。在太湖上截获了方腊太子方天定给苏州三大王方貌送铁甲的船只，得了关防文书，李俊又回寒山寺报于宋江。李俊带着李逵等四人来到费保等人的榆柳庄，扮作南军装束，带上关防文书，向苏州进发。途中又遇到戴宗、凌振送来火炮，于是把火炮藏在船里。赚进苏州城后，杀将起来。李俊和戴宗护持凌振放炮，以此为号，城外军马开始攻城，阵中他刺死了敌将昌盛。攻下苏州后，李俊又和童威、童猛送费保等四人回到庄上（第113回）。

费保等要李俊舍弃功名，急流勇退，他不许，又回到宋江处。攻杭州，宋江所部兵分三路，李俊与张顺等为一路，打靠湖城门。进到北新桥驻扎后，张顺要从水门进城去，放火为号，三路一齐攻打。张顺去后，李俊报于宋江。张顺死后，宋江以追荐亡魂为饵引诱敌军，带石秀等四人到李俊寨内。宋江把石秀、樊瑞、马麟留下帮李俊，攻城开始，李俊奉命引军杀到净慈港夺了船只。从湖里驶到涌金门上岸，阵中李俊和石秀生擒了敌将吴值。破杭州后，兵分两路，李俊是马军七头领之一。随宋江进军睦州，攻桐庐时，李俊和"三阮"、童威、童猛、孟康配合步军劫寨，由水路进兵（第116回）。攻睦州，吴用率军支援宋江，李俊和吕方等十三将佐留守桐庐县营寨（第117回）。宋江一支军马攻下乌龙岭后，由李俊等水军将佐管领船只。方腊与宋江双方军马在清溪大战时，方腊得到救援歙州的主将贺从龙被卢俊义活捉的消息后，立即收兵回城固守。这时李俊等五人在城内放起火来，方腊进城与之混战，宋江两支军马相继赶到，攻下清溪（第118回）。

　　征方腊后，班师回京。军至苏州，李俊诈称患了风疾，不能前进，要童威、童猛留下看护他。宋江军马走后，李俊三人去太湖榆柳庄投靠结义的费保等四兄弟，七人从太仓港驾船出海，后来他做了暹罗国王（第119回）。

童 威

童威，人称"出洞蛟"，童猛兄，浔阳江边人，善伏水驾船。专卖私盐，在李俊处安身。宋江刺配江州，在李立酒店被麻翻，李俊和童威及童猛赶到，救了宋江，因之互相结识（第36回）。宋江在揭阳镇得罪了穆弘兄弟，追到浔阳江边要害宋江，宋江逃跑中，又上了张横的船，又要对他下毒手，李俊和他及童猛赶来，救了宋江（第37回）。宋江、戴宗相继入狱，童威在张顺策划下，去江州劫牢，途中恰遇梁山众人，已经救了宋、戴二人，于是一同去了白龙庙，参加了白龙庙二十九人聚义（第40回）。官军来追，大败官军后，众人到了穆太公庄上。参加了对陷害宋江的主谋黄文炳的夜袭，童威在船上接应，事后上了梁山，途经欧鹏的山寨黄门山时，留宿一晚（第41回）。

曾奉命去宋家庄接宋太公和宋清上梁山（第42回）。吴用令童威和童猛带十数个人去梁山西山开酒店（第44回），后与兄弟调去金沙滩小寨把守（第51回）。宋江让徐宁破呼延灼的连环马，童威和其他八位水军头目负责驾船接应（第57回）。宋江为山寨之主后，任童威为水军寨第七位首领（第60回）。关胜攻打梁山泊，到了梁山脚下，梁山的张横偷营，被童威捉住。"三阮"、张顺来救张横，结果阮小七也被捉住。幸得李俊、童威、童猛将张顺、阮小二、阮小五救出（第64回）。梁山分头攻打东昌府、东平府，童威是随卢俊义攻打东昌府

地进星洞蛟童威

的三个水军头领之一（第69回）。攻打东昌府失利，童威和水军头领依吴用之计在水上捉了东昌府的张清（第70回）。

石碣天文载，童威是七十二员地煞星中的地进星。排座次时，童威是四寨水军八头领之一，与阮小五把守梁山东北水寨（第71回）。高俅二次攻打梁山时，水军被吴用用火攻大败，童威撑船追落水的高俅军头领刘梦龙，李俊将刘捉住（第79回）。高俅第三次攻打梁山，童威在水上引诱官军，与弟弟一起活捉了官军将领徐京（第80回）。

梁山招安后，奉旨征辽。童威随李俊等率水军由蔡河内出黄河北上，后晓夜趱船至潞水攻打檀州（第83回）。攻下檀州，童威随赵安抚与其他二十二位首领守御（第84回）。征田虎时，童威与李俊等统领战船至卫州卫河取齐，后又泊聚卫州防守（第91回）。宋江军马攻下潞城后，童威与水军头领由卫河出黄河，再到潞水聚齐。宋江又命他们协同关胜、索超两支军马攻取了榆社、大谷。这时卢俊义围太原，因雨受阻，李俊带"三阮"和张横、张顺前去献策，童威和童猛留下统领水军船只（第99回）。

宋江奉旨攻王庆。攻山南城时，依吴用之计，童威和李俊等水军头领以粮船为饵，诱敌打开城西水门劫掠。他们乘机在水下，将伏有鲍旭等二十个步军头领的船只推入城去，杀将起来。童威杀死敌将诸能（第106回）。李俊料王庆在南丰败后，可能来投云安等地。于是李俊带领众水军扮作渔人，王庆要撑船过河，被李俊和童威活捉（第109回）。平了王庆，八十六州县，复见天日。朝廷新官到任，童威交割，后他又回到南丰宋江军营（第110回）。班师回京，蔡京等不让众将入城。他们兄弟和李俊及"三阮"不满，邀吴用到船中，商量揭竿再起（第110回）。

征方腊，宋江军扮作敌兵，渡江取润州，童威是第一拨船上李俊身边十偏将之一。石秀、阮小七去江中焦山打探消息，宋江要童威和童猛引兵去寻取二人（第111回）。自焦山回来后，向宋江汇报石秀、阮小七要攻打江阴、太仓沿海州县，要宋江支援。宋江派李俊和童威等八人支援，李俊是三偏将之一（第112回）。攻下江阴、太仓后，童威调到宋江处，与李俊、童猛一起由太湖哨探苏州城南部情况。在湖中被好汉费保等四人捉住，后来七人结拜为兄弟。在湖上劫取了由杭州运往苏州的南军铁甲，又得了官防文书。他们假扮作南军，带上官防文书，向苏州进发。攻下苏州后，童威和李俊、童猛又送费保等四人回太湖柳榆庄（第113回）。攻杭州，宋江所部兵分三路，童威与李应等六将佐是中路第三队，负责水路陆路助战策应（第114回），后又有王英夫妇支援，管理各寨之间探报联络，各处策应（第115回）。

攻下杭州后，兵分两路进击，童威是七水军头领之一。随宋江率船只征进睦州。攻桐庐时，童威和李俊等水军头领配合步军劫营。由水路进兵，兵至乌龙岭下，乌龙岭正靠长江，山峻水急，不便攻取。宋江差阮小二和童威等四人引一千水军靠近乌龙岭，却遭到敌人顺风火排的攻击。童威和童猛弃船上岸，寻路回寨（第116回）。攻睦州，吴用带兵去支援宋江，童威和吕方等十三将佐留守桐庐县营寨（第117回）。攻打方腊都城清溪前，依吴用之计，童威和童猛扮作水手，阮小五、阮小七扮作艄公，由李俊带领，管领六十只船粮米，去方腊军中献粮诈降。方腊令李俊五人在清溪管领水寨守船。方腊率军与宋江军大战清溪县。方腊闻说去救援歙州的主帅贺从龙被卢俊义捉去，立即回城固守。这时他们五人在城内放起火来，方腊进城混战，宋江、卢俊义两支人马相继到来，攻取了清溪城（第118回）。

征方腊后，班师回京，军至苏州，李俊诈称患了风疾，要宋江将童威、童猛留下看视。宋江军走后，他们三人去太湖柳榆庄投原来结义的费保四兄弟。七人驾船出海，到了暹罗，李俊为王，他和弟弟等都做了化外官职，自取其乐（第119回）。

童 猛

童猛，人称"翻江蜃"，童威弟，浔阳江边人，善伏水驾船，专卖私盐，宋江刺配江州，在李立酒店被麻翻，李俊、童威和童猛赶到，救了宋江，因之互相结识（第36回）。宋江在揭阳镇得罪了穆弘兄弟，追到浔阳江边，要害宋江。宋江逃跑中，又上了张横的船，又要对他下毒手，李俊、童威和童猛赶来，救了宋江（第37回）。宋江、戴宗相继入狱，童猛在张顺策划下，去江州劫牢，途中恰遇梁山众人，已经救了宋、戴二人，于是一同去了白龙庙，参加了白龙庙二十九人聚义（第40回）。官军来追，大败官军后，众人到了穆太公庄上，参加了对陷害宋江的主谋黄文炳的夜袭，童猛在船上接应，事后上了梁山，途经欧鹏的山寨黄门山时，留宿一晚（第41回）。曾奉命去宋家庄接宋太公和宋清上梁山（第42回）。吴用令童猛和童威带十数个人去梁山西山开酒店（第44回），后童猛与哥哥调去金沙滩小寨把守（第51回）。宋江让徐宁破呼延灼的连环马，童猛和其他八位水军头目负责驾船接应（第57回）。

宋江为山寨之主后，任童猛为水军寨第八位首领（第60回）。关胜攻打梁山泊，到了梁山脚下，梁山的张横偷营，被他捉住。"三阮"、张顺来救张横，结果阮小七也被捉住。幸得李俊、童威和童猛将张顺、阮小二、阮小五救出（第64回）。梁山分头攻打东昌府、东

地退星翻江蜃童猛

平府，童猛是随卢俊义攻打东昌府的三个水军头领之一（第69回）。攻打东昌府失利，童猛和水军头领依吴用之计在水上捉了东昌府的张清（第70回）。

石碣天文载，童猛是七十二员地煞星中的地退星。排座次时，童猛是四寨水军八头领之一，与阮小七把守梁山西北水寨（第71回）。高俅第三次攻打梁山，童猛在水上引诱官军。与哥哥一起活捉了官军将领徐京（第80回）。

梁山招安后，奉旨征辽，童猛随李俊等率水军由蔡河内出黄河北上。后晓夜趱船至潞水攻打檀州（第83回）。攻下檀州，童猛随赵安抚与其他二十二位首领守御（第84回）。

征田虎时，童猛与李俊等统领战船至卫州卫河取齐，后又泊聚卫州防守（第91回）。宋江军马攻下潞城后，童猛与水军头领由卫河出黄河，再到潞水聚齐。宋江又命他们协同关胜、索超两支军马攻取了榆社、大谷。这时卢俊义围太原，因雨受阻，李俊带"三阮"和张横、张顺前去献策，童猛和童威留下统领水军船只（第99回）。

宋江奉旨攻王庆。攻山南城时，依吴用之计，童猛和李俊等水军头领以粮船为饵，诱敌打开城西水门劫掠。他们乘机在水下，将伏有鲍旭等二十个步军头领的船只推入城去，杀将起来（第106回）。李俊料王庆在南丰败后，可能来投云安等地。于是李俊带领众水军扮作渔人，巡逻在清江上（第109回）。平了王庆，八十六州县，复见天日。朝廷新官到任后，童猛交割后，又回到南丰宋江军营（第110回）。

征方腊，宋江军扮作敌兵，渡江取润州，童猛是第一拨船上李俊身边十偏将之一。石秀、阮小七去江中焦山打探消息，宋江要童猛和童威引兵去寻取二人（第111回）。自焦山回来后，向宋江汇报石秀、阮小七要攻打江阴、太仓沿海州县，要宋江支援。宋江派李俊和童猛等八人支援，童猛是三偏将之一（第112回）。攻下江阴、太仓后，童猛调到宋江处，与李俊、童威一起由太湖哨探苏州城南部情况。在湖中被好汉费保等四人捉住，后来七人结拜为兄弟。在湖上劫取了由杭州运往苏州的南军铁甲，又得了官防文书。他们假扮作南军，带上官防文书，向苏州进发。攻下苏州后，童猛和李俊、童威又送费保等四人回太湖柳榆庄（第113回）。攻杭州，宋江所部兵分三路，童猛与李应等六将佐是中路第三队，负责水路陆路助战策应（第114回），后又有王英夫妇支援，管理各寨之间探报联络，各处策应（第115回）。

攻下杭州后，兵分两路进击。童猛是七水军头领之一，随宋江率船只征进睦州。攻桐庐时，童猛和李俊等水军头领配合步军劫营。由水路进兵，兵至乌龙岭下，乌龙岭正靠长江，山峻水急，不便攻取，宋江差阮小二和童猛等四人引一千水军靠近乌龙岭，却遭到敌人顺风火排的攻击。童猛和童威弃船上岸，寻路回寨（第116回）。攻睦州，吴用带兵去支援宋江，童猛和吕方等十三将佐留守桐庐县营寨（第117回）。攻打方腊都城清溪前，依吴用之计，童猛和童威扮作水手，阮小五、阮小七扮作艄公，由李俊带领，管领六十只船粮米，去方腊军中献粮诈降。方腊令童猛五人在清溪管领水寨守船。方腊率军与宋江军大战清溪县。方腊闻说去救援歙州的主帅贺从龙被卢俊义捉去，立即回城固守。这时他们五人在城内放起火来，方腊进城混战。宋江、卢俊义两支人马相继到来，攻取了清溪城（第118回）。

征方腊后，班师回京，军至苏州，李俊诈称患了风疾，要宋江将童威、童猛留下看视。宋江军走后，他们三人去太湖柳榆庄投原来结义的费保四兄弟。七人驾船出海，到了暹罗，李俊为王，童猛和哥哥等都做了化外官职，自取其乐（第119回）。

薛　永

薛永，人称"病大虫"，祖籍河南洛阳，祖父是老种经略相公帐前军官。因得罪同僚，不得升迁，子孙靠使枪棒卖药度日。在揭阳镇使枪卖药，向人敛钱时，无人敢给，因为他事先没有拜见庄上一霸穆氏兄弟。穆春不许镇上人给钱，宋江刺配江州路过此地，给了薛永钱，穆春要教训一下宋江，却反被薛永撅翻在地。薛永和宋江通了姓名，宋江送他二十两银子。薛永在客店却遭到穆春招来的赌徒痛打，绑了吊起来。后来因李俊介绍穆氏兄弟结识了宋江，薛永才被解救（第37回）。宋江、戴宗相继入狱。薛永在张顺策划下，去江州劫牢。途中恰遇梁山众人，已经救了宋、戴二人，于是一同去了白龙庙，参加了白龙庙二十九人聚义（第40回）。

官军来追，大败官军后，薛永与众人回到穆太公家，参加了对陷害宋江的主谋无为军黄文炳的夜袭，薛永熟悉路径，先去探路。两日后，带来了在黄文炳家做裁缝的他的徒弟侯健，向宋江说明了黄家情况。薛永和侯健按照宋江吩咐潜入黄家花园放火，诱开黄家大门。事后，薛永和众人一起上了梁山，途经欧鹏的山寨黄门山时，留宿一晚（第41回）。

宋江回家接父亲不成，反被官军追赶，薛永奉命下山接应（第42回）。打下祝家庄后，薛永和陶宗旺负责监筑梁山泊城垣雁台（第51

地幽星病大虫薛永

回）。呼延灼攻打梁山，手下将军轰天雷凌振被俘。宋江让薛永扮作使枪棒卖药的，去东京接回凌振一家老小，旬日回到梁山（第56回）。宋江让徐宁破呼延灼的连环马，并分拨了兵马。薛永和马麟是十队步军之一（第57回）。宋江为山寨之主后，任薛永为后军寨内第七位首领（第60回）。关胜被捉后，薛永去蒲东接关胜家属（第64回），后接到山寨（第67回）。

石碣天文载，薛永是七十二员地煞星中的地幽星。排座次时，薛永是十七员步军将校之一（第71回）。童贯率官军攻打梁山，梁山以九宫八卦阵对敌，薛永是中央阵四门中的北门首领（第76回）。高俅第三次攻打梁山，薛永是水军小头领，曾追杀官军将领徐京。与郑天寿、曹正、李忠一起捉了官军将领梅展（第80回）。

梁山招安后，奉旨征辽。攻打蓟州，薛永是宋江左军四十八首领之一（第84回）。昌平失利后，宋江得九天玄女之法，与辽再战，薛永是关胜辖下攻辽国土星阵左右撞破黄旗军的副将之一（第89回）。

攻田虎打下盖州后宋江军马分两路合击田虎，薛永分拨到卢俊义一路（第93回）。攻下敌都威胜后，薛永与众将分头去杀田虎臣属将佐（第100回）。

宋江奉旨征王庆，攻西京，薛永是卢俊义统领下的二十四员战将之一（第106回）。敌人来援西京，薛永和解珍等四人统领兵马，看守山寨，后又与单廷珪等六人在李应、柴进统领下护送辎重、车辆。夜宿一村内，薛永巡逻抓到一奸细，得知敌人夜间要来劫烧粮草，柴进用计火烧炮击敌人。薛永和施恩等人领兵埋伏在东泥冈路口，待机行事。又与李忠到庄南把住路口，果然大败敌人（第108回）。攻南丰，在城外布下九宫八卦阵，薛永是中央阵北门守将（第109回）。

征方腊，兵至扬州，有定浦村陈将士与江南润州方腊手下吕枢密联络图谋扬州。燕青依计扮作吕枢密帐前叶虞候带领解珍、解宝去见陈将士，将陈氏父子灌醉后杀死。薛永和鲁智深等十人配合，从前面杀进庄去。宋江军扮作敌兵渡江取润州，薛永是第一拨船上穆弘身边十偏将之一（第111回）。征方腊，攻下丹徒后，兵分两路，薛永是卢俊义率领下攻打宣、湖二州的三十二偏将之一（第112回）。攻下湖州后，呼延灼和薛永等十九位将佐守卫，并约定夺取德清后与卢俊义所部到杭州会合（第114回）。围攻杭州，薛永和穆弘等四人去西山寨内支援李俊等攻打靠湖门（第115回）。攻下杭州后，兵分两路进击，薛永和其他三十五员将佐随卢俊义攻歙州和昱岭关（第116回）。攻昱岭关，到了关前，薛永和史进等六将校前去出哨，中了埋伏。史进被敌将神箭手小养由基射下马来。薛永和其他四人上前救回。此时，伏兵四起，弩箭如雨，六人全被射死（第118回），后薛永被封义节郎（第119回）。

穆 春

穆春，人称"小遮拦"，穆太公子，穆弘弟。揭阳镇人，当地富户。这一带有三霸，穆春和哥哥穆弘是揭阳镇一霸。薛永到揭阳镇使枪棒卖药，事先没见穆春兄弟俩，穆春遂通令全镇人不得给薛永钱。宋江刺配江州路过镇上，给了薛永五两银子。穆春要教训宋江反被薛永撷翻在地。穆春派赌徒到客店痛打了薛永，并把他吊起来，又令全镇不准供给宋江食宿。宋江离开揭阳镇恰恰又投宿穆春的庄院，宋江逃走，穆春和哥哥连夜追到浔阳江边。后李俊从张横船上救了宋江，招来了穆春和穆弘，结识了宋江，并留宋江在庄上住了三天，也让薛永住在庄上，后众人送别了宋江（第37回）。

宋江、戴宗相继入狱。穆春在张顺策划下，去江州劫牢。途中恰遇梁山众人，已经救了宋、戴二人，于是一同去了白龙庙，参加了白龙庙二十九人聚义（第40回）。官军来追，大败官军后，与众人回到自己庄上，参加了对陷害宋江的主谋黄文炳的夜袭，穆春在船上接应。事后烧了庄院，穆春和众人一起上了梁山，途经欧鹏的山寨黄门山时，留宿一晚（第41回）。

宋江回家接父亲不成，反被官军追赶，穆春奉命下山接应（第42回）。吴用令穆春和朱富管收山寨钱粮，又与李云负责监造屋宇寨栅（第51回）。宋江让徐宁破呼延灼的连环马，并分拨了兵马，穆春与穆

地鎮星小遮攔穆春

地镇星小遮拦穆春

弘是十队步军之一。阵中曾拦截呼延灼和韩滔（第57回）。宋江为山寨之主后，任穆春为右军寨内第七位首领（第60回）。元宵节里应外合攻打大名府，穆春是八路军马中第七队步军首领雷横手下二将之一。李成、梁中书、闻达向南逃跑途中，穆春和施恩在雷横带领下拦住了三人退路（第66回）。

石碣天文载，穆春是七十二员地煞星中的地镇星。排座次时，穆春是十七员步军将校之一（第71回）。童贯率官军攻打梁山，梁山以九宫八卦阵对敌，穆春是守护中军左翼的副将（第76回）。梁山招安后，奉旨征辽，昌平失利后，宋江得九天玄女之法，与辽再战，穆春是董平辖下攻辽国水星阵左右撞破皂旗军七门七副将之一（第89回）。

攻田虎打下盖州后，宋江军马分两路合击田虎，穆春分拨到卢俊义一路（第93回）。攻下敌都威胜后，穆春与杨雄等七人从王宫前面杀入宫去（第100回）。

宋江奉旨征王庆，攻西京，穆春是卢俊义统领下的二十四员战将之一（第106回）。敌人来援西京，穆春和解珍等四人领兵看守山寨，后又与单廷珪等六人在李应、柴进统领下护送辎重、车辆。途中遇敌劫掠，柴进用计火烧炮击敌人，穆春和施恩等人领兵埋伏在东泥冈路口，待机行事。又与李忠到庄南把住路口，果然大败敌人（第108回）。攻南丰，在城外布下九宫八卦阵，穆春和穆弘领游兵在右方护持中军（第109回）。

征方腊，攻下丹徒后，兵分两路，穆春是卢俊义率领下攻打宣、湖二州的十五员正将之一（第112回）。攻下湖州后，呼延灼和穆春等十九位将佐守卫，并约定夺取德清后与卢俊义所部到杭州会合（第114回）。围攻杭州，穆春和花荣等十四人攻打艮山门。解氏兄弟劫取了给杭州运送粮食的船只，依吴用计谋，穆春和解宝带领的其他十六人藏于船内，或扮作艄公艄婆，混入城内，里应外合（第115回）。破杭州后，穆春和朱富留在杭州看护张横等六位病人（第116回）。

征方腊后，班师回京，官授穆春武奕郎、都统领（第119回），后又回揭阳镇，复为良民（第120回）。

穆 弘

穆弘，人称"没遮拦"，穆太公子，穆春兄，揭阳镇人，当地富户。这一带有三霸，穆弘和兄弟穆春是揭阳镇一霸。一天，穆弘正在醉后大睡，弟弟穆春要他一起去追杀三个人，原来就是刺配江州的宋江和两位公人，穆弘和兄弟连夜追到浔阳江边。后李俊从张横船上救了宋江，招来了穆弘和穆春，结识了宋江，并留宋江在庄上住了三天，之后众人送别了宋江（第37回）。宋江、戴宗相继入狱，穆弘在张顺策划下，去江州劫牢，途中恰遇梁山众人，已经救了宋、戴二人，于是一同去了白龙庙，参加了白龙庙二十九人聚义（第40回）。官军来追，大败官军后，与众人回到自己庄上，参加了对陷害宋江的主谋黄文炳的夜袭，穆弘在船上接应，事后烧了庄院，穆春和众人一起上了梁山，途经欧鹏的山寨黄门山时，留宿一晚（第41回）。

宋江回家接父亲不成，反被官军追赶，穆弘奉命下山接应（第42回）。一打祝家庄，穆弘是第一拨人马（第47回）；穆春参加了二打祝家庄（第48回）；三打祝家庄，穆春攻南门（第50回），后穆弘与刘唐把守梁山大寨的第三关（第51回）。呼延灼来攻打梁山，宋江布置迎敌，穆弘是左军五将之一（第55回）。宋江让徐宁破呼延灼的连环马，并分拨了兵马。穆弘与穆春是十队步军之一，阵中曾拦截呼延灼和韩滔（第57回）。攻打青州，穆弘是第二队四头领之一（第58回）。

天罡星没遮拦穆弘

史进请缨去打芒砀山强人樊瑞等，穆弘随宋江等前去支援（第59回）。公孙胜布阵破樊瑞时，穆弘是守阵八猛将之一。攻打曾头市，穆弘是晁盖点的二十位头领之一。宋江为山寨之主后，任穆弘为右军寨内第四位首领（第60回）。吴用智赚卢俊义上山，卢果然中计。穆弘和众头领引诱卢俊义步步走进圈套（第61回）。打大名府救卢俊义、石秀，穆弘与其他三首领统领马步军兵把守山寨（第63回）。元宵节里应外合攻打大名府，穆弘是八路军马中第五队步军首领。从东门带领杜兴、郑天寿杀进城去（第66回）。

石碣天文载，穆弘是三十六员天罡星中的天究星。排座次时，穆弘是马军八虎骑兼先锋使之一，与李逵把守梁山北山一关（第71回）。上元节，宋江与众头领去东京观灯，穆弘和史进扮作客商先行，在东京樊楼上饮酒大醉，口出狂言，被宋江撞见，严厉呵斥，二人出城。上元节晚上，李逵在李师师门外见宋江、柴进、燕青与美人共饮，让穆弘看门，心中不平，借故放火打人。宋江等匆匆出城，穆弘和史进也动了手，四人打到城边，被杀进城的鲁智深等四人救出（第72回）。

燕青去泰安州与任原相扑，李逵随行，结果打将起来，引来官军来攻，后由卢俊义和穆弘等八位头领接应而出。回梁山途中不见了李逵，穆弘去寻找，原来李逵在寿阳县穿起公服皂靴坐起衙来，被穆弘拖回梁山泊（第74回）。陈太尉来梁山招安，带来的御酒，让阮小七等喝光，换了村醪白酒，众头领认为是朝廷哄骗人，穆弘和一些头领一起发作，准备动手（第75回）。童贯率官军攻打梁山，梁山以九宫八卦阵对敌，穆弘是守护中军左翼的主将（第76回）。

梁山招安后，奉旨征辽，穆弘是宋江左军四十八首领之一（第84回）。穆弘随宋江和其他十四人诈降辽国，到了霸州，卢俊义佯作追杀宋江，到了城下，宋江命他和花荣、林冲、朱仝出战，四人佯败，引卢俊义杀进城来，夺了霸州（第85回）。昌平失利后，宋江得九天玄女之法，与辽再战，穆弘是林冲辖下攻辽国木星阵左右撞破青旗七门七副将之一（第89回）。

征田虎，穆弘是前部将领之一。攻凌州，穆弘又是马军头领之一。攻克高平后，宋江让穆弘和史进镇守。次日穆弘又与董平等七人为攻打盖州的左翼（第91回）。围攻盖州，穆弘和史进等人奉命埋伏于城东北高冈下，截击了敌人援兵（第92回）。打下盖州，穆弘和史进又去镇守高平（第93回）。新官到任交割后，穆弘和史进回到宋江处。田虎亲率大军救援襄垣，张清密报于宋江，宋江命穆弘和花荣等六人中途截击（第99回）。

宋江奉旨征王庆，攻下山南城后，令穆弘和史进等四人镇守（第106回）。攻南丰，在城外布下九宫八卦阵，穆弘和穆春领游兵在右方护持中军（第109回）。

征方腊，兵至扬州，有定浦村陈将士与江南润州方腊手下吕枢密联络图谋扬州。燕青依计扮作吕枢密帐前叶虞候带领解珍、解宝去见陈将士，将陈氏父子灌醉后杀死。穆弘与李俊扮作陈将士二子：陈益、陈泰，带领人马，扮作敌兵，去润州见吕枢密。里应外合，在城中放起火来，夺了润州（第111回）。攻下丹徒后，兵分两路，穆弘是卢俊义率领下攻打宣、湖二州的十五员正将之一。攻宣州时穆弘与敌将程胜祖交锋（第112回）。攻下湖州后，呼延灼和穆弘等十九位将佐守卫，并约定夺取德清后与卢俊义所部到杭州会合（第114回）。围攻杭州，穆弘和杨雄等四人去西山寨内支援李俊等攻打靠湖门（第115回）。破杭州后，穆弘患瘟疫，寄留杭州（第116回），后病死，封忠武郎（第119回）。

张　横

　　张横，人称"船火儿"，又叫狗脸张爷爷，张顺兄，来也不认得爹，去也不认得娘，小孤山人，专在浔阳江上行劫，赌钱输了，便与弟弟在扬子江边静处用一只船私渡。与张顺互相配合，用计勒杀乘客。后来张横改业在浔阳江上做私商。宋江在揭阳岭得罪了穆弘兄弟，被追到浔阳江边，上了张横的船，险遭毒手。张横的结义兄弟李俊赶到，救了宋江，遂与宋江结识，并修书一封让宋江带给在江州的张顺。这一带有"三霸"，张横和弟弟张顺是浔阳江边的私商一霸（第37回）。宋江、戴宗在江州相继入狱，张横和弟弟张顺策划，邀众人去江州劫牢，恰遇梁山好汉救出了宋江，到了白龙庙，于是张横参加了白龙庙聚义（第40回）。官军追来，张横和众人杀退官军，到了穆太公庄上，参加了对陷害宋江的黄文炳的夜袭，张横用船只运送众人，并在江上接应后，上了梁山。途经欧鹏等人的山寨黄门山时，留宿一晚（第41回）。

　　宋江回乡接父亲上山不成，反被官军追赶，张横奉命下山接应（第42回）。一打祝家庄时，张横是第二拨人马（第47回）；张横参加了二打祝家庄（第48回）；三打祝家庄，张横攻打西门（第50回）。后张横与张顺在梁山山后驻扎（第51回）。呼延灼来打梁山，宋江布置迎敌，张横和其他水上头领负责驾船接应。梁山军马不敌呼延灼的

天平星船火儿张横

连环马，幸得他们接应，救了宋江等人，后又用吴用之计，把凌振诱至水边生擒（第55回）。宋江让徐宁破呼延灼连环马，分拨兵马时，张横和其他八位水军首领负责驾船接应（第57回）。攻打青州时，张横是第四队四头领之一（第58回）。攻打曾头市，张横是晁盖点的二十位头领之一。宋江为山寨之主后，任张横为水军寨第五位首领（第60回）。关胜来打梁山泊时，宋江等率人马去打北京。张横在梁山急于立功，不听张顺劝告，自带五十只小船偷营，结果中计被捉，李应打进关胜寨内将张横救出（第64回）。攻打东昌府时，张横和众水军头领依吴用之计在水上捉了东昌府的张清（第70回）。

石碣天文载，张横是三十六员天罡星中的天平星。排座次时，张横是四寨水军八头领之一，与张顺把守梁山西南水寨（第71回）。高俅攻打梁山泊时，张横与众水上头领打败高俅水军，张横活捉了高俅手下牙将党世雄（第78回），解到忠义堂请功。高俅二打梁山，被吴用设计用火攻打败，张横在水中捉了官军水军头领牛邦喜，张横担心宋江释放，就割了他的首级送上山去（第79回）。高俅三次攻打梁山泊，张横在水上引诱敌人，并与李俊一起捉了官军将领王文德（第80回）。

梁山招安后，奉旨征辽，张横是水军头领之一。由蔡河内出黄河北上，后晓夜趱船至潞水攻打檀州。敌兵出水门时，张横和李俊、张顺从左边水上迎击，大败敌水军（第83回）。攻下檀州后，张横和其他二十二位首领随赵安抚守御（第84回）。

征田虎时，张横与李俊等统领战船至卫州卫河取齐，后又泊聚卫州防守（第91回）。宋江军马攻下潞城后，张横与水军头领由卫河出黄河，再到潞水聚齐。宋江又命他们协同关胜、索超两支军马攻取了榆社、大谷。这时卢俊义围太原因雨受阻，李俊带三阮和张横及张顺去献策（第99回）。张横在李俊带领下，统领水军引决智伯渠和晋水，灌了太原城,张横杀了守城敌将领张雄,和张顺一起夺了北门,攻下太原(第100回)。宋江奉旨攻王庆,攻山南城时,依吴用之计,张横和李俊等水军头领以粮船为饵,诱敌打开城西水门劫掠。他们乘机在水下,将伏有鲍旭等二十个步军头领的船只推入城去,杀将起来(第106回)。李俊带领水军同王庆降将胡俊一起赚开云安城水门,夺了城池,由张横和张顺驻守(第109回)。王庆被捉,新官到任后,张横又回到南丰宋江军营。班师回京,蔡京等不让众将入城。他们兄弟和李俊及"三阮"不满,邀吴用到船中,商量揭竿再起(第110回)。

征方腊,宋江军扮成敌兵,渡江取润州。张横与张顺管领第二拨船,下有四员偏将。阵中杀死敌将潘文得(第111回)。石秀、阮小七在焦山,要攻江阴、太仓沿海州县。宋江派李俊和张横等八人支援,张横是七正将之一(第112回)。攻下江阴、太仓后,张横又与石秀、张顺去取嘉定(第113回),攻杭州。吴用要宋江乘船去杭州南门外江边放号炮,竖号旗,以乱敌人。张横和阮小七带领侯健、段景住前往(第114回)。杭州城破后,方腊太子方天定出南门逃走。这时张顺的魂附在张横身上,杀了方天定,提了首级骑马跑进城里宋江处。苏醒后,知弟弟张顺已死,大哭一声倒地(第115回)。破杭州后,张横染瘟疫,寄留杭州(第116回),后病死,封忠武郎(第119回)。

张　顺

张顺，人称"浪里白跳"，张横弟，小孤山人，长得雪练也似一身白肉。在水下能伏七日七夜，水里行似一根白条，又有一身好武艺。张顺和哥哥张横赌输了时，就在扬子江边净处搞私渡。二人互相配合，船到江心用计恐吓勒索乘客，后来在江州做卖鱼牙子。这里有"三霸"，张顺和哥哥浔阳江边做私商的一霸。张横结识宋江后，曾修书一封让宋江带去（第37回）。

一日，李逵硬到船上抢活鱼，与二十二三岁的张顺厮打，陆上斗不过李逵，便把他引到船上，狠狠教训了一顿，后戴宗、宋江赶来，二人才罢手，因之结识宋江（第38回）。宋江、戴宗相继入狱，张顺找了哥哥到穆太公庄上，叫了许多相识，要去江州劫牢，恰遇梁山众人救了宋、戴二人，于是一同去了白龙庙，参加了白龙庙二十九人聚义（第40回）。官军来追，张顺和其他人整顿船只，大败官军后，载众人到了穆太公庄上。对陷害宋江的主谋黄文炳夜袭时，黄正在蔡知府处，黄闻讯后坐官船由江州赶回无为军，在江上被张顺和李俊生擒，事后张顺上了梁山，途经欧鹏的山寨黄门山时，留宿一晚（第41回）。

宋江回乡接父亲上山不成，反被官军追赶，张顺奉命下山接应（第42回）。一打祝家庄时，张顺是第二拨人马（第47回）；张顺参加

天损星浪里白跳张顺

了二打祝家庄（第48回）；三打祝家庄时，张顺攻西门，后又用吴用之计，扮作都头与其他人一起把李应家属骗上梁山（第50回），之后张顺和张横在梁山山后驻扎（第51回）。攻打高唐州救柴进时，张顺是作为策应的十统领之一（注：实际九人）（第52回）。呼延灼来攻梁山，宋江布置迎敌，张顺和其他水上头领负责驾船接应。梁山军马不敌呼延灼的连环马，幸得他们接应，救了宋江等人。又依吴用之计与众人把凌振诱至水边生擒（第55回）。宋江让徐宁破连环马，张顺和其他八位水军头目负责驾船接应（第57回）。

攻打华州，张顺是后军负责粮草的五个头目之一。劫持宿太尉时，张顺和杨春、李俊驾船在渭河上拦截，并与李俊将两个虞候擗到水里，以震慑他人。劫持宿太尉后，张顺和李俊负责监视官船。梁山人马假冒宿太尉将领御赐金铃吊挂来西岳降香队伍，智取华州时，张顺和李俊及其他头领杀了华州贺太守的随从（第59回）。宋江为山寨之主后，任张顺为水军寨第六位首领（第60回）。吴用设计让卢俊义上山落草时，李俊把卢俊义诱至船上，张顺在金沙渡从水下出来将船掀翻，卢俊义落水（第61回），被张顺拖上岸去（第62回）。关胜攻打梁山泊，张横急于立功，不听张顺的劝告，偷营被捉，张顺和"三阮"去救，大败而回，幸得李俊、童威、童猛救出。二次攻打北京，张顺和李俊戴水战盔甲随去。二人引诱索超追赶，结果索超掉在陷马坑里被捉（第64回）。

宋江生病，张顺到建康请神医安道全，乘船过江时，截江鬼张旺、油里鳅孙五见他有些金银，便趁他熟睡时捆绑起来，扔入江内，他在水内咬断绳索，爬上南岸，到一酒店，为老丈所救。说明原委，报了姓名，老丈叫儿子活闪婆王定六与张顺相见，王定六早已慕他大名，换过衣服，置酒相待。次日去了建康府，见了安道全，他正迷恋一个妓女李巧奴，张顺和安道全二人住在她家。夜里发现害张顺的张旺也来找李巧奴宿歇，张顺杀了虔婆和李巧奴，张旺逃走，他用血在粉墙上连写"杀人者安道全也"数十处。安道全天亮发现这种情况，无奈随张顺去了梁山，途中又到王定六酒店，王随他一起过江，叫来了张旺的船。船至江心，张顺杀死了张旺，王定六回家收拾行李，同意跟张顺一块去梁山。过江上岸后，走三十余里，安道全走不动，正好戴宗赶来，给他甲马，二人同行，作起神行法。张顺在村店住下，三日后，王定六父子赶来，便与之同去梁山（第65回）。元宵节打大名府，张顺跟随燕青从北京水门入城，径奔卢俊义家，捉拿卢俊义管家李固和卢俊义妻子贾氏。攻破城池，张顺和燕青在河上船内捉了李固、贾氏（第66回）。攻打东昌府，张顺和水军众首领依吴用之计在水上捉了东昌府的张清（第70回）。

石碣天文载，张顺是三十六员天罡星中的天损星。排座次时，张顺是四寨水军八头领之一，与张横把守梁山西南水寨（第71回）。高俅第三次攻打梁山泊，张顺在水上引诱官军，并与一班水军凿泄了官军战船，水中活捉了高俅，押解上忠义堂（第80回）。

梁山招安后，奉旨征辽，张顺是水军头领之一。由蔡河内出黄河北上，后晓夜趱船至潞水取齐攻檀州。敌水军从水门杀出，张顺和李俊、张横由水上左边迎击，大败敌军（第83回）。攻下檀州后，张顺与其他二十二位首领随赵安抚守御（第84回）。

征田虎时，张顺与李俊等统领战舰至卫州卫河取齐，后泊聚卫州防守（第91回）。宋江兵马攻下潞城后，张顺与众水军头领由卫河出黄河，再转至潞水取齐。宋江又命他们协同关胜、索超两支军马攻取了榆社、大谷。这时卢俊义围太原因雨受阻，李俊带他和"三阮"及张横等去献策（第99回）。张顺在李俊带领下，统领水军引决智伯渠和晋水，灌了太原城，敌将领张雄被张横砍翻。张顺割下首级，和张横和张顺一起夺了北门，攻下太原（第100回）。

宋江军奉旨攻王庆，攻山南城时，依吴用之计，张顺和李俊等水军头领以粮船为饵，诱敌打开城西水门劫掠。他们乘机在水下，将伏有鲍旭等二十个步军头领的船只推入城去，杀将起来（第106回）。李俊带领水军同王庆降将胡俊一起赚开云安城水门，夺了城池，由张顺和张横驻守（第109回）。王庆被捉，朝廷新官到任后，张顺又回到南丰宋江军营。班师回京，蔡京等不让众将入城。他们兄弟和李俊及"三阮"不满，邀吴用到船中，商量揭竿再起（第110回）。

征方腊，军至淮安，吴用、宋江令张顺和柴进去江中金山打探，在江中截得润州方腊手下的吕枢密与扬州定浦村陈将士联络的船只，得知他们要打扬州，遂报告宋江，后宋江军扮成敌兵，渡江取润州，张顺与张横管领第二拨船只，下有四员偏将（第111回）。石秀、阮小七在焦山，要攻江阴、太仓沿海州县，宋江派李俊和张顺等八人支援，张顺是七正将之一（第112回）。攻下江阴、太仓后，又与石秀、张顺去取嘉定（第113回），攻杭州。宋江所部兵分三路，张顺与李俊等五人为一路，攻打靠湖城门他由湖中潜水至涌金门，打算从水门进城，放火为号，三路兵马一齐攻城。涌金门有铁棁隔护，不得进，又想爬上城去，先掷土块试探，敌人伏而不动。四更天将亮时，张顺急于进城，爬到半截城垣时，敌军齐出，他急忙跳下水去，而被乱箭射死（第114回），留于水府龙宫为神，后魂魄附于张横身上，杀死了方腊太子方天定（第115回），后封为金华将军（第119回）。

李 逵

　　李逵，人称"黑旋风"，小名铁牛，乡人称他李铁牛，沂州沂水县百丈村人（第43回说是董店东人）。因打死人逃出来，虽遇赦，仍流落江湖，不曾还乡。好酒使性，人多怕他。在江州牢城戴宗手下做一小牢子，能使两把板斧，又会拳棒。宋江刺配江州，由戴宗介绍认识了宋江。三人饮酒，李逵到江边要活鱼，与鱼牙子张顺发生冲突，张顺遭打，他就把李逵诱到水里，李逵水性不好，让张顺教训了一顿。戴宗赶到劝开，与张顺结识，四人欢饮。有一女娘前来卖唱，李逵用指头往女娘额头上点了一下，她立即倒地（第38回）。宋江用银子打发了卖唱的一家，后宋江因在浔阳楼吟反诗，被捕入狱。戴宗又去东京公干，李逵在狱中照顾宋江（第39回）。

　　宋江、戴宗被判斩刑，行刑时，李逵从十字路口茶坊楼上跳下，握两把板斧，杀了刽子手和监斩官。带领劫法场的众好汉杀出城去，到了白龙庙，结识了晁盖等人，参加了白龙庙二十九人聚义（第40回）。官军来追，李逵一人手提板斧杀出，与众人直杀到江州城下，后到了穆太公庄上，在夜袭陷害宋江主谋黄文炳一家时，李逵砍断城门铁锁，放众好汉出城。张顺、李俊活捉了黄文炳，在穆太公庄上，让他凌迟而死。后李逵随众人上了梁山，途经欧鹏等人的黄门山时，留宿一晚（第40回）。

天杀星黑旋风李逵

宋江接父亲上山不成，反被官军追赶。李逵奉命下山接应，杀死郓城都头赵能，与众人救了宋江。宋江一家接到梁山，公孙胜又回乡探母，触动了李逵思母之情，也要回乡看望老母，宋江与他约法三章（第42回）。李逵到了沂水县西门外，正在看通缉他和宋江、戴宗的布告，让宋江派来暗随李逵探听消息的朱贵拉入朱富开的酒店，次日离去。途遇假李逵叫李鬼的剪径，被他打翻，李鬼以家有老母求饶，他饶他一命，但李鬼知恩不报，反而与妻子合谋要害李逵，结果被李逵杀死。回家接母亲时，哥哥李达痛骂李逵不孝，落草为寇，报告了富户，要捉拿李逵，他带母亲逃走。途中母亲被老虎吃掉，李逵连杀四虎，惊动地方。到了曹太公庄上，为李鬼妻子认出，灌醉被缚，由沂水都头、曹太公等押解送县。途中朱贵、朱富将李云等人麻翻，李逵挣断绳索，杀了曹太公等人。李云是朱富师傅。朱富要等李云酒醒后，劝李云入伙上梁山。遂与李逵在前面不远处等李云醒来。李云醒后，追上来与李逵厮杀（第43回）。

一打祝家庄，李逵要单独闯阵，到了阵前，他和杨雄做了先锋（第47回），又参加了二打祝家庄（第48回），三打祝家庄，他攻打南门，杀死了祝龙。扈成捆缚祝彪来献，祝彪被李逵杀死，并要杀扈成，扈成逃走。李逵抢入扈家庄，将扈太公一家全部杀死，烧了庄院，受宋江批评，不计功（第50回），后李逵与李俊于梁山后驻扎。为逼朱仝上梁山，李逵依吴用之计，将朱仝看护的沧州知府的孩子杀死（第51回）。在柴进处又住了一个月，高唐州知府高廉的妻弟殷天锡要霸占柴进叔叔柴皇城的花园，皇城气病，柴进去探望，李逵随行。皇城死后，殷天锡又来催逼，与柴进争执，打了柴进。李逵气不过，打死了殷天锡，逃回梁山。攻打高唐州，李逵是作为策应的十个头领之一（实际九人）（第52回）。

高唐州知府用妖法战胜了梁山军马。宋江、吴用派戴宗去蓟州请公孙胜破妖法，李逵同去，途中不守素食清规，偷吃牛肉。戴宗为了教训李逵，让他绑上甲马不停行走。饿了一日，到公孙胜家，公孙胜母亲假说儿子不在。李逵按戴宗之计要行凶动武，引出公孙胜。公孙胜要禀问师傅罗真人，才能定去留。李逵深夜潜出，杀死了罗真人和一童子，以此绝了公孙胜恳求师傅的念头。不料杀的却是罗真人用葫芦幻化的假人。为了教训李逵，罗真人让李逵飞落在州府尹衙内，以妖人被拿，狗血淋头，粪便浇身，狠打一顿，押入牢内。后戴宗说情，罗真人令黄巾力士将李逵取出（第53回）。

后三人奔高唐州，戴宗先行，李逵与公孙胜结伴而行。行至武冈镇，遇汤隆耍铁锤，李逵也耍了一通，汤隆拜服，拜他为兄，与公孙胜三人去高唐。打破高唐后，李逵下枯井救出柴进（第54回）。呼延灼攻梁山，宋江命李逵与杨林引步兵分两路埋伏接应。呼延灼连环马打破梁山人马，幸得李逵和杨林接应，救了宋江，李逵身受箭伤（第55回）。

宋江为山寨之主后，任李逵为右军寨第五位首领（第60回）。吴用要去大名府设计让卢俊义落草，李逵要随行，吴用与他约法三章，令他扮作哑童。卢俊义路过梁山中计后，李逵又与其他头领步步诱卢俊义深入（第61回）。卢俊义被捉上山后，梁山泊头领故意拖住他，轮流宴请，李逵也要强邀卢俊义赴宴（第62回）。攻打大名府救卢俊义、石秀，李逵主动请缨，被吴用点作先锋，人马被大名府王定所率马军冲散打败，后卢俊义又与众头领围攻大名府兵马督监李成和管军提辖使索超（第63回）。元宵节里应外合攻打大名府，李逵是八路军马中第六队步军首领。李逵带领李云、曹正从南门杀入，李成、梁中书逃出城（第66回）。

卢俊义被救出上了梁山。宋江让卢俊义坐第一把交椅，李逵和武松坚决反对，而且要让宋江做皇帝，卢俊义做丞相，杀去东京取皇位。大名陷落后，蔡京又推举凌州团练使单廷珪、魏定国攻打梁山。李逵请缨出征，宋江不许，他只身深夜出走，直奔凌州。途中因白喝酒，与酒店主人韩伯龙口角，杀了韩，烧了酒店，又遇见焦挺，被焦打倒。通姓名后，知道焦挺要去投奔枯树山鲍旭。李逵劝焦挺去梁山，焦同意后，李逵要和焦同去枯树山说服鲍旭去打凌州。时迁赶来，劝李逵回去，不听，到了枯树山，在关胜与单廷珪、魏定国凌州大战时，副将宣赞、郝思文被捉，解往东京途中，被李逵和鲍旭、焦挺所救。五人又去攻打凌州，正当关胜被魏定国打败时，李逵和鲍旭、焦挺却从魏定国背后攻入，魏定国弃城而逃，他凯旋回山寨（第67回）。二打曾头市，李逵是合后步军头领，赤膊出阵与曾升战，结果腿上中箭，为秦明等救出。后双方议和，李逵是四人质之一，住曾头市法华寺内，后与众头领里应外合攻破曾头市（第68回）。

　　石碣天文载，李逵是三十六员天罡星中的天杀星。排座次时，李逵是十员步军头领之一，与穆弘把守梁山北山一关。重阳节菊花会上，宋江作《满江红》词，有盼早日招安语，李逵听后大怒，踢翻桌子，宋江要杀他，众人劝止，送到监里，次日请罪，放出（第71回）。宋江等去东京观灯，李逵作为伴当随往，住在万寿门外店内。十四日晚，宋江等进城，留李逵一人守店，次日晚带他进城。宋江等到李师师家，让李逵和戴宗门外等候，李逵在门外叫骂，被引进喝了一杯酒，又被燕青引出。李逵在门外见宋江、柴进、燕青与美人共饮，让他看门，心中不平，借故放火打人。宋江等匆匆出城，留燕青陪李逵，又遇到史进、穆弘，四人打到城边，让杀进城的鲁智深等四人救出。李逵到了店里拿起双斧，只身一人要打东京城（第72回）。手提双斧要去劈门，被燕青抱住，撷了个脚朝天，二人不敢走大路，转奔陈留县路来。

　　一日，投宿四柳村狄太公家，太公女儿中了邪祟。李逵自吹是蓟州罗真人徒弟，能降妖捉怪，骗了一顿酒饭后，提斧撞入狄太公女儿房内。原来这女儿与王小二有奸，诈作中邪，不让人接近，李逵杀了二人。李逵和燕青离了四柳村，到距梁山七八十里的刘太公庄院歇息。刘家有一女儿，被宋江等二人劫走，李逵听后大怒，回山寨砍倒了"替天行道"杏黄旗，又奔宋江而来，为五虎将拦住。燕青说明原委，宋江同意去对质，李逵和宋江立了军令状：以杀头做赌注。李逵认为和宋江一起去的人，一定是柴进，于是让柴进一块去对质。结果证明不是宋江、柴进二人。李逵要砍头认输，燕青让他去负荆请罪，宋江同意饶他，但必须捉得假宋江。李逵在武松陪同下，到牛头山杀了冒充宋江等的王江、董海，救了刘太公女儿，提了两颗人头回山复命（第73回）。

燕青去泰安州与任原相扑，李逵要随行，燕青给他相约三事：住店不准外出，装病不得说话，看相扑不要大惊小怪，李逵一一应允。燕青胜了任原，任的徒弟一哄而上，抢了利物，李逵一怒之下打将起来，有人认出了他。结果官军来攻，李逵和燕青打出庙来，由卢俊义等八位头领接应而出。途经寿阳县时，李逵持双斧闯了县衙，听了李逵名字，个个动弹不得。李逵穿起公服皂靴坐起衙来，并勒令吏人扮作原告、被告，上堂打官司取乐，后又闯入一学堂，出来后让穆弘发现，被拖回梁山泊（第74回）。

殿前太尉陈宗善奉旨来梁山招安，宋江率众头领迎接，独不见李逵。萧让读完皇帝诏书，李逵却从忠义堂梁上跳下，夺过诏书撕碎。要打陈太尉，被宋江、卢俊义拦住。李逵大骂，要把写诏书的官员杀尽（第75回）。童贯率官军攻打梁山泊，李逵和樊瑞等诱敌出战（第76回）。童贯二打梁山，吴用布置十面埋伏，李逵和鲍旭、项充、李衮为一部，李逵杀了官军将领段鹏举（第77回）。高俅两次攻打梁山失败后，天子降诏招安。高俅由济州派人传信，吴用怕有阴谋派李逵与樊瑞、鲍旭、项充带兵一千埋伏济州东路，若听得连珠炮响，即杀奔北门取齐（第79回）。宋江等来济州城外听旨，官军由城内杀出，李逵和扈三娘截击（第80回）。

梁山招安后，李逵奉旨征辽，攻打檀州时，奉命和凌振等到城下施放号炮，约期攻城。辽兵欲出城，被李逵和樊瑞等人迎击，不得出城，后又杀进城去（第83回）。攻打蓟州，李逵是宋江左军四十八首领之一（第84回）。宋江参拜罗真人回来，李逵质问为什么不带他去。宋江诈降辽国，到了霸州，李逵是随行十四头领之一，后里应外合取了霸州（第85回）。攻打幽州，卢俊义中计陷于青石峪，李逵随宋江去救，杀死辽将贺云（第86回）。辽国统军兀颜光在昌平布下混天阵，李逵和众人在宋江布置下撞杀进去，结果大败被俘。与辽国被俘的兀颜寿交换回来（第88回）。昌平失利后，宋江得九天玄女之法，与辽再战，李逵与樊瑞等五员战将护送雷车，攻击辽国中军（第89回）。

征田虎攻打陵川，李逵是步军首领之一。率先抢进城去，大肆砍杀。卢俊义又令李逵和其他六人及部分步兵穿换敌人衣甲，去攻打高平，由田虎降将耿恭赚开城门杀进城去，李逵杀了敌将张礼（第91回）。攻打盖州时，吴用料敌军夜间会来劫营，命李逵和鲁智深等人伏于寨内，大败敌兵。围困盖州，李逵与鲍旭和负责四门探听联络的游骑花荣等人互相策应，城破后，敌守将枢密使钮文忠弃城而走，被他和鲁智深中途拦住（第92回）。

李逵杀死敌偏将郭信、桑英。报捷之日，正逢宣和五年元旦，宋江摆宴贺功。李逵醉酒做梦，梦中杀歹徒，救民女，见了皇帝，杀了蔡京、童贯、杨戬、高俅，并遇一秀士得"要夷田虎族，须谐琼矢镞"十字要诀。又梦老母未死，又遇猛虎，惊觉而醒。后合击田虎，李逵分拨到宋江一路（第93回），从东路进攻。行军途中，观看山景，李逵发现正是他梦中遇到秀士之处，地名天池岭，遂告诉了宋江。攻打壶关，李逵与鲍旭等四人是步兵首领。他们首先抢上关去，放起号炮。围攻昭德，李逵和鲍旭等四人作为游兵首领，往来接应。会使妖术的敌将乔道清来救援敌兵，未及交锋，李逵就杀上前去，中了妖法（第94回）。结果李逵和鲍旭、项充、李衮及五百军卒被俘。乔道清审问，李逵大骂不止（第95回），昭德城降后被释放。李逵要到乔道清被围的百谷岭报仇，被宋江劝止（第97回），后宋江率领李逵和三十位将佐北征襄垣迎敌，李逵却中了敌女将两个石子，鲜血迸流，但仍然杀进敌阵，最后满身血污返回营寨，奉吴用之命保护萧让潜入襄垣（第98回）。张清将田虎偏将骗至襄垣城下拖住，李逵和武松从城内杀出，互相配合（第100回）。

宋江奉旨征王庆，攻山南城，依吴用计谋，水军赚开城西水门，李逵和鲍旭等二十个头目藏于粮船内，进城后杀上岸去。李逵和鲁智深夺了北门，放下吊桥，放城外兵马入城（第106回）。攻荆南纪山，初战失利，吴用拟智取，李逵和鲁智深等十四人同凌振去纪山山后，趁敌出击营内空虚之际，杀入山寨（第107回）。南丰城外大战时，李逵和樊瑞等四人两次与敌交锋，诈败诱敌深入。王庆企图突围，李逵与鲁智深等八位头领领兵截击（第109回）。胜王庆后，班师回京见宋江，对赏赐不满，李逵要再上梁山造反，遭宋江训斥。元宵节与燕青进京城游耍，听到方腊在江南造反消息，立即与燕青回去，向吴用报告（第110回）。

征方腊，兵至扬州，有定浦村陈将士与江南润州方腊手下吕枢密联络图谋扬州。燕青依计扮作吕枢密帐前叶虞候带领解珍、解宝杀了陈氏父子。李逵与鲁智深等十人配合从前面杀进庄去。打润州，宋江军扮作败兵渡江，李逵是第三拨船只十正将之一，李逵与解氏兄弟首先抢入城去（第111回）。攻下丹徒后，李逵是宋江率领下攻打常州、苏州的十三员正将之一。攻打常州，折损了韩滔、彭玘二将，李逵报仇心切，次日他引鲍旭等三人直逼城下，他杀入敌阵，杀了敌将高可立，与鲍旭逼近城门要杀进去，被项充、李衮挡住，回来后四人受赏。攻下常州，敌人反扑，李逵和关胜等十将迎敌（第112回）。攻打无锡县，李逵与鲍旭等四人率先冲杀，攻入城去。在无锡、苏州间大战中，徐宁刺死敌将吕枢密后，李逵和鲍旭等四人杀出阵来，南兵大乱。李俊在太湖劫取了南军运送铁甲的船只，假冒敌船，进入苏州，李逵和鲍旭等六人领兵二百潜藏船内。进城后，杀将起来，里应外合，攻取了苏州（第113回）。

攻打杭州，李逵是中路宋江所率第二队十七将佐之一。张顺死后，宋江到灵隐寺追荐亡灵，引诱敌人，李逵与鲍旭等四人先行探路。行祭时，又让李逵四人埋伏在北山路口，依计行事（第114回）。敌人果然中计，来捉宋江，阵中李逵劈死了敌将赵毅，后又随宋江回皋亭山寨。二次部署攻打杭州，李逵仍攻北关门大路。李逵又奉命与鲍旭等四人带兵去接应卢俊义及湖州一路呼延灼兵马，夹击从独松关被卢俊义打败的残敌。在山路上正撞上敌将张俭败军，并力冲杀进去，乱军中杀死敌将姚义，后与卢俊义会合一处回到宋江营寨。出战杭州不利，索超、邓飞、刘唐战死。李逵要与鲍旭等四人捉敌猛将石宝，到北关门下搦战，用板斧砍伤了石宝马腿，石宝躲进马军群里（第115回）。

破杭州后，李逵和其他三十五员将佐随宋江攻打睦州和乌龙岭，途中攻桐庐，他和项充等五人领兵由西路去桐庐劫寨。打乌龙岭，李逵和项充、李衮率兵到岭下，檑木炮石打将下来，不能前进，回报宋江（第116回）。宋江在乌龙岭下中了埋伏，吴用派李逵和秦明等十三人救援。攻乌龙岭不利，后访得一老人，宋江遂带领李逵和花荣等十二将佐由老人引路从小道绕过乌龙岭，直达睦州附近。攻睦州，敌人来援，折了王英夫妇。宋江大怒，带李逵和项充、李衮出战，打败南军。后宋江兵马又被郑彪用魔法打败，郑彪来追，李逵与项充、李衮迎敌，项充、李衮战死，李逵杀入深山，被花荣等三人救回（第117回）

征方腊后，班师回京，官授武节将军，镇江润州都统制（第119回）。李逵到任后，心中闷倦，终日饮酒。宋江饮了徽宗所赐毒酒后，担心自己死后李逵造反，使人请他到楚州，到后宋江告诉李逵事情原委，李逵劝宋江造反，重回梁山。宋江不从，次日相别。宋江告诉李逵，昨天给他喝的酒中已经下了慢性毒药，到润州必死，死后让他和自己一起葬在楚州南门外蓼儿洼。李逵回到润州，药发身死，从人按他遗嘱，扶柩到楚州，葬于蓼儿洼宋江墓侧（第120回）。

萧 让

萧让，人称"圣手书生"，会写诸家字体，也会使枪弄棒，舞剑抡刀，是济州城里一个秀才，能模仿蔡京笔迹。宋江浔阳江题反诗被捕后，戴宗携江州蔡知府密报信去东京报知蔡京，途中为梁山劫持。吴用让萧让模仿蔡京笔迹回信，要江州押解宋江到东京论罪，途中即可相机行事，搭救宋江。于是让戴宗假冒泰山庙太保，要萧让写碑文为名，骗萧让上了梁山，并把一家人接上山来。萧让写了假信，戴宗带回江州（第39回）。梁山好汉去江州劫法场救宋江、戴宗，萧让在梁山留守（第41回）。宋江回乡接父亲上山不成，反被官兵追赶，萧让奉命接应（第42回）。吴用令萧让掌管山寨行移关防文约，大小头领号数（第44回）。三打祝家庄，吴用让萧让扮作知府，与其他人一起把李应家属骗上梁山（第50回），后又让萧让和金大坚负责宾客来往及书信公文（第51回）。宋江为山寨之主后，让萧让掌文卷（第60回）。梁山军马攻下曾头市，捉了史文恭，宋江要祭奠晁盖，萧让写了祭文（第68回）。

石碣天文载，萧让是七十二员地煞星中的地文星。排座次时，萧让是十六员掌管监造诸事头领之一，负责行文走檄调兵遣将，住梁山第二坡左一代房内（第71回）。陈太尉奉徽宗之命来梁山泊招安，宋江让萧让和裴宣、郭盛、吕方去二十里外迎接，并由萧让宣读诏书。

地文星圣手书生萧让

（第75回）。童贯率官军攻打梁山泊，梁山泊以九宫八卦阵对敌，萧让在中军掌文案（第76回）。高俅被梁山活捉释放，梁山派萧让和乐和随高俅去东京代表梁山向朝廷表明心迹（第80回）。到了东京，萧让和乐和被软禁在高俅府中，后由燕青、戴宗接应他们，逃回梁山（第81回）。宿太尉奉旨到梁山招安，住在济州，萧让奉宋江之命与吴用、朱武、乐和先行接洽。在梁山举行招安仪式，由萧让宣读诏书（第82回）。

招安后，奉旨征辽。攻下檀州后，萧让与二十二位首领随赵枢密守御，后又和宋清去东京采购药饵、关支暑药和啖马药物（第84回）。昌平大捷，辽议降，萧让和柴进伴辽丞相褚坚去东京议归降事，又和柴进陪宿太尉奉旨回宋江军中。而后，宋江派十员大将护送宿太尉去辽国颁诏，辽战结束，宋江令萧让撰文立碑纪念此事。宋江带众人去五台山参禅，留萧让和其他三人同副帅卢俊义掌管军马，陆续班师（第89回）。

征田虎打盖州，宋江命萧让给花荣标写头功（第92回）。打下盖州，正逢宣和五年元旦下起大雪，萧让对雪发了一篇议论。分两路合击田虎，萧让分到宋江一路（第93回），宋江令萧让依照许贯中所献山川形势图，另作一轴，让卢俊义携带备用（第94回）。攻下晋宁、昭德，宋江让萧让写表上奏（第97回）。安道全、张清化名到了敌人襄垣城内。张清与敌女将琼英结婚后，杀死了琼英义父邬梨国舅，秘而不宣。对田虎封锁消息，以便相机行事。这时，吴用让李逵、武松保护萧让潜入襄垣城，搜寻邬梨手迹，模仿其笔迹，写了书札，让敌将叶清送往田虎处，报知张清入赘邬梨为婿事（第98回）。征田虎全胜，宋江让萧让和金大坚勒碑石记叙其事（第101回）。

宋江军奉旨征王庆，攻下宛州，陈安抚镇守宛州，将萧让留下（第105回）。敌兵三面来犯，花荣等出城御敌，城内空虚。萧让献

"空城计",令宣赞、郝思文伏兵西城内。打开城门,城上偃旗息鼓,陈安抚与侯蒙、罗戬饮酒谈笑,敌人疑有诈,正退兵时,城上一声炮响,喊杀震天,敌兵大败,宣赞、郝思文趁机杀出,大胜(第106回)。宋江生病,陈安抚派萧让来探病,并奉陈安抚之命,带金大坚、裴宣到宛州,写勒碑石。萧让返任途中被敌人掳去,解往荆南城中,他威武不屈,后被城中豪绅萧嘉穗率百姓救出(第108回)。攻打南丰,在城外布下九宫八卦阵,萧让和裴宣在中军,列于左右(第109回)。

破王庆后,奉命在南丰城东龙门山下,镌石勒碑,记叙其事。班师回京后,萧让被蔡京留在府内代笔(第110回),做门馆先生(第120回)。

金大坚

金大坚，人称"玉臂匠"，善于雕刻图书、印记、碑文，是中原一绝。济州城里人。宋江浔阳江题反诗被捕后，戴宗携江州蔡知府密报信去东京报知父亲蔡京，途中被梁山劫持。吴用让萧让模仿蔡京笔迹回信，要江州押解宋江到东京论罪，途中即可相机行事，搭救宋江。于是让戴宗假冒泰山庙太保，要金大坚到泰山刻碑石为名，骗他和萧让上了梁山，并把一家人接上山来。金大坚刻了蔡京假图章，萧让写了假信，戴宗带回江州（第39回）。梁山好汉去江州劫法场救宋江、戴宗，金大坚在梁山留守（第41回）。宋江回乡接父亲上山不成，反被官兵追赶，金大坚奉命下山接应（第42回）。吴用令金大坚掌管山寨刊造雕刻，一应兵符、印信、牌面等事（第44回）。三打祝家庄，吴用让金大坚扮作虞候，与其他人一起把李应家属骗上梁山（第50回），后又让金大坚和萧让负责宾客来往及书信公文（第51回）。宋江为山寨之主后，让金大坚掌印信（第60回）。

石碣天文载，金大坚是七十二员地煞星中的地巧星。排座次时，金大坚是十六员掌管监造诸事头领之一，负责专造一应兵符、印信（第71回）。

招安后，奉旨征辽。攻蓟州时，金大坚是宋江左军四十八头领之一（第84回）。辽战结束，宋江令金大坚镌刻，萧让撰文立碑纪念此

地巧星玉臂匠金大聖

事。宋江带众人去五台山参禅，留金大坚和其他三人同副帅卢俊义掌管军马，陆续班师（第89回）。

征田虎打盖州，宋江兵马两路合击，金大坚分到宋江一路（第93回）。宋江率大军攻襄垣，金大坚是三十一将佐之一（第98回）。征田虎全胜，宋江让金大坚和萧让勒碑石记叙其事（第101回）。

宋江军奉旨征王庆，攻荆南时，陈安抚派萧让带金大坚和裴宣到宛州，写勒碑石，返任途中被敌人掳去，解往荆南城中，金大坚威武不屈，后被城中豪绅萧嘉穗率百姓救出（第108回）。

破王庆后，金大坚奉命与萧让在南丰城东龙门山下，镌石勒碑，记叙其事。班师回京后，金大坚被皇帝留下，驾前听用（第110回），后在内府御宝监为官（第120回）。

侯　健

　　侯健，人称"通臂猿"，黑瘦轻捷，故得此号。祖居洪都，自幼爱习枪棒，曾得薛勇指教，做得第一手裁缝。梁山好汉在江州劫法场救了宋江、戴宗后，宋江要除掉陷害者黄文炳。侯健早有结识宋江之意，近日正在黄家做衣服，遂随师父薛勇到宋江处，备述黄家情况，供宋江决策。夜袭黄家时，侯健带领薛勇、白胜先藏于无为军城中。按宋江计策，夜里在黄家菜园放火，侯健去黄家，以隔壁失火要寄存箱笼为由，赚开黄家大门，众人杀入，事后去了梁山，途经欧鹏等人山寨黄门山，留宿一晚（第41回）。宋江回乡接父亲上山不成，反被官兵追赶，侯健奉命下山接应（第42回）。吴用让侯健掌管山寨衣袍铠甲五方旗号等事（第44回）。三打祝家庄，吴用让侯健扮作虞候，与其他人一起把李应家属骗上梁山（第50回）。打下祝家庄后，梁山重新安排职事，侯健职事未变（第51回）。攻下青州后，宋江任命侯健为旌旗袍服总管（第58回）。宋江为山寨之主后，让侯健掌管造衣甲（第60回）。

　　石碣天文载，侯健是七十二员地煞星中的地遂星。排座次时，侯健是十六员掌管监造诸事头领之一，负责专造一应旌旗袍袄（第71回）。

　　梁山招安后，奉旨征辽。玉田大战，被敌军冲散，卢俊义让侯健

地遂星通臂猿侯健

和白胜去向宋江报告军情。攻打蓟州，侯健是卢俊义右军三十七首领之一（第84回）。

征田虎打盖州，宋江兵马两路合击，侯健分到宋江一路（第93回）。宋江率大军攻襄垣，侯健是三十一将佐之一（第98回）。

征方腊，宋江军扮作敌兵渡江取润州，侯健是第二拨船上张顺的四偏将之一（第111回）。攻下丹徒后，兵分两路，侯健是宋江率领的攻打常、苏二州的二十九偏将之一（第112回）。攻杭州，吴用要宋江乘船去杭州南门外江边放号炮，竖号旗，以乱敌人，侯健和段景住在张横、阮小七带领下，奉命前往（第114回）。船在钱塘江中因风水不顺，被吹到海里，船被风浪打破，侯健落水而死（第116回），后封义节郎（第119回）。

欧 鹏

欧鹏，人称"摩云金翅"，祖籍黄州，原为把守大江军户，因恶了本官，逃在江湖上绿林中，在黄门山落草，坐第一把交椅。久闻宋江大名同，宋江江州坐牢，欧鹏曾和其他三人商议到江州劫牢。探听得已被好汉救出，料想必从黄门山经过，故在山下拦住询问，明白后，接宋江等人马上山。次日，也去了梁山（第41回）。宋江回乡接父亲上山不成，反被官兵追赶，欧鹏奉命下山接应，和众人一起救了宋江（第42回）。一打祝家庄，欧鹏是第一拨人马（第47回）；二打祝家庄时，欧鹏被祝家庄教师栾廷玉飞锤打翻落马，被邓飞及众喽啰救出（第48回）。宋江、吴用议定山寨职事，欧鹏与其他七首领分调在大寨八面安顿（第51回）。

攻打高唐州救柴进，欧鹏是十二先锋之一，为知府高廉的妖术打败（第52回），后请来公孙胜，破了妖术。双方对阵，欧鹏是十员将领之一（第54回）。呼延灼攻打梁山，宋江布置迎敌，欧鹏是右军五将之一（第55回）。宋江让徐宁破呼延灼连环马，欧鹏是马军六头领之一，在山边掩战（第57回）。攻打青州，欧鹏是后军四头领之一。呼延灼被捉，同意上梁山后，欧鹏扮作青州军士，随呼延灼赚开城门，奔上城去，把军士杀散（第58回）。攻打曾头市，欧鹏是晁盖点的二十位头领之一，偷袭曾头市，欧鹏又是十头领之一。结果中计大

地阔星摩云金翅欧鹏

败，所余兵马跟他回到帐中。宋江为山寨之主后，任欧鹏为右军寨第六位首领（第60回）。攻打大名府救卢俊义、石秀，欧鹏是左军二副将之一。曾与众头领围攻大名府兵马督监闻达（第63回）。元宵节里应外合攻打大名，欧鹏是八路军马中首领之一的秦明手下前部二将之一，与秦明等在城外截击了李成、梁中书（第66回）。梁山分兵攻打东平、东昌二府，欧鹏随卢俊义攻打东昌府（第69回）。

石碣天文载，欧鹏是七十二员地煞星中的地阔星。排座次时，欧鹏是十六员马军小彪将兼远探出哨头领之一。与其他三人把守梁山正南旱寨（第71回）。童贯率官军攻打梁山泊，梁山泊以九宫八卦阵对敌，欧鹏是八阵中东南方左手副将（第76回）。

梁山招安后，奉旨征辽。攻打蓟州，欧鹏是宋江左军四十八首领之一（第84回）。昌平失利后，宋江得九天玄女之法，与辽再战，欧鹏是董平辖下攻辽军水星阵左右撞破皂旗军七门的七副将之一。与邓飞、马麟共擒辽将斗木獬、萧大观（第89回）。

征田虎，欧鹏是后队首领之一。打盖州，欧鹏与黄信等六人为右翼（第91回）。到盖州后，吴用料到敌人会劫营，令欧鹏和邓飞等领兵伏于寨左，果然大败敌人。围城时，欧鹏和黄信领兵埋伏于城西北密林处，果截击了敌人援兵（第92回）。打下盖州，兵分两路合击敌人，欧鹏分拨到卢俊义一路（第93回）。攻下晋宁后，敌殿帅孙安救援。欧鹏与秦明等四人奉命出战，欧鹏杀死了敌将陆清（第97回）。攻汾阳城，卢俊义被会法术的敌将马灵包围。公孙胜前来破其妖法，卢俊义命欧鹏和黄信等四将帮助公孙胜，由东门出去，与马灵交锋。马灵用金砖打欧鹏，公孙胜作法，金砖坠地（第99回）。攻打敌都威胜时，欧鹏和邓飞等四人夺了西门（第100回）。

征王庆，攻宛州，欧鹏与林冲等十人领兵驻守宛州之西，以拒敌人北来援兵（第105回）。攻山南城，欧鹏和黄信等十四人为后队首领

（第106回）。攻南丰，宋江军在城外十里布置九宫八卦阵，其中一阵董平为主将，欧鹏和邓飞列于左右（第109回）。

征方腊，打下丹徒后，兵分两路，欧鹏是卢俊义率领的攻打宣、湖二州的三十二偏将之一（第112回）。攻下湖州，卢俊义兵分两拨，欧鹏与卢俊义等二十三将佐攻打独松关（第114回），欧鹏和邓飞等四人上山探路。围攻杭州，欧鹏和二十员正偏将在宋江带领下，攻打北关门大路。初战不利，李逵、鲍旭等四陆路首领要捉敌猛将石宝，事先，宋江带领欧鹏和关胜等四人到北关门下搦战（第115回）。破杭州后，兵分两路，欧鹏和二十七位将佐随卢俊义攻打歙州和昱岭关（第116回）。攻下昱岭关，兵抵歙州城下，敌将庞万春开城出战，欧鹏出马与庞交锋，斗不过五合，庞败走，他紧追不舍，庞扭过身躯，放了一箭，被他用手抓住，只顾放心追赶，不料庞万春善放连珠箭，第二箭飞来，他中箭落马而死（第118回），后封义节郎（第119回）。

蒋　敬

蒋敬，人称"神算子"，祖籍湖南檀州，落第举子，弃文就武，能使枪弄棒，布阵排兵有谋略；精通神算，积万累千，丝毫不差，因得绰号。黄门山落草，蒋敬坐第二把交椅。久闻宋江大名，宋江江州坐牢，蒋敬曾和其他三人商议到江州劫牢，探听得已被好汉救出，料想必从黄门山经过，故在山下拦住询问，明白后，接宋江等人马上山，次日，也去了梁山（第41回）。宋江回乡接父亲上山不成，反被官兵追赶，蒋敬奉命下山接应，和众人一起救了宋江（第42回）。吴用让蒋敬掌管山寨库藏仓廒，支出纳入，书算账目（第44回）。打下祝家庄后，重新安排职事，蒋敬与李应、杜兴总管山寨钱粮金帛（第51回）。宋江为山寨之主后，让蒋敬掌算钱粮（第60回）。

石碣天文载，蒋敬是七十二员地煞星中的地会星。排座次时，蒋敬是掌管监造诸事十六头领之一，负责考算钱粮支出纳入（第71回）。

梁山招安后，奉旨征辽。攻打蓟州，蒋敬是宋江左军四十八首领之一（第84回）。

征田虎，打下盖州，兵分两路合击敌人，蒋敬分拨到宋江一路（第93回）。宋江率大军北攻襄垣，蒋敬是三十一将佐之一（第98回）

征方腊，打下丹徒后，兵分两路，蒋敬是宋江率领下攻打常、苏二州二十九偏将之一（第112回）。攻杭州，宋江兵分三路，蒋敬是中

地会星神算子蒋敬

路攻北关门、艮山门宋江所率第二队十七将佐之一（第114回）。二次部署攻杭州，蒋敬是宋江率领下攻北关大路的二十一正偏将之一（第115回）。破杭州后，宋江令蒋敬和裴宣录写众将功劳。后兵分两路征进，蒋敬和其他三十五员将佐随宋江攻打睦州和乌龙岭（第116回）。宋江带兵攻睦州，吴用等带兵支援，蒋敬和吕方等十三员将佐留守桐庐县营寨（第117回）。

征方腊后，班师回京，官授武奕郎、都统领（第119回）。蒋敬思念故乡，回檀州为民（第120回）。

马　麟

马麟，人称"铁笛仙"。祖籍南京建康人，小番子闲汉出身。吹得双铁笛，使得好大刀，百人近他不得。黄门山落草，马麟坐第三把交椅。久闻宋江大名，宋江江州坐牢，马麟曾和其他三人商议到江州劫牢，探听得已被好汉救出，料想必从黄门山经过，故在山下拦住询问，明白后，接宋江等人马上山。次日，也去了梁山（第41回）。宋江回乡接父亲上山不成，反被官兵追赶，马麟奉命下山接应，和众人一起救了宋江（第42回）。吴用令马麟监造山寨大小战船（第44回）。后孟康带马麟监造船只。一打祝家庄，马麟是第二拨人马（第47回）；二打祝家庄，马麟曾和祝龙、一丈青交手，救过宋江（第48回）；三打祝家庄，马麟假扮都头，与其他人一起把李应家属骗上梁山（第50回）。宋江、吴用安排职事，马麟和其他七头领分调大寨八面安歇（第51回）。

攻打高唐州救柴进，马麟是十二先锋之一，为知府高廉的妖术打败（第52回），后请来公孙胜，破了妖术。双方对阵，马麟是十员将领之一（第54回）。呼延灼攻打梁山，宋江布置迎敌，马麟是右军五将之一（第55回）。宋江让徐宁破呼延灼连环马，马麟和薛永是十队步军之一（第57回）。宋江为山寨之主后，任马麟为前军寨第六位首领（第60回）。攻打大名府救卢俊义、石秀，马麟是后军二副将之一。

地明星铁笛仙马麟

曾与众头领围攻大名府兵马督监闻达（第63回）。元宵节里应外合攻打大名府，马麟是八路军马第二队首领林冲手下前部头领之一。从北门攻入，拦击梁中书、李成（第66回）。二次攻打曾头市，马麟是攻正南大寨马军的副将之一。李逵被曾升射伤，马麟与秦明、花荣等众头领一齐接应救出。秦明被史文恭刺伤，马麟与吕方等三人救出秦明。凌州军马来援曾头市，马麟和花荣、邓飞迎敌，杀退凌州兵马后，又回到宋江处（第68回）。梁山分兵攻打东平、东昌二府，马麟随卢俊义攻打东昌府（第69回）。

石碣天文载，马麟是七十二员地煞星中的地明星。排座次时，马麟是十六员马军小彪将兼远探出哨头领之一。重阳节菊花会上，马麟品箫助兴（第71回）。童贯率官军攻打梁山泊，梁山泊以九宫八卦阵对敌，马麟是八阵中西南右手副将（第76回）。

梁山招安后，奉旨征辽。攻打蓟州，马麟是宋江左军四十八首领之一（第84回）。宋江参拜罗真人，马麟是随行六人之一（第85回）。昌平失利后，宋江得九天玄女之法，与辽再战，马麟是董平辖下攻辽军水星阵左右撞破皂旗军七门的七副将之一，与欧鹏、邓飞共擒辽将斗木獬、萧大观（第89回）。

征田虎，分兵三路，马麟是后队头领之一。打盖州马麟与徐宁等八人为后队（第91回）。到盖州后，吴用料到敌人会劫营，令马麟和欧鹏等领兵伏于寨左，果然大败敌人。围城时，马麟与史进等领兵埋伏于城东北高冈下，拦截了敌人援军（第92回）。打下盖州，兵分两路合击敌人，马麟分拨到宋江一路（第93回），从东路进攻，马麟和孙立等八人为后队将领。攻下壶关，马麟与孙立等五人镇守（第94回）。新官到任接替后，五人回到昭德宋江处（第99回）。田虎率军援襄垣，宋江率军迎敌，马麟与孙立先行（第100回）

宋江奉旨征王庆，攻山南城，马麟和黄信等十四人为后队（第

106回）。攻南丰，宋江军在城外十里布置九宫八卦阵，其中一阵索超为主将，马麟和燕顺分列左右（第109回）。

征方腊，打下丹徒后，兵分两路，马麟是宋江率领下攻打常、苏二州二十九偏将之一。关胜带领马麟和其他九将佐先行，直逼常州城下。敌西门守将金节，约定里应外合，出城交锋诈败，孙立追杀，马麟与燕顺跟上，后又有鲁智深等六人一齐冲杀进城，占了西门（第112回）。攻杭州，宋江兵分三路，马麟是中路攻北关门、艮山门宋江所率第二队十七将佐之一。张顺死后，宋江到灵隐寺追荐，引诱敌人，带马麟与石秀等四人引兵由小路来寺。行祭时，让马麟和石秀、樊瑞埋伏于左右（第114回）。敌果中计，来捉宋江，大败而回。后马麟又和石秀、樊瑞留在西山沟内，支援李俊等。二次部署攻杭州，他与李俊等十一人仍攻靠湖门（第115回）。

破杭州后，马麟和其他三十五员将佐随宋江攻打睦州和乌龙岭，途中攻桐庐，他和李逵等五人领兵由西路去桐庐劫寨（第116回）。宋江在乌龙岭下中了埋伏，吴用派马麟和秦明等十三人救援。攻乌龙岭不利，依吴用建议，马麟和燕顺去村中寻访到一位熟悉道路的老人，宋江遂带领十二将佐由老人引路从小道绕过乌龙岭，直达睦州附近。初攻睦州失利，吴用和马麟等六将佐率军支援。二次攻打睦州，马麟和燕顺把守通往乌龙岭道路。敌人来攻，马麟被敌将白钦标枪击中，又被敌将石宝一刀剁为两段（第117回），后封义节郎（第119回）。

陶宗旺

陶宗旺，人称"九尾龟"，祖籍光州，庄稼田户出身。有气力，惯使一把铁锹，也能使枪抡刀，故得绰号，言其多能。在黄门山落草，陶宗旺坐第四把交椅。久闻宋江大名，宋江江州坐牢，陶宗旺曾和其他三人商议到江州劫牢，探听得已被好汉救出，料想必从黄门山经过，故在山下拦住询问，明白后，接宋江等人马上山。次日，陶宗旺也去了梁山（第41回）。

宋江回乡接父亲上山不成，反被官兵追赶，陶宗旺奉命下山接应，和众人一起救了宋江（第42回）。吴用令陶宗旺为总监工，掌管山寨挖港汊，修水路，开河道，整理宛子城，修山前大道（第44回）。打下祝家庄后，陶宗旺和薛永监筑梁山泊内城垣雁台（第51回）。呼延灼的连环马大败梁山军马，宋江让徐宁破连环马，分拨陶宗旺和杨雄为十队步军之一（第57回）。宋江为山寨之主后，让陶宗旺掌管修筑城垣（第60回）。

石碣天文载，陶宗旺是七十二员地煞星中的地理星。排座次时，陶宗旺是十六员掌管监造诸事首领之一，负责监筑梁山泊一应城垣（第71回）。童贯率官军攻打梁山泊，梁山泊以九宫八卦阵对敌，他是八阵中守护中军的右翼副将（第76回）。

梁山招安后，奉旨征辽，陶宗旺是卢俊义右军三十七首领之一

地理星九尾龜陶宗旺

（第84回）。

征田虎打下盖州，宋江军兵分两路合击敌人，陶宗旺分拨到卢俊义一路（第93回）。攻破敌都威胜后，陶宗旺与龚旺等五人领兵从后宰门杀进宫去（第100回）。

奉旨攻打王庆，攻宛州时，陶宗旺与李云、汤隆监造攻城器械（第105回）。攻南丰，在城外十里摆下九宫八卦阵，陶宗旺与石勇领游兵左方护持中军（第109回）。

征方腊，宋江军马扮作敌人攻润州，陶宗旺是第一拨船上李俊身边十偏将之一。陶宗旺在阵中被箭射死，马踏身亡（第111回），后封义节郎（第119回）。

朱 富

朱富，人称"笑面虎"（第44回），朱贵弟，沂州沂水县人。在沂水县西门外开酒店。曾拜李云为师学些器械，李云对他最好。李逵回乡接母，在西门外看通缉朱富的布告时，让朱贵拉入他店内，互相结识。李逵回乡接母亲，在沂水县被捉。知县叫李云到曹太公庄上押解李逵去沂水县。朱贵设计途中麻翻李云救李逵，朱富同意。朱富在朱贵劝说下同意投奔梁山，并叫自己的妻子儿女先去了梁山。李云中了朱富和朱贵下的蒙汗药，被麻翻后，李逵要杀李云，被朱富拦住，并与李逵在前边等李云，等李云清醒后再劝他上梁山。李云醒来后，提刀来追李逵，与李逵厮杀（第43回）。在朱富劝说下，李云也上了梁山。吴用安排朱富和穆春管收山寨钱粮（第44回）。打下祝家庄后，重新安排职事，朱富和宋清负责提调筵宴（第51回）。宋江为山寨之主后，让朱富监造酒醋（第60回）。

石碣天文载，朱富是七十二员地煞星中的地藏星。排座次时，朱富是十六员掌管监造诸事首领之一，负责监造供应一切酒醋（第71回）。

梁山招安后，奉旨征辽。攻打蓟州，朱富是宋江左军四十八首领之一（第84回）。辽国统军兀颜光率军进攻幽州，在昌平摆下混天阵，初战宋江军大败，朱富中炮，回后寨由安道全医治（第88回）。

地藏星笑面虎朱富

征田虎，打下盖州，宋江军兵分两路合击敌人，朱富分拨到宋江一路（第93回）。攻破敌都威胜后，朱富和众将分头去杀田虎臣属（第100回）。

征方腊，宋江军扮作敌军渡江取润州，朱富是第一拨船上李俊身边十偏将之一（第111回）。打下丹徒后，兵分两路，朱富是卢俊义率领的攻打宣、湖二州的三十二偏将之一（第112回）。攻打湖州，卢俊义所部兵分两拨，朱富和卢俊义等二十三将佐攻打独松关（第114回）。围杭州，朱富和花荣等十四员正偏将攻打艮山门（第115回）。破杭州后，朱富和穆春留在杭州照顾张横等六位病人（第116回），后在杭州病死，封义节郎（第119回）。

李 云

李云，人称"青眼虎"，双眼碧绿似番人，须鬓尽赤，因得绰号。沂水县都头。有一身好本事，三五十人近他不得。李云为人忠直，喜欢朱富，教过一些器械。李逵回乡接母亲，在沂水县被捉，知县叫李云到曹太公庄上押解李逵来县，途中中了朱富、朱贵的蒙汗药，被麻翻。待醒来后，李逵已被救去。李云提刀来追，与李逵厮杀（第43回）。在朱富劝说下，投奔梁山。吴用令李云造梁山一应房舍、厅堂（第44回）。打下祝家庄后，李云与穆春负责监造屋宇寨栅（第51回）。宋江派薛永去东京取凌振老小，李云扮作客商同往东京收买烟火、药料等物，买得五车回来（第56回）。宋江让徐宁破呼延灼连环马，分拨李云和杨雄为十队步军之一（第57回）。宋江为山寨之主后，让李云监造房屋（第60回）。李逵请战，要去打单廷珪、魏定国，宋江不允，李逵深夜出走，宋江派李云和其他三人四处寻找（第67回）。

石碣天文载，李云是七十二员地煞星中的地察星。排座次时，李云是十六员掌管监造诸事首领之一，负责建造修葺房舍（第71回）。高俅第三次攻打梁山泊，李云是梁山水军小头目之一，与汤隆、杜兴一起杀了敌将叶春、王瑾（第80回）。

梁山招安后，奉旨征辽。攻打蓟州，李云是卢俊义右军三十七首领之一（第84回）。宋江、吴用诈降辽国，李云扮作百姓，跟随吴用，

地察星青眼虎李云

赚开辽国要塞益津关，并与众人攻占文安县（第85回）。辽国统军兀颜光率军进攻幽州，在昌平摆下混天阵，初战宋江军大败，李云中箭，回后寨由安道全医治（第88回）。

征田虎，攻盖州，李云和汤隆督修云梯飞楼，备攻城之用（第92回）。打下盖州，兵分两路合击敌人，李云分拨到宋江一路（第93回），从东路进攻。李云和孙立等八人为后队将领（第94回）。攻打昭德，李逵被俘，宋江要救李逵，率李云和林冲等十人领兵进攻敌人。结果被敌人乔道清的妖术打败。李云和林冲等紧紧护卫着宋江（第95回）。公孙胜破乔道清妖法，宋江、公孙胜率李云和林冲等七人领兵追击，大胜后，收兵回寨（第96回）。

宋江军奉旨征王庆，攻宛州时，李云与汤隆、陶宗旺监造攻城器械（第105回）。

征方腊，打下丹徒后，兵分两路，李云是卢俊义率领的攻打宣、湖二州的三十二偏将之一（第112回）。攻下湖州，李云与呼延灼等十九将佐守卫，并约定夺取德清后与卢俊义所部到杭州会合（第114回）。围杭州，李云与卢俊义等十三员正偏将，攻打候潮门。解氏兄弟劫取了敌人的粮船，李云与解氏兄弟等十八人奉命领兵藏在船内众人之中，混进城去，里应外合，凌振放炮号后，李云和石秀首先登城（第115回）。破杭州后，兵分两路，李云和二十七位将佐随卢俊义攻打歙州和昱岭关（第116回）。歙州城破，南国王尚书弃城而走，李云与之途中相遇，截住厮杀。李云是步斗，王尚书枪起马到，把他踏死（第118回），后封义节郎（第119回）。

杨 林

杨林，人称"锦豹子"，新德府人，绿林丛中安身，用一杆笔管枪。公孙胜回乡探母，在酒店与杨林相遇，公孙胜向他介绍了梁山情况，杨林非常向往。戴宗去蓟州打探公孙胜消息，途中与杨林相遇，结拜戴宗为兄，并随戴宗同去蓟州。行至饮马川，又遇曾在绿林合伙过的邓飞，进而结识了山上另外两个头目孟康、裴宣。在蓟州寻找公孙胜时，又结识了石秀。没找到公孙胜，戴宗带着杨林再回饮马川，与邓飞、孟康、裴宣扮作官军去梁山（第44回）。杨雄、石秀投奔梁山，杨林下山迎接，并带领二人去见众头领。一打祝家庄，杨林扮作法师潜入庄内，为人识破被捉（第47回）。三打祝家庄，让邹渊、邹润打开牢门救出，做了内应。又扮作郓州巡检，和其他人一起骗李应家属上了梁山（第50回）。宋江、吴用安排职事，杨林与其他七头领分调大寨八面安歇（第51回）。攻打高唐州救柴进，杨林是十二先锋之一。吴用料高廉要来劫寨，让杨林和白胜留守，伏于草间，打败了高廉，并和白胜用弩箭射中高廉左肩（第52回）。

呼延灼来打梁山，宋江布置迎敌，杨林与李逵引步兵分两路埋伏救应，呼延灼用连环马大败梁山军马，幸得他们埋伏救了宋江（第55回）。呼延灼手下副先锋彭玘被擒，上了梁山。杨林奉宋江之令，带了金银书信，带着伴当去颍州取彭玘老小，旬日之间回到梁山（第56

地暗星錦豹子楊林

回）。宋江让徐宁破呼延灼的连环马时，杨林和李云被分拨作十队步军之一（第57回）。攻打青州，杨林是后军四头领之一（第58回）。打曾头市，杨林是晁盖点的二十位头领之一。宋江为山寨之主后，让杨林和石勇、段景住负责北地收买马匹（第60回），后三人到北地买马（第67回）。买了二百多匹，途经青州，为强人郁保四劫夺，送去曾头市，杨林和石勇二人跟段景住失去联系，逃回山寨（第68回）。梁山分兵攻打东昌府、东平府，杨林随卢俊义攻打东昌府（第69回）。

石碣天文载，杨林是七十二员地煞星中的地暗星。排座次时，杨林是十六员马军小彪将兼远探出哨头领之一（第71回）。童贯率官军攻打梁山泊，梁山泊以九宫八卦阵对敌。杨林是八阵中西北方左手副将（第76回）。

梁山招安后，奉旨征辽。玉田大战，被辽军冲散，与解珍、解宝兄弟及石勇迷踪失路，深入重地，后又与卢俊义会合。攻打蓟州，杨林是卢俊义右军三十七头领之一（第84回）。宋江、吴用诈降辽国，杨林随吴用扮作百姓，赚开辽国要塞益津关，并与众人攻占文安县（第85回）。攻打幽州，途中中计，由卢俊义率领杨林和其他十一位首领兵陷青石峪，后由宋江兵马救出，回蓟州暂歇（第86回）。昌平失利后，宋江得九天玄女之法，与辽再战，杨林是林冲辖下攻辽国木星阵左右撞破青旗军七门的七副将之一，并与陈达生擒辽将心月狐裴直（第89回）。征田虎攻打敌都威胜，杨林和欧鹏等四人领兵夺了西门。索超、汤隆在榆社被围，杨林奉命和关胜等七人去解围，大败敌军（第100回）。

宋江奉旨征王庆，攻打山南城时分三队，杨林与黄信等十四人为后队（第106回）。攻南丰，宋江军在城外十里布置九宫八卦阵，其中一阵杨志为主将，杨林和周通分列左右（第109回）。打下丹徒后，兵分两路，杨林是宋江所率领的攻打常、苏二州的二十九偏将之一（第

112回）。攻杭州宋江所部，兵分三路，杨林与李应等六将佐是中路第三队，负责水路、陆路助战策应（第114回）。二次布置攻杭州，杨林同李应等八人管领各寨探报联络，各处策应（第115回）。破杭州后，杨林患瘟疫，寄留杭州养病（第116回）。

征方腊后，班师回京，封为武奕郎、都统领（第119回）。杨林与裴宣商定后，又回到饮马川，受职求闲去了（第120回）。

邓　飞

邓飞，人称"火眼狻猊"，因双眼红赤，得此绰号。能使一条铁链，人皆近他不得。曾与杨林绿林合伙，原为盖天军襄阳府人，占据饮马川与裴宣、孟康落草。戴宗与杨林去蓟州打探公孙胜消息，路过饮马川，彼此相见。后戴宗、杨林自蓟州回来后，邓飞入伙随戴宗去了梁山泊（第44回）。一打祝家庄，邓飞是第二拨人马（第47回），二打祝家庄，欧鹏被栾廷玉飞锤打下马来，邓飞迎住栾廷玉厮杀，救了欧鹏，又见秦明坠马，急忙来救，却被绊马索放翻，被祝家庄捉去（第48回）。三打祝家庄时，邓飞被邹渊、邹润打开牢门救出，做了内应（第50回）。宋江、吴用安排职事，邓飞与其他七头领分调大寨八面安歇（第51回）。

攻打高唐州救柴进，邓飞是十二先锋之一，为知府高廉的妖法所败（第52回），后请来公孙胜，破了妖术。双方对阵，邓飞是十员将领之一（第54回）。攻打曾头市，邓飞是晁盖点的二十位头领之一。宋江为山寨之主后，任邓飞为后军寨第六位首领（第60回）。攻打大名府救卢俊义、石秀，邓飞是后军二副将之一。曾与众头领围攻大名府兵马督监闻达（第63回）。元宵节里应外合攻打大名府，邓飞是八路军马第二队首领林冲手下前部头领之一。第二队从北门攻入，拦击梁中书、李成（第66回）。二次攻打曾头市，邓飞是攻正南大寨马军

地阔星火眼狻猊邓飞

的副将之一。李逵被曾升射伤，邓飞与秦明、花荣等众头领一齐接应救出。秦明被史文恭刺伤，邓飞与吕方等三人救出秦明。凌州军马来援曾头市，邓飞和花荣、马麟迎敌，杀退凌州兵马后，又回到宋江处（第68回）。梁山分兵攻打东平府、东昌府，邓飞随卢俊义攻打东昌府（第69回）。

石碣天文载，邓飞是七十二员地煞星中的地阖星。排座次时，邓飞是十六员马军小彪将兼远探出哨头领之一，与其他三头领把守梁山正南旱寨（第71回）。童贯率官军攻打梁山泊，梁山泊以九宫八卦阵对敌，邓飞是八阵中东南方右手副将（第76回）。

梁山招安后，奉旨征辽。攻打蓟州，邓飞是宋江左军四十八首领之一（第84回）。昌平失利后，宋江得九天玄女之法，与辽再战，邓飞是董平辖下攻辽军水星阵左右撞破皂旗军七门的七副将之一。与欧鹏、马麟共擒辽将斗木獬、萧大观（第89回）。

征田虎，分兵三路，邓飞是后队头领之一。打盖州，邓飞与黄信等六人为后队（第91回），到盖州城外驻扎。吴用料到敌人会劫营，令邓飞和欧鹏等领兵伏于寨左，果然大败敌人。围城时，邓飞与黄信等领兵埋伏于城西北密林中，拦截了敌人援军（第92回）。打下盖州，兵分两路合击敌人，邓飞分拨到卢俊义一路（第93回）。攻下晋宁后，敌殿帅支援，邓飞奉命与秦明等四人迎敌，邓飞杀死敌将姚约（第97回）。打下汾阳，反被会法术的马灵包围。公孙胜、乔道清要破其妖法，卢俊义按照公孙胜意见，让邓飞和黄信等四将帮助公孙胜由东门出去，与马灵交锋（第99回）。攻打敌都威胜，邓飞和欧鹏等四人夺了西门（第100回）。

宋江军马奉旨征王庆。攻宛州，邓飞和林冲等十人领兵驻扎于宛州之西，以拒敌人北来救兵（第105回）。攻山南军时，兵分三路，邓飞和黄信等十四人为后队。山南城破后，邓飞与史进等四人率军镇守

（第106回）。攻南丰，宋江军在城外十里布置九宫八卦阵，其中一阵董平为主将，邓飞和欧鹏分列左右（第109回）。

　　征方腊，打下丹徒后，兵分两路，邓飞是卢俊义率领下攻打宣、湖二州三十二偏将之一（第112回）。攻下湖州，卢俊义所部，兵分两拨，邓飞与卢俊义等二十三将佐攻打独松关（第114回）。围杭州，邓飞是宋江所率领的攻打北关门大路的二十一偏将之一。在北关门外敌将元帅石宝交手，索超被石宝流星锤打下马去，邓飞急忙去救，石宝马到，被石宝一刀砍为两段（第115回），后封义节郎（第119回）。